José Pablo Feinmann

Amaro, non troppo

Traduzione
di Gina Maneri

GIUNTI

Titolo originale: *Ni el tiro del final*

Traduzione dallo spagnolo: Gina Maneri

ISBN 88-09-01452-9

Amaro, non troppo

A María Julia Bertotto

Por eso, en tu total
fracaso de vivir
ni el tiro del final
te va a salir

UNO

Susy Rivas e Ismael Navarro interpretano per voi

I

Signore e signori, o quello che siete o credete di essere, buona sera. Capisco che siate un poco distratti, che non vi siate ancora resi conto che sono qui, seduto su questo sgabello, davanti a questo triste pianoforte, pronto a guadagnarmi il pane quotidiano prostituendo quella che un tempo è stata la più intensa passione della mia vita. Ma le cose, salvo per alcuni magnifici privilegiati, stanno così: non si finisce mai per essere ciò che si sognava, bensì – precisamente – una caricatura. Bene, state vedendo la mia. Io, qui, che mi rivolgo a voi mentre vi vedo bere, ridere con lo sguardo perso nel vuoto o lasciarvi spennare dalle leggiadre e abili signorine che vi siete procurati per questa sera, io, dicevo, sono la più triste, deforme, orrenda caricatura di me stesso. Io, che sognavo di essere Horowitz o Dinu Lipatti.

Certo, dico niente. Con sogni simili, direte voi, chi non finisce per sentirsi un fallito? Ed è normale che la pensiate così. Perché voi non dovete mai esservi prefissi qualcosa di davvero grande nella vita. Mai, ne sono sicuro, avete immaginato una strada differente da quella che vi era già stata destinata. Avvocati figli di avvocati, architetti figli di architetti, dentisti figli di dentisti, ragionieri figli di ragionieri, e così via, all'infinito. Con qualche variante, forse, non dico di no. Per esempio: qualche dentista figlio di un avvocato, o qualche architetto con il padre ragioniere. Ma tutti uguali: bravi ragazzi, obbedienti, scuola elementare, giornata del maestro, giornata della razza, inno a Sarmiento, maturità, studenti alziamo la bandiera, università, diploma appeso alla parete dello studio o dell'ambulatorio, e buona notte al secchio: poi vi siete messi a vincere cause, cavare denti o costruire alveari con l'aria condizionata. Bravi ragazzi, tutti voi. Vi riconosco.

E di tanto in tanto, come oggi, venite in posti come questo. Perché non so cosa crediate di star facendo qui, ma vi assicuro che non è niente di originale. Anche questo era nei programmi. Anche i vostri paparini, adducendo scuse della cui fantasia non dubito, venivano a Mar del Plata con le loro amanti, o se le cercavano qui, con lo sguardo ansioso e il libretto degli assegni in mano. Anche loro.

Un momento, però: lasciatemi finire il mio whisky. Ecco fatto. Ora lo appoggio qui, sul pianoforte. E accendo una sigaretta. Allora? Non vi sembro sicuro, spiritoso e disinvolto? Spero di sì, perché è la mia prima serata di lavoro e non vorrei che fosse anche l'ultima. Pare che il padrone di questo posto infernale sia terribile quando si arrabbia. Di conseguenza, signori, devo stare attento.

Ma torniamo a quel che stavo dicendo. Io non voglio offendervi, no, solo costringervi a vedere qualcosa della realtà. Che io non sono Horowitz, per esempio, e che voi non siete che la noiosa ripetizione di modelli per nulla originali. Plagiatori di plagiari, eternamente condannati a essere ciò che gli altri hanno deciso per voi. Anche se c'è una cosa sulla quale potete stare tranquilli: le utilissime vite che state vivendo non saranno mai sferzate dagli impetuosi venti del dolore, dell'insicurezza, della nevrosi o della follia. Mai, ve lo posso giurare. Come posso giurare che mai – davvero: mai e poi mai – riuscirete a rendere eterno un solo istante di queste vite.

Un altro whisky, per favore. Come vedete, il servizio qui è efficiente. Il whisky però è di produzione nazionale, almeno quello che danno a me.

Mi chiamo Ismael Navarro. Mi hanno ingaggiato per suonare il pianoforte, e cercherò di rispettare il contratto. Questo sì: non so se mi permetteranno di continuare a parlare, decisione che – sospetto – è riservata all'astioso proprietario di questo posto, ma vi assicuro che ci proverò.

E ora, signore e signori: un applauso, per favore! No, non

ancora. Shhhhhh. Non ancora, ho detto. Vi spiego: non sono solo qui. Cioè: non ascolterete solo il mio pianoforte questa sera. Mi accompagna una cantante, per dirlo in qualche modo. È bionda, slanciata, carina, non so se molto intelligente, ma meravigliosamente abbronzata. Inoltre (e lo dico per evitarvi troppi sforzi di immaginazione) è la mia amante. Si chiama Susy Rivas (originale, no?) ed eccola qui: avanti, tesoro.

Un applauso, signore e signori! Non l'avete ancora sentita, ma non potete negare che sia carina. Un altro whisky, per favore. Grazie. Adesso sì, adesso possiamo cominciare.

Ma prima c'è un'altra cosa che devo dirvi. Susy comincia sempre con la stessa canzone: *È entrato l'amore*. O *Love walked in*, se preferite. È una canzone di Gershwin, l'ultima che scrisse, proprio il giorno prima di morire. Be', ho sempre pensato che se Gershwin avesse sentito Susy cantare questa canzone, non avrebbe aspettato neppure un giorno per morire.

Bene, signore e signori, è tutto. Lo spettacolo comincia. Susy Rivas e Ismael Navarro interpretano per voi *Love walked in*.

E che Gershwin ci perdoni.

II

Fu nell'ottobre del 1978, a Mar del Plata, che decisi di darmi al ricatto. L'idea non fu mia, ma – lo confesso senza pudore – quando me la proposero mi piacque subito. Che cazzo: era ora di smetterla di essere un perdente e cominciare a fregare gli altri, invece di farsi fregare da loro, cosa che a me – invariabilmente – succedeva sin dal maledetto giorno in cui avevo messo piede in questo mondo.

Ma cominciamo dal principio.

Mettiamo che mi chiami Ismael.

Un inizio illustre, senza dubbio. Sebbene vi sia una differenza: io non sto per imbarcarmi su una baleniera di nome *Pequod*, agli ordini di un vendicativo, implacabile e mutilato capitano Achab, in cerca di una metafisica balena bianca chiamata Moby Dick. L'ho già detto: io sto solo per darmi al ricatto.

Arrivammo a Punta Mogotes alle due del pomeriggio, in una delle giornate più calde di questo mese di ottobre. Arrivammo, ho detto. Perché naturalmente: Susy era venuta con me. Eravamo stanchi, e non solo del viaggio, ma – in particolare – dell'anno schifoso che avevamo passato, con poco lavoro e a volte niente del tutto, mangiando quando si poteva, senza neppure i soldi per riempire il serbatoio della nostra pietosa quantunque eroica Citroën.

Ora, però, tutto questo apparteneva al passato, avevamo un ingaggio in un piano bar del centro e il nostro amico Pedro ci aspettava allo stabilimento balneare, sotto il sole cocente del pomeriggio, sorridente, abbronzato, salutandoci con la mano e fumando un sigaro lungo e sottile, di quelli che fuma Clint Eastwood, unico punto di contatto tra i due, dato che Pedro si chiamava Pedro Berstein, ed era (sebbene sfiorasse appena i quaranta) irrimediabilmente calvo, panciuto e – che Dio lo perdoni – dotato di due guanciotte paffute.

«Welcome! Welcome!», si mise a gridare appena ci vide, non so poi perché in inglese.

Pedro, l'anno precedente, aveva ottenuto la concessione (qui, a Mogotes) di uno stabilimento balneare che si chiamava *Sirena* e che lui aveva ribattezzato *Corto Maltese*. Inoltre, al posto della vecchia e sconquassata baracca di legno che c'era aveva costruito una pratica-pulita-fresca-piacevole e solida abitazione in muratura nella quale si era installato con la moglie e i due figli per la durata della stagione balneare. Il lavoro gli era piaciuto, aveva guadagnato dei bei soldi e ora stava preparando tutto per la stagione che stava per cominciare. Mi abbracciò e baciò Susy.

«Finalmente siete arrivati», disse, mentre si rimetteva il sigaro in bocca. «Cominciavo a preoccuparmi. Stasera me ne vado».

Gli chiesi come mai tanto presto.

Si strinse nelle spalle.

«È già tutto pronto», rispose. «Ho dovuto farmi rinnovare la concessione, sbrigare alcune pratiche in municipio, far costruire dei tavolini per le tende da spiaggia e assumere un paio di bagnini nuovi. Il resto è okay».

Gli chiesi quando pensava di essere di ritorno.

«Il quindici novembre sono qui», disse sorridendo, pur senza mollare il sigaro, e giuro che non so come ci riuscisse. «Vengo con tutta la famiglia e mi piazzo. Fino ad allora la baracca è tua. Tua e di Susy, of course» e sorrise di nuovo.

Susy si affacciò a una delle finestre della casetta.

«Che meraviglia, Pedro!», esclamò entusiasta. «Sarà strepitoso stare qui».

Due secondi dopo ricomparve con un tanga che le stava davvero in modo *strepitoso* (espressione che lei usava più spesso di quanto avrei desiderato), ci salutò con la mano e si incamminò verso la riva. Pedro non le toglieva gli occhi di dosso.

«Ti piace, eh?», gli chiesi.

«Lo sai», rispose. «Non le manca niente. Sei fortunato, Ismael».

Sorrisi.

«Può darsi. Ma ti assicuro che dire che non le manca niente è un'esagerazione. Ci sono migliaia di cose che non capisce, e la cosa peggiore è che non le capirà mai. Però è una brava ragazza».

Ci sedemmo sulla sabbia. Lo guardai.

«Sei abbastanza pelato, Pedro», gli dissi. «E anche più grasso».

Si tolse (finalmente) il sigaro di bocca e scrollò la cenere. Disse:

«È l'età, vecchio mio. Uno non ci crede, eppure a partire da un dato momento gli anni cominciano a divorarti. In dicembre ne compio quaranta, Ismael. Quaranta. Che ne dici?».

Cosa potevo dire? Io non ero pelato né grasso come lui, però avevo trentotto anni, e non possedevo uno stabilimento balneare, né una casa a Buenos Aires, né una Ford Falcon come la sua. E sicuramente non li avrei posseduti neppure quando avessi avuto i maledetti quarant'anni che lui aveva ora. Non si conquistano tutte queste cose in soli due anni. O, almeno, *io* non posso pensare di conquistarle.

Lo guardai.

«Non sono poi tanti quarant'anni, Pedrito. Però sono sempre quaranta, non dico di no. Un'età in cui ormai la gente non si stupisce più se viene a sapere che sei schiattato per un infarto».

«Ma non è soltanto questo, Ismael. Perché io oltre ad avere quarant'anni li dimostro. Non so. A volte penso che avrei bisogno di rinnovarmi, di ringiovanire». Guardò verso la riva. Disse: «Trovarmi una cosetta come Susy, per esempio». Mi guardò: «Quanti anni ha?»

«Susy?»

«Certo, vecchio mio, Susy».

«Trenta».

Scosse la testa.

«Mio Dio, che meraviglia».

«Non credere», dissi. «A lei cominciano già a sembrare troppi».

Rimanemmo in silenzio. Mi tolsi la camicia e il mio corpo ricevette il primo saluto del sole della stagione. Benvenuto.

«Ti ricordi l'università?», chiese Pedro.

Me ne ricordavo. Per cinque anni avevamo studiato e dato insieme esami di filosofia. Pedro si era laureato nel '69. Io avevo abbandonato gli studi due anni prima. Mi ero stufato, semplicemente.

«Sono stati belli, quegli anni», proseguì Pedro. «Il futuro era lontano e tutto sembrava possibile».

Mi alzai in piedi.

«Bene, Pedrito», dissi. «Chiudi la telenovela. Sai che non c'è niente di più simile a uno spaccaballe di un nostalgico».

«E che con i buoni sentimenti si fa cattiva letteratura», sorrise.

«E che chi nasce pancione, peste lo colga», dissi.

«Amen».

Apparve Susy. Era stata in acqua. Aveva la pelle bagnata e luccicante.

«Che meraviglia», disse Pedro.

III

Ti giuro, Ismael, che non avevo mai pensato che la nostra storia potesse finire in un modo così, non so, strano. Naturalmente, anche se credo che tu non te ne sia mai reso conto, c'è sempre stato qualcosa di strano nella nostra storia. E la cosa più strana è proprio che sia stata io a rendermene conto. Io e non tu, che sei tanto intelligente e brillante, e sai parlare e dire cose profonde. Io, quella sciocchina di Susy, che ti ha sempre seguito e ha sempre ascoltato tutte le tue sfuriate contro il mondo. Ascoltato, dico, perché le tue sfuriate sono sempre state a parole, che sono la tua arma, d'accordo, ma la tua unica arma, Ismael, e non è abbastanza.

Non credere che ti dica tutto questo con risentimento o rabbia. Io ti amo, Ismael. Sicuramente meno, molto meno di quanto hai sempre creduto, ma ti amo. Anche se non sono neppure sicura che questa sia stata la cosa più importante per te. Che ti amassi, dico. Suppongo che avessi più che altro bisogno del mio incantamento, della mia ammirazione, della mia adorazione per te. Questo sì che ti faceva bene. Ma neppure questo era abbastanza. In fin dei conti, chi era ad ammirarti? Soltanto Susy, quella sciocchina di Susy. Ben poca cosa per il tuo enorme talento, o come vuoi chiamare quella cosa che credi ti renda diverso dagli altri.

Mi sono sempre chiesta perché non te ne sia cercata un'altra. Un'altra, una come te, brillante, spiritosa, in grado di parlare di musica, letteratura, politica, una che ti facesse sentire orgoglioso quando suscitavi la sua ammirazione. Credo di avere la risposta: tu hai sempre avuto paura delle donne intelligenti. Povero Ismael. È come se ti fossi sentito capace di suscitare soltanto l'ammirazione di una sciocchina come me. Come se le donne alle quali sembravi destinato fossero troppo per te. O come se ne avessi paura. Sì, te l'ho già detto, soprattutto questo: come se ne avessi paura.

IV

Pedro (perché quel giorno si sentiva generoso, suppongo, e desiderava dimostrarci quanto ci voleva bene, ed era di buon umore, eccetera) ci invitò a pranzo al porto, alla *Taberna Baska*, che quando arrivammo stava per chiudere (erano quasi le tre); non per questo il proprietario in persona mancò di salutarlo con grandi effusioni (Pedro era un personaggio tra Mogotes e il porto) e di prepararci con miracolosa rapidità un tavolo con un formidabile vino bianco gelato e un trito di frutti di mare, roquefort e pesce spada con salsa tartara che strabiliò non solo Susy – sempre propensa a strabiliarsi – ma, lo confesso, anche me.

Mangiammo, ridemmo, brindammo, ci augurammo buona fortuna, ci giurammo eterna amicizia, ci ubriacammo un poco e Pedro ne approfittò per baciare Susy un paio di volte, in semplice segno di entusiasmo.

Ci servirono il caffè che erano quasi le quattro e mezzo. Accendemmo le sigarette e allora – soltanto allora – Pedro cominciò a parlare, per così dire, sul serio.

«Voglio chiederti una cosa, Ismael».

«Forza».

Finì il caffè e ne ordinò un altro. Uno solo non sarebbe bastato a svegliarlo del tutto.

Disse:

«Voglio che tenga da conto il tuo lavoro al *Douglas*. Al mio ritorno, a metà novembre, voglio trovarvi ancora lì».

(Non l'ho detto: il piano bar dove Susy ed io avremmo lavorato a partire da quella sera stessa si chiamava *Douglas*, e non era poco ciò che Pedro aveva fatto per trovarci quell'ingaggio).

Sorrisi.

«Cosa succede, Pedrito? È come se non ti fidassi di me. Sta' tranquillo: il mio pianoforte suonerà bene e Susy non stonerà più del solito, che per quanto sia molto è ancora tollerabile».

Pedro fece cenno di no con la testa.

«Lasciala in pace, Susy», disse come un vero cavaliere a quel cretino che sono. «Non mi riferisco a lei né al suono del tuo pianoforte. Sto parlando di te. O per meglio dire: sto parlando di quello che dici».

Anch'io finii il mio caffè e ne ordinai un altro.

«Ti disturbano le mie chiacchiere con il pubblico?», chiesi.

«A me non importa un cazzo delle tue chiacchiere con il pubblico, Ismael. Anzi, ti giuro che a volte mi fai davvero divertire. Anche se, non so, penso sempre che esageri. Ma non si tratta di me in questa faccenda, bensì del pubblico e del padrone del *Douglas*. Ti spiego: il pubblico è tutta gente con la grana, vecchio mio, dirigenti cinquantenni in compagnia di signorine efficienti e avide, che sanno farsi viziare, oggetti di lusso da esibire come la più cara delle auto d'importazione; e il padrone è un certo Anselmi, con un pessimo carattere e uno scarsissimo senso dell'umorismo, specialmente del genere che piace a te, che potremmo chiamare – come, Ismael, come potremmo chiamarlo? – *gettare palate di merda sul pubblico*, sì, non c'è altra definizione. Bene, stacci attento al *Douglas*, per il padrone e per il pubblico».

«Carissimo Pedro», dissi, «sono spiacente di non poterti tranquillizzare. Non sono mai riuscito a sentirmi responsabile di quello che dico quando mi trovo davanti al pubblico. Le cose vengono fuori da sole. A volte più blande, a volte più forti. A volte divertenti, a volte neppure questo, dipende». Decisi di essere clemente, gli appoggiai una mano sul braccio: «Ma ti prometto di fare il possibile perché al tuo ritorno ci trovi ancora lì, io con il mio pianoforte e Susy con le sue stecche».

«Lascia in pace Susy», disse di nuovo, quasi arrabbiato,

questa volta. «Non prende affatto tutte le stecche che dici (non so perché, ma insisti troppo su questo punto, Ismael), né farà nulla che pregiudichi la vostra permanenza al *Douglas*. È di te che non mi fido».

Scoppiai a ridere.

«Ismael il terribile, eh? Colui che non lascia passare un giorno senza fregarsi un po' con le sue mani. Guarda, Pedrito, insisto: non posso tranquillizzarti. Se c'è qualcuno che non si fida di me, sono io. Tutte le mattine mi guardo allo specchio e mi chiedo: che meravigliosa idea ti verrà in mente oggi per mandare tutto a puttane? E me ne viene sempre in mente qualcuna, è una mania. Per cui, mio caro, dovrai andartene a Buenos Aires con la tua sfiducia e nutrirla giorno per giorno, perché io non ti posso offrire nessuna sicurezza. E non fare finta di niente, lo sapevi già quando ti sei dato da fare per mettere in piedi la storia del *Douglas*».

«D'accordo», ammise. «Lo sapevo. Ma adesso non ti tirare indietro. Poco fa mi hai promesso che avresti fatto il possibile per non perdere il lavoro».

«Ti ho promesso questo?»

«Soltanto un minuto fa».

«Devo essere sbronzo. Ordinami un altro caffè».

V

Non vuoi un caffè, un tè, qualcosa che ti faccia star meglio, che ti tiri un po' su? Sei un testone, Ismael, ti piace essere ridotto da buttar via. Hai preso un'aspirina, almeno? Neanche morto, figurarsi, non sia mai che ti faccia smettere di soffrire. Va bene, va' pure avanti così. Ma consenti a quella poveretta di Susy di darti un consiglio: non esagerare. Ti sei visto allo specchio, per caso? Resta lì, non muoverti, te lo porto io. Guardati, che te ne pare. Guarda lo zigomo destro come ce l'hai ridotto. E quel taglio sulla fronte. E le labbra, così gonfie che sembra debbano scoppiarti da un momento all'altro. Fai paura, Ismael.

VI

Mezz'ora più tardi eravamo di ritorno allo stabilimento balneare. La casetta, lo verificai ancora una volta, era una bellezza: generosamente imbiancata con varie mani di calce, aveva un gabbiano dipinto sulla torre che copriva il serbatoio dell'acqua e, sopra, a lettere azzurre, la scritta *Corto Maltese*, che evocava paesaggi lontani, avventure, lealtà, catamarani, pennelli e inchiostro di china, e, naturalmente, Hugo Pratt.

Il mio atteggiamento con Pedro a pranzo mi aveva lasciato un vago malessere (qualcosa tra il rimorso e la tristezza). Forse, contrariamente alle mie convinzioni, gli avevo rifilato qualche pietosa e ben congegnata menzogna: che mi sarei comportato bene, che non avrei parlato a sproposito né avrei fatto in modo che il padrone del *Douglas* si arrabbiasse con me e, di conseguenza, con Susy, la quale, sospetto, era il vero oggetto delle preoccupazioni di Pedrito, che l'amava in silenzio, come nei vecchi film romantici, e avrebbe sofferto vedendola rovinarsi ulteriormente a causa della mia, diciamo, mancanza di responsabilità. Un vago malessere, ho detto. Ma solo questo. Niente che mi bloccasse la digestione.

Ci sedemmo sulla sabbia, accendemmo un paio di sigarette e rimanemmo per un pezzo in silenzio, osservando il sole farsi lentamente sempre più rosso e scivolare verso la sua destinazione, là dietro, non distante dal *Sasso*, maledetto hotel per nuovi ricchi, o gente con la grana, come diceva Pedrito, nel quale non avrei mai messo piede, o potuto mettere piede, ma del quale – ogni volta che andavo a Mar del Plata – non mancavo mai di controllare i prezzi, proprio per sentirmi una merda verificando quante palanche alcuni possano spendere per farsi coccolare o per depositare le chiappe su letti raccomandati dai dépliant del Diner's Club. A volte, perché nasconderlo, indagavo anche sui prezzi del *Provincial* o dell'*Hermitage*, ma non sempre, perché dovevo essere proprio ridotto male per farlo, con troppa voglia di rovinarmi l'esistenza.

Susy si alzò, disse che andava a farsi una doccia e sparì. Mentre se ne andava, Pedro non le staccò gli occhi di dosso un istante. Poi disse:

«Senti, Ismael, mi devi scrivere un racconto per la rivista. Tanto, qui di tempo ne avrai d'avanzo. Nella stanzetta sopra la cucina, tra canotti di salvataggio, palette, palline di gomma e sdraio, c'è una macchina da scrivere. Non è l'ultimo modello ma si può ancora usare. Allora, vecchio mio, tutte le mattine ti siedi lì, chiami Robert Jones e mi scrivi qualcosa di bello tetro».

Gli dissi di sì, che andava bene, che lo considerasse già fatto. Perché Pedro non viveva esclusivamente dello stabilimento balneare. Era, inoltre, editore, attività che lo faceva sentire in qualche modo vicino alla sua condizione di laureato in filosofia. Anche se giusto questo. Perché Pedro non pubblicava né Aristotele, né Kant, né Hegel, né Kierkegaard, né Chestov, né niente che assomigliasse neppure lontanamente a un filosofo. Era, diciamo, più diretto. Gli piaceva far soldi e non gli difettava il fiuto per farli. Da due anni pubblicava una rivista mensile di racconti da far rizzare i capelli in testa. *Storie di crimini e iniquità varie*, così si chiamava. *Iniquità varie* era un tocco che tradiva le oscure origini culturali di Pedro. Pedro. Però funzionava.

Quanto a Robert Jones, qui entro in gioco io. Così come l'acido e risentito signore che suona il pianoforte nei locali di notte è la caricatura del concertista che un tempo ho immaginato di essere, Robert Jones è il mio Mister Hyde letterario, il mostro che dietro la nera cappa di uno spregevole e vigliacco pseudonimo è capace di produrre storie aberranti – ragionevolmente pagate dal mio buon amico Pedrito Berstein – sotto le quali giammai apporrebbe la propria firma Ismael Navarro, il puro, incontaminato e inedito scrittore che da dieci anni è sul punto di terminare un denso e voluminoso romanzo, ancora senza titolo ma traboccante di talento, giuro. Giuro anche che Robert Jones ha due fratelli gemelli – Gonzalo Rivarola e Floreal Salinas – che odia e disprezza perché scrivono su *Vosotras* e *Para Tí*[1] – anch'essi ragionevolmente pagati – racconti edulcorati, con storie d'amore tra dirigenti d'azienda e disegnatrici francesi di passaggio, oppure uomini maturi che devono scegliere – oh, destino crudele! – tra la famiglia, il lavoro, la vita quotidiana, forse grigia ma sicura e rispettabile, e l'amore ardente di una segretaria in fiore, delicata metafora della libertà, l'avventura e il piacere. Tutti loro, le loro storie, le riviste che le pubblicano, sono oggetto dell'odio di Robert Jones, che non sogna altro che feroci crimini, pugnali scintillanti, gole squisitamente squarciate da parte a parte, con un bel taglio netto, naturalmente. Più ancora di Robert Jones, tuttavia, è preda di tale odio Ismael Navarro, il quale disprezza non solo Gonzalo Rivarola e Floreal Salinas, ma anche lo stesso Robert Jones, e disprezza tutti quanti anche di più quando incassa il denaro che grazie a loro racimola, perché, per qualche strano mistero, non è né Rivarola, né Salinas, né Jones a presentarsi nelle redazioni quando c'è da ritirare il ragionevole, quantunque sempre insufficiente, compenso, bensì Ismael Navarro, il puro, incontaminato e inedito scrittore, che arriva in silenzio, quasi a testa bassa, come un assassino che si appresta a confessare il proprio crimine.

«Non ti manca il coraggio quando si tratta di chiedere, Pedrito», dissi con un sorriso. «Qualcosa di bello tetro, eh? Mi dici come faccio a pensare a vicoletti nebbiosi, saloni gotici, lampioni a gas e barili di porto mentre guardo il mare e i gabbiani dalla finestra più alta di casa tua? Ho il sospetto, vecchio mio, che invece di qualcosa di bello tetro finirai per ricevere una versione sottosviluppata dell'*Isola del tesoro* o di *Lord Jim*. Se mi viene l'ispirazione, naturalmente».

---

[1] Riviste femminili (NdT).

Pedro tirò fuori un altro dei suoi sigari alla Clint Eastwood e me ne allungò uno. Accettai.

«Non dire cazzate, Ismael», disse. «Non devi far altro che chiudere la finestra e affanculo il mare, i gabbiani e Lord Jim. C'è la luce elettrica in quella stanzetta».

«Perfetto», assentii. «Affanculo Lord Jim, allora. E benvenuto Jack lo Squartatore».

«Esattamente», disse allora Pedro. «Proprio di Jack lo Squartatore si tratta».

Lo guardai sorpreso e per poco non mi cadde il sigaro di bocca, proprio quando stavo cominciando a prendere la mano al trucchetto di sostenerlo tra i denti quando parlavo o ridevo, proprio come Pedro. Dissi:

«Ora sei tu che dici cazzate. Scordatelo, vecchio mio. Neppure morto ti scrivo qualcosa su Jack lo Squartatore».

«Non tu. Robert Jones».

«Nemmeno Robert Jones».

«Perché?»

«Perché è datato, Pedrito, datato, ancora più datato del romanzo poliziesco con detective infallibile che riunisce tutti i sospetti nel salone principale del castello».

«Che bello», esclamò Pedro allegramente.

«Che bello cosa?»

«Il detective infallibile e i sospetti riuniti nel salone del castello. Questi finali mi piacciono un casino».

«Tu sei pazzo, Pedro», dissi, e giuro che stavo cominciando a scaldarmi. «Tutto questo è finito».

«Finito o no», insistette Pedro, «il prossimo numero di *Storie di crimini* sarà dedicato a Jack lo Squartatore».

«Ascoltami, ma ascoltami bene, eh. Non c'è cosa che non sia stata scritta o girata sul benedetto Jack e sulle sue porcherie in giro per Whitechapel. Lo hanno identificato con Mister Hyde, gli hanno fatto incontrare Sherlock Holmes (e non una, ma varie volte), Robert Bloch l'ha fatto ricomparire nel XX secolo e al cinema l'ha interpretato perfino Jack Palance. Jack Palance, Pedrito, con quella faccia sensazionale per qualsiasi cosa tranne che per Jack lo Squartatore! Ti rendi conto di tutte le carognate che hanno fatto al povero Jack?»

«Mi rendo conto. Soltanto che non vedo perché non fargliene un'altra, soprattutto se vende bene».

Mi strinsi nelle spalle.

«Mi arrendo, signor Berstein. Ha vinto».

Sorrise.

«Non fare l'antisemita, ora, non ti si addice. Ti chiedo inoltre di lasciare che questo misero mercantucolo ti illustri alcuni sordidi aspetti della condizione umana».

«Tu e quella buona donna di tua madre. Avanti».

«Guarda, che ti piaccia o no, Jack lo Squartatore non è finito, né lo sarà mai. Mettiti una mano sulla coscienza: non ti si rimescola qualcosa, non senti un piccolo, nauseabondo fremito di piacere quando in un film qualcuno sbudella una femmina in un vicolo buio? E se questa femmina è una prostituta, la cosa non ti eccita ancora di più?»

Lo guardai attonito.

«Cazzo», dissi. «Hai ragione».

«Bene», concluse, «allora basta con le stronzate e scrivi il racconto. Ti sorprenderà scoprire come si intendono bene Robert Jones e Jack lo Squartatore. Un coppia destinata al successo, vecchio mio. Il sangue scorrerà a fiumi».

Mezz'ora più tardi, Pedrito seppelliva la sua valigia nel baule della Falcon, baciava Susy e mi abbracciava.

«Non dimenticate», disse. «Il 15 novembre sarò di ritorno. Comportatevi bene, occhio al lavoro al *Douglas* – soprattutto tu, Ismael – e non ficcatevi in storie strane. Insomma, non fate più sciocchezze di quante se ne facciano normalmente in un mese».

«Sta' tranquillo, paparino», disse Susy scompigliandogli affettuosamente i capelli. «Non succederà niente di strano. Faremo il nostro lavoro, prenderemo il sole, mangeremo, faremo la siesta e, qualche volta, saremo carini l'uno con l'altra. Vero, Ismael?».

Pedro salì sulla Falcon e mise in moto. Susy ed io rimanemmo ad agitare dolcemente le mani in segno di saluto. Poi entrammo nella casetta.

«Vuoi un caffè?», chiese Susy.

Dissi di sì.

Un vicolo buio, una prostituta che si avvicina a passettini svelti, il rumore dei suoi tacchi sulle pietre del selciato inumidite dalla nebbia, un uomo che aspetta – con un coltello nel pugno serrato – dietro l'angolo, e finalmente il delitto. Perché mi affascinava tanto tutto questo?

«Porca puttana», dissi pensieroso mentre Susy mi serviva il caffè. «È spaventoso scoprire che si è ancora peggiori di quel che si crede».

VII

Pedro non ci aveva mentito: il proprietario del *Douglas* aveva un aspetto temibile. Cinquantenne, alto, corpulento e massiccio, con un paio di abominevoli baffi neri che gli coprivano quasi interamente la bocca, sopracciglia folte, calvizie incipiente, mani enormi e una voce assordante come un motore di formula uno. Insomma: non proprio una signorina.

Quando arrivammo stava bevendo un whisky al bar conversando con il barman. Non c'era nessun altro in sala. Erano solo le otto di sera.

Ci strinse la mano. Era uno di quelli che si presentano con il cognome.

«Anselmi», disse.

«Navarro», dissi io, stando al gioco. «E lei è Susy Rivas».

Assentì con un blando movimento del capo. Chiese:

«Volete bere qualcosa? C'è tempo. Si comincia tardi, qui». Gli piaceva mostrarsi ospitale, al bestione. Ordinammo un paio di whisky.

Anselmi guardò Susy.

«Nervosa per il debutto?», chiese.

«Be'», disse, «sì».

Risposta insulsa. Anselmi rimase a guardarla in silenzio, come per darle il tempo di aggiungere qualcosa. Ma Susy niente: aprì la borsetta e cercò le sigarette. Credetti necessario annichilire con una frase idiota qualsiasi l'orripilante silenzio che si era prodotto. Non fu difficile, Susy mi aveva abituato a simili frangenti.

«Un debutto è sempre un debutto», dissi, e giuro che non

avevo alcuna pretesa di passare alla posterità con tale aforisma. «Non si può mai evitare un certo nervosismo, la paura di non farcela, che le cose vadano male».

Allora Anselmi mi guardò: questo è quello che parla, indovinai che pensò. Tuttavia, sollecito e galante, offrì a Susy da accendere non appena la vide portarsi la sigaretta alle labbra.

«Non avrete problemi con il pubblico di qui», disse mentre riponeva l'accendino. «È tutta gente a posto, che vuole passare una piacevole serata, nient'altro. Vengono perfino delle coppie sposate».

«Perfino delle coppie sposate», ripetei, con la mia migliore faccia da coglione.

Anselmi mi inchiodò gli occhi addosso: laggiù, nel fondo delle sue pupille, balenò qualcosa di sinistro. Non mi piacque affatto. Disse:

«Quando parlo di coppie sposate non voglio dire che il *Douglas* sia un locale per famiglie. No, amico mio, niente del genere. Ma qui non succedono neppure le cose che succedono altrove. Non so se mi spiego».

«Si spiega», ripetei di nuovo, senza fare nessuna faccia da coglione.

Bevvi una lunga sorsata del mio whisky. Anselmi continuò:

«Non mento quando dico che sono soddisfatto di quello che sono riuscito a fare di questo locale. Il *Douglas* ha fama di essere una riserva per gente bene, educata e di classe. Ci ho messo del tempo, ma alla fine ci sono riuscito. Ora bisogna mantenerlo così».

«Congratulazioni», dissi.

E fu tutto quel che riuscii a dire.

Anselmi guardò di nuovo Susy. Sorrise come un padre protettivo e generoso e chiese:

«E che genere di canzoni ci canterà stasera?»

Anche Susy sorrise e (inoltre) si strinse nelle spalle.

«Un po' di tutto», rispose. «Niente in particolare».

Evidentemente: non migliorava. Come se non bastasse, aggiunse:

«Ma sempre all'interno di uno stile classico».

Orrendo. Anselmi rimase a guardarla con l'aria di non capire niente, cercando di indovinare se quella sera avesse intenzione di cantare qualcosa di Wagner o *La Cumparsita.*

«Quello che Susy vuole dire», dissi dopo essermi fatto coraggio con un altro sorso di whisky, «è che rimaniamo sul jazz tradizionale. O classico, se preferisce. Facciamo canzoni di Porter, Rodgers, Berlin e, con il dovuto rispetto, Gershwin. Ma se è necessario possiamo anche arrivare fino ai Bee Gees o al *soul*».

«Certo», annuì Anselmi. «Ora che mi ricordo, il nostro comune amico Pedro Berstein mi diceva qualcosa del genere».

Quel tesoro di Pedrito: perfino del nostro repertorio aveva parlato al mastodonte. Mi assalì un dubbio: gli aveva detto qualcosa anche dei miei monologhi? Decisi di saggiare il terreno. Dissi:

«C'è anche un'altra cosa, di cui non so se Pedro le ha parlato». Anselmi rimase in silenzio, in attesa delle mie parole. Proseguii: «È un mio vecchio vizio: prima che Susy attacchi a cantare, chiacchiero sempre un poco con il pubblico. A volte lo faccio anche tra un pezzo e l'altro. Come le ho detto: è un vizio, ma è parte integrante della nostra esibizione, e dà quasi sempre buoni risultati».

«Aha», fece Anselmi. Vidi di nuovo quel lampo maligno in fondo ai suoi occhi. O, almeno, così mi parve. Disse: «Non ho nulla in contrario, sempre che si ricordi quello che le ho detto del pubblico del *Douglas*». Tacque. Finì il suo whisky. Mi guardò fisso e disse: «Non me li maltratti, perché se c'è una cosa che non mi piace è perdere i clienti. Veda di capirmi, Navarro: io non sono un brav'uomo, e neppure un signore, lo so meglio di chiunque altro, però mi piace trattare bene la gente che viene a spendere i suoi soldi nel mio locale. Diciamo che questo è il mio vizio. E le assicuro che anche questo dà quasi sempre buoni risultati».

Cazzo, pensai, questo sì che sa farsi capire.

Finii il mio whisky. Allora, di colpo, Anselmi guardò l'orologio e ci disse di scusarlo che doveva uscire un momento.

Ci mancherebbe altro, non si preoccupi per noi, faccia quello che deve fare. Guardò il barman e ordinò:

«Accompagnali in camerino».

Il camerino era una stanzetta ubicata al piano interrato del locale. C'erano uno specchio con un'aureola di lampadine, un paio di sedie, un armadio e (sì, signori, perché no) un paravento.

Chiusi la porta.

Susy si spogliò. Io feci lo stesso. Era un rito: inauguravamo così i camerini dei locali in cui lavoravamo. Misi una sedia al centro della stanzetta, su cui (lo dirò pudicamente) facemmo l'amore.

Neppure una coppia di contorsionisti del Circo di Mosca avrebbe saputo fare di meglio.

VIII

Siamo stati insieme dieci anni e non sai praticamente nulla di me. La nostra non è stata una relazione, Ismael, è stato un monologo. Tuo, naturalmente. A malapena, credo, una volta mi desti il tempo di raccontarti che il mio vecchio era assistente operatore a Canale 9 e che si era messo a bere il giorno in cui morì mia madre. Da telenovela, no? Anche se, pensandoci bene, credo che neppure questo mi lasciasti raccontare. Che il mio vecchio, per esempio, quando eravamo soli a casa, mi diceva che dovevo diventare una grande stella, non una grande attrice, ma una grande stella, che secondo lui era molto meglio. Io avevo quattordici anni e lo ascoltavo a volte impaurita, a volte triste, perché quando si metteva a parlare dei suoi fallimenti, del grande attore che sarebbe dovuto diventare, degli amici che glielo avevano impedito col tradimento, voltandogli le spalle nel momento in cui aveva più bisogno di loro, a me veniva voglia di piangere, di abbracciarlo e mettermi a piangere, ma non potei mai, perché il giorno in cui ci provai mi allontanò con violenza, quasi infuriato, e mi disse di non avere mai pietà di lui, che avrebbe potuto accettare qualsiasi cosa da me, meno la pietà. Inoltre, mi confessò, io ero destinata ad altro, soprattutto a vendicarlo, a diventare una grande stella e vendicarlo. Sì, era andato di testa il mio vecchio, Ismael. Non so se ti serve a qualcosa saperlo, ma a me, ora, fa bene raccontartelo. Resisti, allora.

IX

Un paio d'ore dopo propinavamo al pubblico il nostro numero. Entrai in scena avanzando a passi decisi, serio, nel mio nerissimo, lindo e sicuramente sconcertante smoking. Dove credevo di essere? Al Colón, alla Carnegie Hall? No, signori, ma così piaceva a me. In smoking, in lindo e nerissimo smoking, sebbene si trattasse di suonare in un piano bar di Mar del Plata e basta.

Mi fermai accanto al piano, lanciai una breve occhiata al pubblico e subito dopo collocai il mio lieve deretano sullo sgabello. Il silenzio che scese in sala fu più intenso di quanto mi aspettassi. Un punto a mio favore: ero riuscito a far colpo su di loro. Li guardai di nuovo. Anche loro (tutte quelle facce anonime protette dall'oscurità, tutti quei tizi che avevano posato, pieni di aspettativa, i loro bicchieri di whisky sul tavolino, o avevano interrotto la gelatinosa e senza dubbio ipocrita conversazione che intrattenevano con l'accompagnatrice di turno, e anche le accompagnatrici, che tenevano le gambe generosamente accavallate, o erano appena tornate dalla toilette dove erano andate a controllare se oltre alla cipria e al rossetto avessero in borsetta anche il diaframma) mi guardarono.

Allora cominciai a parlare.

«Signore e signori, o quello che siete o credete di essere, buona sera».

Lo confesso: non fui delicato. E la cosa non mi importerebbe più di tanto se il monologo fosse stato buono. Anche se forse lo fu. Mi riesce difficile giudicare quello che dico alla gente dal pianoforte perché non è molto ciò che ricordo dopo. Ma quella sera, forse per fare l'esatto contrario di ciò che mi aveva raccomandato Pedrito o ribellarmi contro quel bestione di Anselmi o semplicemente (come tante altre volte) per sputtanarmi e perdere il lavoro la sera stessa del debutto, fui più corrosivo del solito.

Poi comparve Susy e attaccò *Love walked in*, quella canzone incredibile che Gershwin scrisse battendo sul tempo il suo tumore al cervello, per finire con *The Lady is a Tramp*, e cantò molto bene, oh sorpresa, troppo Lena Horne forse, ma decisamente bene.

Ci furono applausi, salutammo e ce ne andammo. Arrivammo in camerino. Susy cominciò a cambiarsi in silenzio. Tirai fuori una sigaretta ma non l'accesi.

«Qualcosa è andato storto?», chiesi.

Bussarono alla porta. Susy sorrise.

«Sembra che non avrò bisogno di dirtelo io», disse.

Aprii la porta. Un tizio decisamente più somigliante a Boris Karloff che a Roger Moore mi sorrideva con dei denti enormi e più gialli del muso di Fu-Manchu. Disse:

«Il padrone le vuole parlare».

«Va bene», dissi. «Vengo subito».

«Mi ha ordinato di portarla con me».

«Non mi dica...», finsi di stupirmi. «E perché?»

«Non so perché. Non faccio mai questa domanda al padrone».

Sapeva salvaguardare il suo posto di lavoro, Boris. Salutai Susy e lo seguii. Arrivammo all'ufficio di Anselmi. Boris, con insospettata delicatezza, bussò alla porta.

«Avanti», disse Anselmi.

Entrai. Boris richiuse la porta alle mie spalle. Rimasi solo di fronte ad Anselmi.

«Venga, Navarro», disse. «Si metta comodo. Voglio parlare con lei di alcune cose».

Che educato. Il pugnale lo teneva nascosto nella manica o me lo aveva già conficcato nel petto ed io, idiota che ero, non me n'ero accorto e stavo agonizzando?

«Vuole un sigaro?»

Lo teneva nascosto nella manica. Accettai.

«Sono molto buoni», aggiunse indicando i sigari. «Me li porta un amico che va spesso all'Avana. Prima che andasse al potere Castro gestiva laggiù un mucchio di locali notturni, e oggi, anche se non mi crederà, ne conserva qualcuno».

Non gli credetti. Oppure sì. Vallo a sapere. Comunque, per quale motivo mi raccontava tutto questo? Mi accese, con inattesa cortesia, il sigaro e mi guardò. Che sguardo, diavolo! Mi si gelarono le palle. Pensai: adesso viene il bello.

«Sarò breve, Navarro. Guardi, non so che tipo sia lei. Un genio, un suicida o un pirlotto di quarta categoria. La risposta potrebbe essere una qualsiasi delle tre. Perché io l'avevo avvertita: non mi maltratti i clienti. Gliel'avevo detto o no?»

«Me l'aveva detto», confermai assaporando il sigaro che, l'avesse o meno inviato l'astutissimo amico di Anselmi passato indenne da Batista a Castro, era molto buono.

«E lei, che cosa decide di fare?», si interroga Anselmi ricorrendo ai più arcaici espedienti dell'arte del monologo. «Esattamente tutto il contrario», conclude. E insiste: «Fa la più grossa cagata della sua vita».

Più espressivo di così, impossibile.

«Sarebbe inutile tentare di dirlo con parole più appropriate», dico senza riuscire a nascondere la mia ammirazione. «Se vuole, metto tutte le carabattole che mi sono portato in una valigia e me la squaglio. Credo che questo è ciò che farebbe un gentiluomo. E a me, a volte, piace assomigliare a qualcosa del genere».

«Può assomigliare a un gentiluomo quanto le pare, ma eviti il ruolo del coglione. Sul serio, finiamola con le cazzate, Navarro».

«Credo che mi stia insultando».

«Senta, non perdiamo altro tempo. A me non è piaciuto quello che ha fatto. Però...», esitò. «Però...»

«Cosa?»

«Stasera è successo qualcosa di strano qui dentro. Primo, il suo monologo. Una collezione di frasi offensive e deliranti.

Secondo, alla gente è piaciuto. Come me lo spiega?»

«La gente è fatta così. Le piace mangiar merda».

«Può darsi. Comunque, non lo faccia più».

«Mangiare merda?»

Il suo sguardo si indurì nuovamente.

«Non faccia lo spiritoso. Lei sa di cosa sto parlando».

«Credo di sì. Però, per un momento, ho avuto la sensazione che la cosa le interessasse. Come rimaniamo?»

«Rimaniamo che lei non lo farà più. Punto».

«Mi dica un motivo».

«Non vedo perché dovrei. Ma diciamo che non sono tanto sicuro che a tutti piaccia mangiar merda». Si sporse verso di me puntando i gomiti sulla scrivania. Mi guardò di nuovo con il suo sguardo da omicidio premeditato e disse: «Non voglio correre rischi, Navarro. Se lo capisce, bene, se no se ne va».

Il bestione.

«D'accordo», dissi senza bisogno di troppo coraggio. «Rimango».

Mi alzai in piedi.

«Non abbia tanta fretta», disse. «Non ho ancora finito. Il suo sigaro è ancora acceso».

«Se è per questo, non si preoccupi. Posso finirlo altrove».

«Si sieda».

Obbedii. Disse:

«Senta, c'è un mio amico che vuole conoscerla. È una persona importante. Di più. Potrei quasi dirle che è una persona potente. Non so se mi capisce».

«La capisco. È un suo amico ed è una persona importante. Che altro genere di amici potrebbe avere lei?»

Sorrise.

«È qui stasera, e ha assistito al vostro numero». Fece una pausa. Proseguì: «È curioso, ma sembra sia uno di quelli che si è mangiato più volentieri la sua merda. Insomma, il fatto è che vuole conoscerla. Lei e la sua ragazza».

«Perbacco».

«Sì, mi sorprende alquanto. Ma non si finisce mai di conoscere la gente. È l'architetto Alejandro Salas. Non so se l'ha mai sentito nominare».

«Mai. Ma non si preoccupi, questo non lo rende meno importante».

Non lo sapevo ancora, ma il mio destino di ricattatore aveva ormai un nome.

X

Caro Pedro,

ho appena generato una storia sufficientemente truculenta perché meriti di essere inclusa nel prossimo numero di *Storie di crimini e iniquità varie*. Non è su Jack lo Squartatore: Jack, insisto Pedrito, è finito. Perché quello che sei riuscito a dimostrarmi con la nostra chiacchierata sull'argomento non è l'attualità del macellaio di prostitute di Whitechapel, bensì un'altra cosa: che alla gente prude il culo per il piacere quando un suo simile decora con quattordici pugnalate la pellaccia di un altro. Un'asseverazione della cui apoditticità (sì, Pedrito, a volte uso ancora questa maledetta parola kantiana) nessuno oserebbe dubitare. Io sono rimasto sorpreso da un'altra cosa: scoprire fino a quale detestabile punto prudeva *a me* il culo di fronte a questa faccenda dei coltelli insanguinati, i corpi mutilati, le grida di morte e di terrore e compagnia bella. Te lo posso dire in un altro modo: non mi ero mai chiesto quanto di Robert Jones ci fosse in me. Scoprire che, in determinate circostanze, potremmo arrivare a identificarci, più che sorprendermi mi ha spaventato. Credo che, e non sto esagerando, senza troppo sforzo potrei trasformarmi in un assassino. D'altra parte, se così non fosse, Robert Jones non esisterebbe.

Ma Jack, Jack lo Squartatore, le notti nebbiose della Londra vittoriana, le chiassose prostitute di Whitechapel e la valigetta da chirurgo con il suo impietoso bisturi, tutto questo è finito, Pedrito, morto per sempre.

Quello che non è finito è l'incanto, l'arte e il fascino dell'assassinio. E soprattutto: dell'assassinio per squartamento. Ma bisogna impostare le cose in un altro modo. O almeno presentarle con una confezione diversa.

Il mio racconto, anche se non l'ho ancora scritto, è già finito. La mia tortuosa testolina (se mi sopravviverai, Pedrito, sei autorizzato a ordinare un'autopsia sul mio cervello per scoprire se, in vita, ha contenuto soltanto materia cerebrale come accade a tutti i mortali o, come sospetto, instancabili e feroci serpenti) l'ha concepito con vertiginosa rapidità, esattamente il giorno dopo il mio debutto al *Douglas*, e senza bisogno di rinchiudermi nella stanzetta del piano di sopra, solo e al buio, bensì sdraiato sulla sabbia, ad arrostirmi al sole, guardando Susy entrare e uscire dall'acqua con le sue lunghe gambe e il suo corpo sempre più minuziosamente abbronzato. Non c'è scenografia per l'orrore. Soprattutto se ce l'hai nella testa.

Si chiamerà *Il cugino Matías* ed è, proprio come volevi, la storia di uno sbudellatore. Ci sarà sangue, coltellate e tutto quel che mi hai chiesto. Ma ci sarà anche ironia, Pedrito, perché ormai non si può più scrivere di simili argomenti senza riderne. Regola che, me ne convinco ogni giorno di più, vale per quasi tutte le cose di questo mondo.

Ho accennato al mio debutto al *Douglas*. Ricordo che te ne sei andato di qui preoccupato. Comportati bene, Ismael, è stata la tua benintenzionata preghiera. Be', non sei autorizzato a stare tranquillo. Mi sono comportato decisamente male. Ciononostante (oh, sorpresa, Pedrito, quando cesserà di stupirci la natura umana?), il poco ragionevole proprietario del *Douglas* non si è seccato più di quanto ragionevolmente non dovesse seccarsi e, per coronare la faccenda, a un importante (credo, se non ricordo male, che gli abbia affibbiato anche la qualifica di potente) amico suo sono piaciuto molto e, naturalmente, anche Susy, che quella sera (un'altra sorpresa, Pedrito!) ha cantato con invidiabile perizia. Questo è bastato perché l'astuto Anselmi ci spedisse in fretta e furia al tavolo del tizio in questione, dove abbiamo fatto conoscenza con un certo architetto Alejandro Salas (hai indovinato: né più né meno che l'importante e potente tizio) e due suoi nipoti dall'aria sportiva, massicci, spiccatamente giovani e gemelli, sì, Pedrito, più uguali di due gocce d'acqua, come si dice in questi casi. Abbiamo bevuto con moderazione, conversato con moderazione, i tre hanno guardato Susy senza alcuna moderazione e il potente tizio (o se preferisci: l'architetto Alejandro Salas) ci ha invitati a casa sua sabato prossimo per fare un bagno nella sua sicuramente formidabile piscina. Abbiamo accettato.

È tutto, Pedrito. Questo è stato il mio debutto al *Douglas*. Credo si possa convenire che poteva andare peggio.

Appena ho le prime pagine de *Il cugino Matías* te le mando. Può darsi che cominci a lavorare oggi stesso. I serpenti si agitano. Ciao.

Ismael

XI

«Tanto piacere e complimenti», disse con notevole capacità di sintesi l'architetto Alejandro Salas stringendomi la mano e baciando quella di Susy. Fu impossibile non pensare che di gentiluomi così ne restano pochi.

Il tavolo a cui era dislocato era senza dubbio il migliore del locale, asetticamente separato dagli altri (senza per questo rinunciare a una splendida visuale del palcoscenico), grande, con un piccolo ma solido candeliere e un vasetto con tre orchidee, non una di più né una di meno, proprio come sarebbe piaciuto a Hegel.

«Questi due giovinetti sono i miei nipoti», disse subito indicando un paio di ragazzoni (venti o ventidue anni, o giù di lì) del genere quattro ore di tennis, due di nuoto, una di boxe e due di rugby al giorno, molto sole e tante gazzose. Quando li guardai meglio avvertii qualcosa di strano: erano identici.

«Sì», sorrise Salas, senza dubbio abituato a questa situazione. «Sono gemelli. Si chiamano Sergio e Leonardo».

«Canti molto bene», disse uno di loro (Sergio o Leonardo?) baciando Susy su una guancia. «Mi è piaciuto molto tutto quello che hai fatto».

Svelto, il moccioso.

«Che cosa possiamo offrirvi?», chiese Salas esibendo una dentatura bianca, regolare e rassicurante, niente a che vedere con la locandina de *Lo squalo*.

«Whisky», dissi io. «Beviamo sempre whisky».

Salas, naturalmente, ordinò Chivas. Non era precisamente un gentleman, aveva le dita tozze, una voce forte con un'accentuata raucedine, era alto e pesante, non dico grasso, però robusto e sicuramente lento e un poco goffo nei movimenti. Dava l'impressione di essere uno di quei tizi che si sono fatti da sé, un *self-made man* creolo, mozzarella e farinata a diciott'anni e caviale a cinquanta, qualcosa del genere. Quanto all'età, doveva essere proprio in quella del caviale, cinquanta.

«Ci ha entusiasmato tanto il vostro numero», disse «che non ho potuto fare a meno di chiedere all'amico Anselmi di invitarvi al tavolo. Davvero, e scusate se insisto, complimenti».

Eravamo stati tanto bravi?

«Molte grazie», disse Susy credendogli di tutto cuore.

«Quello che ha detto può essere stato preso male da qualcuno», disse Salas posandomi una mano sul braccio, gesto che doveva aver passato buona parte della sua vita a studiare, perché lo faceva molto bene e si accordava tanto alla sua persona quanto i capelli bianchi che sfoggiava sulle tempie. «Parole dure, senza dubbio. Ma vere. Vere e molto intelligenti».

«Il suo amico Anselmi non condivide la sua opinione», dissi mentre mi accendevo una sigaretta, con il tono di chi, senza parere, pronuncia una frasetta di nessuna importanza.

Salas sorrise.

«Certo, lui è il padrone del locale. Io non ho questo problema. Ma lei non gli faccia caso, continui a modo suo».

Portarono il Chivas. Salas disse un paio di altre intrascendenze mentre serviva il whisky. Perché, naturalmente, era lui che doveva servirlo. Il sorriso con cui omaggiò Susy quando le porse il bicchiere fu da antologia: soave e galante ma con un lampo di lascivia che non riuscì a dissimulare. Cominciava ad assomigliare alla locandina de *Lo squalo*. Guardai uno dei gemelli. Chiesi:

«Quel neo che hai sulla guancia, è vero o te lo dipingi?».

Sergio o Leonardo arrossì e (sarà stata la mia immaginazione) strinse più forte il bicchiere di whisky.

«Se lo dipinge», intervenne Salas con lo stesso sorriso di

poco prima sul volto. «È uno dei trucchi a cui ricorre Sergio per differenziarsi da Leonardo».

Allora quello con il neo era Sergio. Non era male saperlo.

«E perché volete differenziarvi?», intervenne Susy. «Dev'essere strepitoso assomigliarsi così, tanto tanto, e poter confondere la gente, fingere che un giorno si è se stessi e il giorno dopo l'altro, eccetera, no?»

«Suppongo di sì», rispose Salas. E guardando Sergio, con una lieve ma percepibile ironia aggiunse: «Per questo a volte penso che Sergio non si dipinga il neo per differenziarsi da Leonardo, bensì perché gli piace».

Leonardo scoppiò in una franca, imperiosa risata. Salas sorrise appena. Susy ed io bevemmo il nostro whisky. Sergio arrossì, guardò Leonardo, Salas, e disse:

«Andate affanculo».

Si alzò in piedi.

«Buona notte. È stato un piacere», disse rivolgendosi a Susy e a me.

E se ne andò.

Salas si sporse verso Susy.

«Vuole dell'altro whisky?», chiese.

Susy fece un cenno di diniego con il capo.

«Si sarà arrabbiato molto?», chiese.

«Chi? Sergio?», Salas si strinse nelle spalle con studiata indifferenza. «Non so, non credo. Ad ogni modo, si è comportato come un villano. La prego di scusarlo. È un ragazzo un po' impulsivo. Le sue emozioni sono sempre più forti di lui».

«Né più né meno», disse Leonardo, enigmatico. «Né più né meno».

Salas lo guardò.

«Nessuno ha chiesto il tuo parere», disse.

Leonardo seppellì lo sguardo in fondo al bicchiere di whisky. Ebbi la certezza che non avrebbe più aperto bocca per il resto della serata.

Susy accomodò le tre orchidee nel vasetto, gesto notoriamente inutile. Le lasciò, d'altra parte, più o meno com'erano, dato che era impossibile farne qualcosa di diverso. Scoprii allora che avevo una gran voglia di alzarmi e filarmela di lì. Non mi era piaciuta la situazione di poco prima: né la violenta e repentina reazione e fuga di Sergio, né le misteriose ironie di Leonardo, né la pretesa indifferenza di Salas. Che cosa c'era veramente tra quel potente zio e i suoi nipoti? Perché era impossibile sbagliarsi: doveva esserci un bel po' di rancore accumulato perché Sergio reagisse come aveva fatto. Molto, molto rancore.

Ma in fin dei conti, vallo a sapere. Pensai ad Anselmi, al lavoro, perfino a Pedrito pensai, e repressi la voglia di piantare in asso Salas, comportamento che l'avrebbe indignato, visto che continuava a parlare come se nulla fosse successo.

«Sono qui per qualche giorno», diceva ora. «Ho dei terreni da queste parti. Più di quanti ne vorrei, portano via parecchio tempo».

Poveretto.

Né Susy né io dicemmo nulla. Finì il suo whisky e decise di tentare la sorte con un altro argomento. Guardò Susy.

«Canta sempre questo genere di canzoni?», chiese.

«Quale?».

Susy riusciva a smontare chiunque quando doveva rispondere a simili domande.

«Come quello di stasera», chiarì Salas.

«No, non sempre».

Nient'altro.

Silenzio.

«Aha», fece Salas.

E si versò un altro whisky.

Mi agitai inquieto sulla sedia. Non so perché, ma non riuscivo a rassegnarmi al fatto che l'episodio di Sergio si stemperasse così, come se niente fosse. Che cazzo, bisogna accettarsi come si è: non è nel mio stile permettere che accadano certe cose. Decisi di intromettermi, piacesse o no a Salas, ad Anselmi o allo stesso Pedrito. Dissi:

«Che peccato, questa storia del ragazzo, no?»

«Che ragazzo?», chiese Salas.

«Sergio, suo nipote».

Mi posò di nuovo la mano sul braccio, ma questa volta con più energia. Non aveva niente a che vedere con il gesto di poco prima: era quasi una minaccia.

«Senta, Navarro, dimentichi questa faccenda, vuole? Ormai è successo».

Ritirai il braccio.

«Le giuro che mi riesce difficile», dissi. «Mi sento in colpa. In fin dei conti, se non gli avessi chiesto di quel benedetto neo, non sarebbe successo niente».

Salas mi rivolse un sorriso aperto.

«È vero», disse. «Lei ha dato fuoco alla miccia. Non si sa tenere a freno, eh, Navarro? Perché le assicuro che per Sergio quella domanda era dinamite. Ben più di tutto il discorso che le aveva sentito fare al pianoforte. E scommetto una cosa: lei lo sapeva. O mi sbaglio?».

Stronzo. Anche lui era un esperto nell'impicciarsi negli affari degli altri.

«Si sbaglia», mentii. «La mia era soltanto curiosità».

Non avevo altra scelta: dovevo battere in ritirata. Salas sorrise di nuovo, tornò a posarmi una mano sul braccio (ora, però, come la prima volta, in modo fraterno) e disse:

«Insisto, Navarro. Dimentichiamo la faccenda. Anche lei, Susy. Qui non è successo niente. Sergio ha il suo temperamento e questo è tutto. Ma ci vogliamo molto bene noi tre, Sergio, Leonardo ed io. Sono i miei più efficienti collaboratori. Un po' giovani, è vero, ma le assicuro che di loro mi fido più di chiunque altro». Si rivolse a Leonardo e gli chiese: «Come possiamo evitare che l'amico Navarro continui a sentirsi in colpa per quel che è successo stasera?»

«Non lo so», disse seccamente Leonardo.

Salas bevve un generoso sorso di whisky, appoggiò con forza il bicchiere sul tavolo, come se stesse battendo un gong, e annunciò:

«Ho trovato la soluzione». Si sporse verso di noi, ci puntò l'indice contro e disse: «Questo sabato siete invitati a casa mia. Voglio che ci vediate di nuovo insieme, Sergio, Leonardo e me.

Si rende conto, Navarro? Soltanto così potrà liberarsi del suo senso di colpa. E, inoltre, Susy ne approfitterà senza dubbio per fare un bagno nella meravigliosa piscina che ho nel parco. E poi mangeremo, berremo del buon vino e balleremo perfino un poco. Che ve ne pare?»

Che cosa potevo dirgli?

«Ottima idea», questo dissi.

Insisté:

«E un'altra cosa: ho un pianoforte fantastico in sala. Sta aspettando lei, Navarro».

Dio mio, era possibile tanta felicità?

Mezz'ora più tardi uscivamo insieme dal locale. Salas si offrì di accompagnarci a Mogotes in macchina.

«È quella», disse indicando un'ovvia e insultante Mercedes azzurra.

«Che bella!», disse Susy, e credo perfino che sospirò.

«Ci si deve sentire davvero importanti quando si sale su un'auto così», commentai.

«Mi succede tutte le mattine», disse Salas. «Non posso evitarlo».

«Non è colpa sua. Le fanno per questo. Bene, qui le nostre strade si dividono».

Sembrò sorprendersi.

«Non vi accompagno, allora?»

«Non ce n'è bisogno», risposi. «Abbiamo la nostra. È quella».

Indicai la Citroën.

«Uh», fece Salas.

«Sì, è orribile», dissi. «Però è conveniente: cinquecento chilometri con venti litri di benzina, un bicchiere d'acqua e il vento a favore. Le assicuro che se non ci si sente davvero importanti *prima* di salire su quest'auto, una volta dentro diventa difficile».

«Be'», sorrise Salas «ma voi siete artisti. Non avete bisogno di automobili come la mia».

«Naturalmente», concessi. «Il denaro ci ripugna, mi creda».

Salas ampliò il sorriso e mi mise una mano sulla spalla.

«Mi piace il suo stile, Navarro», disse come se stesse girando una serie per la Republic Pictures[2]. «Non dimentichi di venirci a trovare sabato».

Mi strinse la mano e baciò Susy.

«Vi aspetto», disse.

Ci salutammo.

[2] Casa di produzione di «B movies» (NdT).

XII

Matías non era solo il più grande dei miei cugini, ma anche il più perverso. Questo però lo scoprii in seguito, tra lo stupore e la paura, in uno spiazzo abbandonato di Coronel Pringles, il nostro villaggio, uno di quei pomeriggi accecati dal sole, quando lo trovai intento ad aprire il petto di un gatto con il temperino che il giorno prima gli avevo regalato per il suo compleanno. Mi guardò e scoprii sul suo volto una selvaggia, irrefrenabile espressione di piacere. Lui aveva tredici anni ed io nove. Quel giorno conobbi la paura.

Ma questo, l'ho già detto, venne dopo. Perché la prima cosa che scoprii in Matías, ciò che fece di me il suo fedele compagno, fu la sua fantasia, la sua magica capacità di inventare storie, giochi, indovinelli, mondi inesistenti e meravigliosi. Era capace di parlare per ore, ed io di ascoltarlo. Grazie a lui conobbi il fascino infinito dei tesori nascosti, delle isole remote, dei pirati crudeli e avventurosi. Grazie a lui conobbi l'abilità degli spadaccini, i misteri delle alcove reali, la perversità di quelle dame belle ed eleganti che celavano il veleno nei loro anelli.

Sempre grazie a lui, molto più che ai vecchi film che proiettavano nel cinema del mio villaggio, scoprii il Far West, le grandi piume e i colori di guerra degli indiani, le vertiginose cavalcate dei cow-boy, la lentezza e la vulnerabilità delle diligenze e, soprattutto, il grande coraggio di quello sceriffo che, incurante delle ragioni della sua sposa e di tutta la gente del paese, rimaneva lì, da solo, in attesa dei quattro assassini che sarebbero arrivati con il treno di mezzogiorno per ucciderlo.

Conobbi tutto questo grazie a Matías. Sarebbe stato possibile non amarlo, non abbandonarmi a lui come feci?

Eravamo una famiglia numerosa, con grandi pranzi la domenica e chiassosi balli il sabato sera in casa della zia Etelvina, che era molto allegra e conosceva tante barzellette di quelle che gli adulti si raccontano tra loro, dopo aver allontanato i bambini con ordini tassativi, spesso violenti. Non so se ci sia bisogno di dirlo: io odiavo la zia Etelvina. E non solo lei, anche gli altri, perché bevevano fino a farsi rossi in viso, si rimpinzavano di cibo, ballavano in modo grottesco, dicevano volgarità e a volte si addormentavano perfino su una sedia o su un divano, con la testa rovesciata all'indietro e la bocca aperta. Erano gli adulti, e nulla potevamo contro di loro.

I miei cugini, che avevano tutti la mia stessa età, accettavano tutto questo come una cosa naturale, volevano bene alla zia Etelvina e la ammiravano, maliziosa e sveglia com'era. E il sabato, il giorno del ballo, le portavano regali e le rimanevano accanto finché lei non li mandava via, sempre con il sorriso sulle labbra ma con inappellabile decisione, per cominciare a raccontare le sue barzellette. E i miei cugini lo accettavano, senza per questo cessare di volerle bene o di ammirarla, e se ne andavano nel patio in fondo alla casa dove si mettevano a giocare a palla, correre, gridare, sudare, insultarsi, assomigliando sempre di più agli adulti che un giorno anch'essi sarebbero diventati. Io, allora, rimanevo solo, e li odiavo, quanto e più degli altri.

Una volta chiesi ai miei genitori di non portarmi mai più a quelle feste. Mi guardarono sorpresi e risposero di no, semplicemente. Erano così facili le cose, per i grandi. Sebbene riuscissi, credo, a capirli: eravamo solo noi tre in casa, e spesso loro si sentivano soli. Non avevano avuto altri figli oltre a me. Non ne conoscevo il motivo ma sembrava, da fugaci conversazioni che mi era capitato di sentire dalla mia camera, che in una certa occasione, non molto tempo dopo la mia nascita, un medico avesse detto qualcosa che era riuscito a spaventare molto mia madre, e lei avesse deciso allora di non arri-

schiarsi un'altra volta: così, ero rimasto figlio unico.

Mi aveva chiamato Ruperto, nome che aveva accentuato la mia timidezza congenita e del quale non avevo mai cessato di vergognarmi.

Eravamo solo in tre: come non andare allora alle feste della zia Etelvina, dove c'era tanta gente, e si poteva ridere, e mangiare, e bere, e ballare e sentire quelle barzellette che divertivano tutti, tranne i bambini, tutti?

Matías era più fortunato di me. E non solo perché aveva due fratelli (sebbene, come scoprii in seguito, a malapena rivolgesse loro la parola, perché erano più piccoli, un po' imbranati e infinitamente meno intelligenti di lui), ma anche perché i suoi genitori erano in rotta con la zia Etelvina e, di conseguenza, non partecipavano mai alle sue orribili riunioni. Erano gli unici della famiglia che osassero fare alla zia un simile affronto. Quando chiesi a Matías il motivo del litigio all'origine di tale atteggiamento, evitò di rispondermi e continuò a parlare dei suoi argomenti prediletti: il mare, le isole di corallo, le pianure rocciose del West o i lussuosi arredi dei castelli gotici. In men che non si dica, mi ritrovavo posseduto da quella magia, pendente dalle sue labbra, assorto, e avevo dimenticato la zia Etelvina, gli altri miei zii, i miei cugini, e tutte le cose di questo mondo che non mi piacevano o mi intimorivano.

D'estate, durante le vacanze (epoca in cui il nostro rapporto si faceva più libero e intenso), ci trovavamo in un boschetto alla periferia del villaggio o in uno spiazzo a due soli isolati di distanza da casa mia. Lì reinventavamo tutto.

E fu lì che venne la paura.

XIII

Ci svegliammo verso mezzogiorno. Il sole cadeva a picco – è un modo di dire – sul *Corto Maltese*. Scesi in cucina e preparai del *mate*[3]. In una scatola di latta trovai dei biscottini di strutto. Perfetto.

La cosa non si presentava male. Battere la fiacca per tutta la giornata, sparare un paio di cazzate e suonare il piano la sera e nient'altro. Mi buttai sulla sabbia accanto a Susy deciso a farmi abbrustolire dal sole.

Poi commettemmo lo sproposito di fare la siesta. E allora? Mi alzai alle cinque, mi lavai la faccia e decisi di scrivere una lettera a Pedro. Il motivo: avevo immaginato da cima a fondo – altro modo di dire – il racconto per *Storie di crimini e iniquità varie*. Era accaduto mentre prendevo il sole accanto a Susy, guardando le nuvole e interpretandone – oh! – le forme grottesche, contraffatte, come metafore dei corpi mutilati da un laborioso squartatore. Sono fatto così, io, non riesco neppure a prendere il sole in pace.

Tornai in cucina e bevvi un paio di tazze di *mate*. Non esiste altra cosa al mondo in grado di acuire la mia lucidità in minor tempo. Il whisky, forse, ma in modo completamente diverso: il whisky ha su di me un effetto apocalittico, esalta la mia capacità – di per sé già molto sviluppata – di percepire la futilità di tutte le cose e la conseguente ansia di distruggerle. Lo so per dolorosa esperienza: il lusso di non badare alla

---

[3] Infuso eccitante che si beve, in recipienti di zucca con una cannuccia, a mo' di tè (NdT).

quantità d'alcool che consumo mi è precluso. Sono stato alcolizzato per un anno e mezzo. Successe quando, nel giro di un mese, un cancro uccise (dico bene: perché nessuno muore, perché la morte naturale non esiste, perché si è sempre uccisi da qualcosa, sia un cancro o un'influenza) mio padre e un aneurisma uno dei miei amici più intimi e cari. Il pavimento mi si sciolse sotto i piedi come un panetto di burro in una viuzza de La Rioja in un mese estivo qualsiasi, alle quattro del pomeriggio. La mia caduta fu altrettanto violenta e totale. Poi, ancora in agonia, scoprii che non era per la morte di mio padre né per quella del mio amico che mi succedeva quello che mi stava succedendo. Si può sopportare qualsiasi cosa quando accade agli altri. Era la mia stessa morte quella che avevo appena scoperto. Semplice e terribile: si finisce male. Che si muoia domani o tra cent'anni fa lo stesso: si muore comunque. Che si viva felici o afflitti come granchi (metafora di cui mi servo perché deduco che sia terribile essere condannati a camminare all'indietro): si muore comunque. E già che siamo in tema di granchi: non sarà proprio per questo che camminano all'indietro, per sfuggire alla parca, per fare l'inverso di quel che facciamo noi, per vivere tornando eternamente all'istante glorioso, inaugurale della nascita? Può darsi. Ad ogni modo, ciò che conta è questo: nessuno si salva. Semplice e stronzo. Perché è inutile ingannarsi: quello della morte è un argomento davvero stronzo. Si finisce sempre facendo filosofia da quattro soldi, o peggio ancora: evocando Bécquer, Rubén Darío o quel gallego che scrisse dei versi per il suo vecchio defunto («le nostre vite sono i fiumi che a quel paese se ne vanno», non era proprio così, ma ci assomigliava abbastanza). Oppure facendo filosofia difficile: io, per esempio, ho letto Heidegger, conosco le disavventure del *Dasein*, mi sono sorbito la traduzione di Gaos, ho letto anche Sartre, e so tutto quel che c'è da sapere del «per-sé» e dell'«in-sé» e dell'«altro» e della temporalità e la trascendenza dell'Ego e chi più ne ha più ne metta. Mi è servito per rimorchiare un paio di tizie all'università e basta. Quando vidi morire il mio amico non mi servì a nulla. A me, che ero stato capace di passare delle ore a parlare della finitudine. E qui mi fermo, perché non c'è verso: la morte è un argomento idiota. Solo che per questa idiozia avevo passato un anno e mezzo ubriaco.

Finii il *mate* e andai in cerca della macchina da scrivere che Pedro mi aveva detto avrei trovato nella stanzetta al piano di sopra. Era lì. Mi ci sedetti davanti, cercai della carta e cominciai a scrivere: «Caro Pedro, ho appena generato una storia abbastanza truculenta perché meriti di essere inclusa nel prossimo numero di *Storie di crimini e iniquità varie*. Non è su Jack lo Squartatore: Jack, insisto Pedrito, è finito». Il mio racconto si sarebbe dovuto intitolare *Il cugino Matías*. Sarebbe stata comunque la storia di uno sbudellatore. Ma, almeno così speravo io, avrebbe avuto un approccio diverso, un po' di umorismo e, per quanto possibile, un bello stile. Conclusi la lettera raccontandogli del nostro debutto al *Douglas* e dell'incontro con l'architetto Salas.

Poi scesi in spiaggia, feci un tuffo in mare, tornai nella stanzetta e cominciai a scrivere *Il cugino Matías*. Lavorai bene.

Quella sera la mia esibizione al *Douglas* fu sobria, cauta e, di conseguenza, grigia. Non ci fu monologo. Dissi soltanto un paio di frasette per presentare le canzoni di Susy. Salas e i gemelli non c'erano. Non vidi neppure Anselmi. Rientrammo al *Corto Maltese* presto, intorno a mezzanotte. Andammo in spiaggia e passeggiammo un poco, abbracciati e tutto, sulla riva del mare, illuminati da una luna enorme, in silenzio. (Musica. Se possibile: *Someone to watch over me*, del grande George). Poi ce ne andammo a dormire.

Il giorno dopo, alle tre del pomeriggio, in camicia, cravatta e un lustro abito azzurro, comparve Fernando Ortiz. Adesso sì: mancavano solo poche ore perché decidessi di darmi al ricatto.

XIV

Mi costrinse a studiare canto, danza moderna, arte drammatica. Mi portò a tutti i programmi televisivi possibili e immaginabili. Parlava con animatori, annunciatori, attori di grido, con chiunque sospettasse potesse avere una provvidenziale influenza. Non era una cattiva persona il mio vecchio, Ismael. Non era migliore né peggiore di chiunque altro. In molte cose ti assomigliava. Nel desiderio di dirigermi, soprattutto, di decidere per me, di essere sempre sicuro di quel che più mi conveniva. Nella capacità di ignorarmi, anche, di non chiedermi mai che cosa volevo veramente fare della mia vita. Certo, una cosa condizionava l'altra. Come vedi, anch'io so fare due più due.

Passarono gli anni senza che nulla cambiasse. Io ne avevo quasi venti e avevo partecipato soltanto a un paio di insignificanti programmi televisivi, del tipo che tu chiameresti *Chi lo sa grugnisca* o *È nata un'idiota*, due o tre audizioni radiofoniche con conduttori melliflui, untuosi, di quelli che mentre parlano con la tua famiglia o con il tuo fidanzato ti infilano una mano sotto la sottana, ed esattamente quattro opere teatrali, in teatrini indipendenti, naturalmente, di quelli che tu trovi tanto buffi, Ismael, dove nessuno sa niente ma tutti credono di star facendo un favore alla cultura universale. Ho detto bene? Perché la frase è tua, lo ammetto. E non ho neppure difficoltà ad ammettere che non ho nessuna intenzione di liberarmi di quel che di buono ho imparato da te. Appartiene anche a me, e me lo sono guadagnato.

Come ti dicevo, non arrivai a nulla in quegli anni, ma vidi

di tutto: infelici che dopo due parole mi proponevano di andare a letto con loro, tossici disperati, amorevoli checche che ti consigliano come pettinarti per piacere di più a un tizio potente con cui hai un colloquio tra cinque minuti, e anche bravi ragazzi, tanti bravi ragazzi e brave ragazze, con attitudine, talento, come me alla ricerca, tutto il santo giorno, all'inutile ricerca in quella giungla.

Ma il peggio doveva ancora venire. Perché un pomeriggio (non lo dimenticherò mai: faceva caldo e stavo bevendo un caffè mentre leggevo una rivista sdraiata sul letto, in camera mia, con indosso soltanto il reggiseno e un paio di slip) il mio vecchio arrivò con la grande occasione, la porta per il successo. «Mia cara Susy», esclamò entrando nella mia stanza, «finalmente ce l'abbiamo fatta». Si sedette su una sedia, mi guardò e fece una faccia strana quando si accorse dello stato in cui ero, mezzo nuda. Gli chiesi di uscire un momento perché potessi vestirmi. Mi disse di non essere sciocca, che lui era mio padre e che mi aveva visto nuda o poco vestita fin da piccola. La cosa importante era un'altra. Per la precisione: quel che era appena riuscito a ottenere. Niente meno che un colloquio con il Tal dei Tali della società Tale. (So che ti piacciono i nomi, Ismael. Ti accontenterò: il Tal dei Tali era Sebastián Almajo. Si sparò un colpo in testa cinque anni fa). Bene, continuo. Il mio vecchio non stava più nella pelle dalla contentezza. Disse che ora niente sarebbe andato storto. Che Almajo era disposto a darmi una buona parte in un musical che avrebbe debuttato di lì a un mese. Ma anch'io avrei dovuto darmi da fare. A quanto si diceva, Almajo andava pazzo per le ragazze giovani e carine. Non dovevo rifiutarglielo. Non potevamo andare avanti senza cedere un poco in queste cose. Certo: con qualcuno che ne valesse la pena, come Almajo, che non pensassi che mio padre mi avrebbe autorizzato a fare una cosa simile con chiunque, non era mica diventato matto. Non credere che la cosa mi stupì. Al contrario. Da un pezzo mi aspettavo qualcosa del genere. Gli dissi, senza accalorarmi, di no, che non ero disposta a farlo, e che non avevo intenzione di andare da Almajo. La scena che seguì è degna de *I pecca-*

tori di Peyton, Ismael. Sapendo che detesti il melodramma, te la farò breve: il mio vecchio mi si gettò addosso, furibondo, cominciò a palpeggiarmi, a chiedermi gridando perché avevo quelle tette e quelle gambe se non intendevo servirmene, a urlarmi che lui non lo prendevo in giro, che nessuna era più puttana di me e che se rifiutavo era solo per non dargli soddisfazione, per torturarlo, per averlo sempre al mio servizio, tutto il giorno a cercarmi un'occasione come un disperato, e ora, proprio ora che finalmente l'aveva trovata, mi mettevo a fare la santarellina, la brava ragazza, come se lui non sapesse che puttana ero, eccetera, Ismael, questo e altro. Non so se tentò di violentarmi. Ma era come impazzito. Di colpo si fermò, si alzò in piedi e si sistemò il nodo della cravatta. Ti rendi conto? Il nodo della cravatta. È incredibile cosa può fare la gente nelle situazioni più orribili. Poi uscì dalla stanza e chiuse la porta.

Mi trasferii a casa delle mie zie. Sei mesi più tardi un infarto aveva la meglio sul mio vecchio. In quel periodo lo vidi soltanto un paio di volte, sempre di malumore, risentito, lamentoso, e quel che è peggio, come vergognoso con me, senza sapere bene cosa dirmi, osando appena guardarmi negli occhi. Mi rattrista molto ricordare tutto questo.

Tre mesi più tardi conobbi te.

XV

Fernando Ortiz non era obeso, ma grasso sì, inequivocabilmente grasso e untuoso, una via di mezzo tra Peter Lorre e Nero Wolfe, più Peter Lorre, però. Gli sudavano le mani, vestiva male e aveva il doppio mento. Oscillava tra i quaranta e i quarantacinque anni, più vicino ai quaranta. Era avvocato. Aveva dato alcuni esami facoltativi a filosofia, dove ci eravamo conosciuti, vari anni prima, al corso di filosofia della storia. Io gli avevo spiegato molto Hegel e lui aveva capito poco: lo spirito assoluto lo annichiliva. Era passato per il rotto della cuffia. Poi smettemmo di vederci, assiduamente, almeno. Seppi che esercitava la sua professione, che si era occupato abbastanza di politica e che viveva sempre alla giornata, contando gli spiccioli. Aveva sicuramente portato per anni quello stesso vestito azzurro con cui ora faceva la sua inattesa apparizione al *Corto Maltese*.

Ci abbracciammo. Ci dicemmo tutte quelle cose che si dice la gente in casi come questo: che cosa fai, che sorpresa, come vanno le cose, sei ingrassato o invecchiato o più pelato o ti conservi in modo fenomenale e come fai eccetera eccetera. Diede un bacio a Susy, che conosceva, e si tolse la giacca.

«Si sta bene qui, eh?», commentò offrendo il viso al sole. «È raro questo caldo in ottobre. Siete fortunati, caspita».

«Approfittane anche tu», dissi. «Vieni, accompagnami in casa che ti do un costume da bagno. Sei un po' grasso ma non ci spaventeremo. Coraggio, Fernando».

«Aspetta, aspetta», mi interruppe. «Corri troppo, Ismael. Dammi tempo».

Lo guardai sorpreso.

«Tempo per cosa?».

Si strinse nelle spalle.

«Per accendere una sigaretta, almeno».

Ne tirò fuori una e la accese.

«Senti», disse. «Non sono venuto per prendere il sole. Non che non mi piaccia. Ma... be', non sono venuto per questo».

«Capisco. E suppongo che ora debba chiederti perché sei venuto».

Sorrise.

«Sei sempre sveglio, Ismael. È una storia lunga. Lunga e complicata. Perfino da raccontare è difficile. Ma insomma, si tratta di una cosa che voglio proporti».

«Senti, Fernando», dissi. «Qualsiasi cosa purché non si tratti di politica».

«D'accordo. Qualsiasi cosa, allora».

«Così va meglio. Qualsiasi cosa».

Andammo in cucina. Lì avremmo potuto berci un caffè e soprattutto, disse Fernando, non avremmo annoiato Susy. E non so se questo piacque a Susy, ma non ero ancora riuscito a versare la prima tazza di caffè che apparve sulla porta della cucina con i suoi jeans attillati e una magliettina che le lasciava la schiena scoperta e disse:

«Vado a fare un giro in centro. Prendo la macchina. Ciao».

Servii il caffè.

«Si sarà offesa?», chiese Fernando.

«Un po'. Ma non ti preoccupare, Susy ci è abituata».

Mi sedetti. Dissi:

«Allora, Fernando, raccontami prima che cosa fai. Posso dirti una cosa? Non hai un'aria troppo prospera. Quanti anni sono che porti quel vestito?»

«Ormai ho perso il conto. Ma le cose possono cambiare, Ismael. Non è mai troppo tardi».

«Ti ho avvertito: niente politica».

«Chi ha parlato di politica?»

«Guarda, la parolina *cambiamento* in bocca a te mi puzza. È una questione quasi pavloviana».

«Ti sbagli. Parlo di un altro cambiamento. Niente a che vedere con la politica».

«Fenomenale. Ricominciamo da capo, allora: che cosa fai?».

Spense la sigaretta. «Niente di losco, vecchio mio. Ma neppure niente di troppo pulito».

«Non capisco».

«Guarda, ho un'agenzia di investigazioni, pedinamenti, cose del genere, insomma. È un lavoro come un altro».

«Non ti credo. Hai detto che non era pulito. Né losco né pulito, hai detto. Allora, che cosa c'è di poco pulito?»

«Che ne so. Molte cose. Ci si occupa sempre di faccende un po' misteriose, o strane. Inoltre, nessuno dei tuoi colleghi ti guarda con simpatia quando ti metti in una cosa del genere. Ho due soci, due ex-borsaioli. Sono bravi ragazzi, di fiducia».

«Sì, e io sono Biancaneve».

«Pensala come vuoi. Io ti dico la mia opinione».

«Non è questa la tua opinione, Fernando».

«Va bene, d'accordo. Lo ammetto: è uno schifo. Non avrei mai pensato che avrei finito per esercitare la professione in questo modo».

«Adesso va meglio. Quasi ti credo».

«Ma la fortuna può cambiare, Ismael. Dico sul serio».

«Come?».

Finì il caffè e si accese un'altra sigaretta. Fece una lunga pausa.

«Ti racconterò una storia», disse infine.

Misi i gomiti sul tavolo, intrecciai le mani e ci appoggiai sopra il mento.

«Avanti».

«Circa due settimane fa ero nel mio ufficio, solo, e bevevo un caffè bello forte guardando fuori dalla finestra».

«Chi eri, Marlowe o Sam Spade?»

«Ero me stesso, come sempre, disgraziatamente».

«Continua. Stai guardando fuori dalla finestra. Che cosa vedi?»

«Una macchina da favola, una Mercedes chiara che parcheggia sul marciapiede di fronte al mio ufficio».

«Una bionda apre la portiera e attraversa la strada».

«Sì, cazzo. Una bionda apre la portiera e attraversa la strada».

«Cinque minuti dopo sta suonando il campanello del tuo ufficio».

«Né più né meno. E sono solo, te l'ho già detto. Le apro la porta e la faccio entrare».

«È giovane, bella e miliardaria».

«Col cazzo. Ha più di cinquant'anni, è ben truccata ma ha il collo tutto raggrinzito e le mani coperte di macchie. Questo sì: è miliardaria».

«Come lo sai?»

«Me lo dice lei. È praticamente la prima cosa che mi dice. "Il cognome della mia famiglia è Achával Junco", così si presenta. E aggiunge: "Avrà sentito parlare di noi. Abbiamo molte proprietà nella provincia di Buenos Aires e a Córdoba"».

«Complimenti. Ma cos'è 'sta storia del cognome della famiglia? Esiste un cognome che non sia di una famiglia?»

«Sveglia, Ismael. La tizia è sposata, ha un nuovo cognome, però la grana non le viene dal marito, capisci, bensì dalla famiglia d'origine, per questo si presenta con quello che chiama il cognome della sua famiglia, che altro non è che quello da nubile».

«Aha. E il marito?»

«Il marito è un cretino e un arrogante con la puzza sotto il naso. Ma ha cinque anni meno di lei, la tratta bene, le amministra tutta la grana e vive alla grande».

«Come si chiama?»

«Salas. Alejandro Salas. Dice che è architetto».

«Lo conosco».

«Lo so. Per questo sono venuto da te. Abbiamo tra le mani un affare fantastico, Ismael. Se ci muoviamo bene, non ci ferma nessuno».

DUE

La seduzione del potere

I

Mi versai dell'altro caffè. Fernando spense la sigaretta. Dissi:

«Vediamo di non correre troppo. Mi mordo la lingua e non ti chiedo niente: né come fai a sapere che conosco Alejandro Salas, né qual è il grande affare che vieni a propormi, né che cosa significa questa storia che se ci muoviamo bene nessuno ci ferma. Niente. Voglio andare per ordine, Fernando. Siamo nel tuo ufficio, per meglio dire: tu sei con questa tizia, la Achával Junco, lei ti ha appena detto che ha delle proprietà a Buenos Aires e Córdoba. Allora, come continua?»

«La tizia mi spiega perché è venuta da me. Io ne approfitto per guardarla meglio. Dev'essere stata bella, molto bella, ma ora è ridotta male. Le tremano un po' le mani, accende una sigaretta con il mozzicone della precedente, mi chiede un whisky. Per carità, vedi di capirmi: non è fuori di zucca né sull'orlo di una crisi isterica né niente del genere. È insicura, questo sì, molto insicura».

«Tu apri un cassetto del tuo schedario e tiri fuori una bottiglia di whisky».

«Esatto».

«Metti due bicchieri sulla scrivania, versi più whisky nel suo che nel tuo».

«La stessa quantità. Il whisky mi fa bene, mi aiuta a pensare e so che ho bisogno di essere lucido. Fiuto un buon affare».

«Va' avanti».

«La tizia attacca a parlare di suo marito. La interrompo, le chiedo se ha avuto il mio nome da qualcuno o se l'ha semplicemente trovato sulle pagine gialle. Sulle pagine gialle, dice. Non so se crederle, ma non importa».

«Perché glielo chiedi, allora?»

«È un vizio. Mi piace darmi importanza chiedendo ai clienti se qualcuno ha fatto loro il mio nome. Bevo un bel sorso di whisky e le dico di proseguire».

«Sei padrone della situazione».

«È così. Perché lei è nervosa e ha bisogno di me. Ricomincia a parlare del marito, dunque. È uno giovane, soltanto quarantaquattro anni, forte, deciso e audace negli affari. Le chiedo se è ricco di famiglia. Risponde di no. È architetto, anche se non ha mai esercitato, e tutti i beni che amministra sono di sua proprietà. O, per meglio dire: della società per azioni della famiglia di cui lei possiede il pacchetto di maggioranza. Chiaro?»

«Chiarissimo: il coltello dalla parte del manico ce l'ha lei».

«Esatto. Ma non sottovalutiamo il ruolo del marito. Salas è abile. È un buon amministratore, ha incrementato gli utili della società e ha un mucchio di contatti. Gode di un certo prestigio nel mondo della finanza. Ma la sua vita è appesa a un filo. Il minimo sgarbo alla sua cara sposa e ciao, ti saluto Salas».

«Per sua disgrazia, lei è più anziana, invecchia con una rapidità mortale ed è rosa dalla gelosia».

«Come vedrai, tutto prevedibile. Continuo. Finisce il suo whisky e me ne chiede un altro. Obbedisco. Adesso riattacca a parlare del marito. Sospetta di lui. Lo dice a bassa voce, quasi si vergognasse. Crede che la inganni. Non negli affari, chiarisce, ma in altre cose sì. Senza troppa delicatezza (sono un avvocato, Ismael) le chiedo: "Signora, crede che suo marito la tradisca con altre donne?". Risponde di sì. Ne è quasi certa, lo sente meno affettuoso di prima, più distante, le dedica poco tempo, le fa pochi regali e non so quante altre cose. Riassumendo: sì, crede che ci sia un'altra donna, o varie altre donne».

«E vuole che tu lo scopra».

«Effettivamente: questo è il motivo per cui è venuta».

«Onorario?»

«Buono. Ma questo non conta, Ismael. L'affare è altrove».

«Salas».

«Salas. Ma la cosa non è semplice. Perché il marpione è astuto. Guarda, non è stata colpa sua – ne sono sicuro – se la Achával Junco si è messa a delirare con la storia della gelosia. Non credo che il tizio l'abbia trascurata. Ma la signora ha già cinquanta primavere sul groppone e la menopausa l'avrà rincoglionita su questo fronte, stanne pur sicuro. E sono cose impossibili da gestire. Anche per Salas. Ma questo (e qui viene il difficile, Ismael) non vuol dire che Salas la stia cornificando. Nemmeno per sogno, vecchio mio. A Salas interessano i dindi, non le donne».

«Come lo sai?»

«Sono tredici giorni che mi occupo del caso e dieci che sono a Mar del Plata tenendo d'occhio Salas. Non ho bisogno d'altro. Lo so».

«Cosa fa Salas a Mar del Plata?»

«Affari. Ma naturalmente, la Achával Junco sospetta che sia qui per un altro motivo, che abbia un harem da queste parti o qualcosa del genere. Nel frattempo, è a Buenos Aires e aspetta mie notizie».

«Aha. Non c'è quasi più bisogno di chiederti come facevi a sapere che conoscevamo Salas».

«Infatti. Ero al *Douglas*, avvinghiato a una fanciulla in un angolino buio, la sera in cui vi ha invitato al suo tavolo. Poi vi ho visti uscire insieme».

«Perfetto. Era anche ovvio che se da qualche parte dovevi cercarmi, saresti venuto allo stabilimento balneare di Pedro».

«Ovvio».

«Soltanto una domanda: perché hai lasciato passare un giorno?»

«Non l'ho lasciato passare. Me lo sono goduto insieme alla fanciulla di cui ti dicevo, quella dell'angolino del *Douglas*. La sera abbiamo litigato. Ma è stata una giornata meravigliosa».

«Maiale. Scaldo dell'altro caffè?»

«Forza».

II

Perché lentamente, in modo a volte impercettibile, ma in altri momenti chiaro ed evidente, Matías cominciò a cambiare. Prima fu il luccichio nei suoi occhi, che si fece più intenso, come se avesse sempre lo sguardo fisso su un unico, ossessionante oggetto. Poi furono i suoi racconti, le sue storie meravigliose, che si fecero più rare, più diluite, come se ormai non gli procurassero più il profondo piacere che avvertiva un tempo raccontandole. Infine, fu il suono della sua voce, che si fece più grave, più duro, secco, e non perché fosse ormai prossimo ai tredici anni, ma perché sembrava avere completamente perduto la gioia di vivere.

Non smettemmo di vederci nel boschetto o nello spiazzo vicino a casa mia. Non mi abbandonò, non tradì la nostra amicizia. Ma a me non riuscì più di stargli vicino con la stessa tranquillità e lo stesso piacere di un tempo. Lo sentivo parlare di strane cose. Prese a raccontarmi gli atroci incubi che lo tormentavano. Riusciva a malapena a dormire due o tre ore per notte. Sognava, mi confessò, animali e insetti. Gatti che crescevano e crescevano, di fronte al suo terrore e alla sua impotenza, fino a trasformarsi in feroci, voraci pantere. Mosche, scarafaggi e tarantole dalle innumerevoli zampe che finivano sempre per saltargli sul viso. Ignorava nel modo più assoluto l'origine di tali sogni, il sinistro elemento della realtà in grado di provocarli.

Lo sguardo fisso, ostinato, il sudore febbricitante che gli brillava sulla fronte, cominciò a dire: «Bisogna indagare, bisogna indagare». Ed io, al suo fianco, rimanevo muto, senza poterlo aiutare, senza potergli neppure dire quanto soffrissi per lui, o che sarei stato capace di qualsiasi cosa, anche di dare la vita, perché tornasse a essere quello di un tempo, il meraviglioso cugino Matías.

In quei giorni compì tredici anni. Mi confessò (pieno di dolore o di rabbia, non saprei dire con esattezza) che aveva rifiutato l'offerta dei suoi genitori di organizzargli una festa. «Non ho niente da festeggiare», disse. Lo pregai (e la mia preghiera fu quasi un'implorazione) che mi permettesse di regalargli qualcosa. Rifiutò. La mia agitazione fu totale. Lui mi aveva insegnato a credere nella magia delle cose e nel potere dell'amicizia, ed io, fedelmente, pensavo che un mio regalo potesse riscattarlo dall'infausto universo in cui era ora relegato. Insistetti, ma rifiutò di nuovo.

Eravamo nel boschetto. Gli alti alberi ci proteggevano dal sole cocente del pomeriggio. Mi sedetti per terra, affondai il viso tra le mani e scoppiai a piangere. Bisogna ricordarlo: avevo nove anni. Matías mi mise una mano sulla spalla e mi disse di non fare così, che non era da uomo. Allora lo guardai e gli chiesi se fosse da uomo rifiutare il regalo di un amico. Sorrise – o fu sul punto di farlo – e disse che se questo mi faceva soffrire tanto, avrebbe accettato il regalo. Mi rialzai e al colmo della felicità gli dissi di domandarmi ciò che più desiderava al mondo, perché io gliel'avrei procurato. Un'ombra gli passò sul viso, si voltò dandomi le spalle e disse: «Voglio un temperino». Semplicemente.

Due giorni dopo, il giorno esatto del suo compleanno, depositavo nelle sue mani il più bel temperino che avevo trovato dopo avere girato tutti i negozi del nostro villaggio. Era il gesto di chi consegna un talismano in grado di trasformare la sventura in felicità, la sofferenza in gioia infinita. Tale era la mia speranza, o la mia ingenuità.

Lo cercai il pomeriggio seguente e lo trovai nello spiazzo vicino a casa mia. Era chino su un grande sasso, aveva appena squartato un gatto e la lama del temperino non era altro che un insanguinato prolungamento della sua mano destra.

Mi guardò e disse: «Devo indagare, vattene e lasciami in

pace». Aveva sul volto una selvaggia, irrefrenabile espressione di piacere.

L'ho detto: quel giorno conobbi la paura.

III

«Sei bravo a fare il caffè», disse Fernando sorridendo. «Non è facile. E a proposito, ti ricordi quando mi spiegavi Hegel in quel bar dell'Once?»

«Solo la morte può cancellare simili ricordi, Fernando».

Scuote pesantemente la testa. Dice:

«La *Fenomenologia dello spirito* è stato uno scoglio insuperabile nella mia vita».

«Non te la prendere, anche in quella di molti altri».

Mi verso dell'altro caffè e accendo una sigaretta.

«I ricordi però li rimandiamo a dopo, Ferni», dico con affettuosa fermezza e chiamandolo (quasi senza rendermene conto) Ferni, come ai vecchi tempi, quando decifravamo la *Fenomenologia*. «Ora va' avanti. Scommetto quello che non ho che il meglio deve ancora venire».

«Scommetti tranquillo».

«Bene, sputa il rospo allora. Torniamo nel tuo ufficio. Raccontami come si accomiata la Achával Junco».

«Come una signora, lo riconosco. Quella donna, per quanto disperata, ha classe, Ismael. È qualcosa che le viene da dentro, che non ha avuto bisogno di imparare, è nata così. Lo so, non dirmelo: subisco il fascino dell'oligarchia».

«Non c'è nulla di più seducente del nemico, Ferni. Continua».

«La accompagno alla porta. Lei però si ferma e mi guarda. Qui capisco una cosa: oltre alla classe, questa donna ha dentro una rabbia che se la mangia viva, Ismael, un furore represso capace di distruggere qualsiasi cosa. "Faccia bene il suo lavoro”, mi dice. “La posta in gioco è molto alta per me”. E se ne va».

«Sipario».

«Soltanto fine del primo atto. Perché la faccenda continua. E diventa sempre meglio».

«Non ne dubito. Il tuo cervello di vecchio filibustiere deve avere elaborato migliaia di idee dopo questo colloquio».

«Sì, anche se tutte finiscono per puntare a un solo personaggio».

«Salas».

Fernando dà un pugno sul tavolo e si alza bruscamente in piedi.

«Mi fa diventare pazzo quel tipo, Ismael. È un gigante con i piedi d'argilla. Non puoi immaginare le cose che gli si possono tirare fuori».

Si rimette seduto.

«Dammi un altro caffè», dice.

«Aspetta che lo scaldo».

Mi punta l'indice contro, come se avesse intenzione di fucilarmi.

«Devi seguirmi in questa storia, Ismael», dice. «Non ti puoi tirare indietro».

Accendo il gas e metto la caffettiera sul fornello.

«Senti, Fernando, non correre troppo. Hai detto che il meglio doveva ancora venire e sto aspettando».

«Il meglio è Salas, sciocco. O vorresti farmi credere che non l'hai capito?»

«L'ho capito subito. Ma sei tu che devi dirmi perché. Sei tu che ci stai lavorando da due settimane, non io».

«Bene. Al sodo, allora. Ti parlerò di Salas. Primo: è un tipo intelligente, abile. Amministra qualsiasi quantità di denaro, gode di prestigio e ha buoni contatti. Secondo: non ha una lira, tutta la grana che maneggia è della moglie. Terzo: ha una moglie malata di gelosia, che ingaggia un oscuro avvocato perché lo controlli. Quarto: è a Mar del Plata e conduce una vita irreprensibile. Si dedica anima e corpo agli affari. Ha due nipoti, gemelli, dai quali non si separa mai. Quinto: l'altro ieri, per la prima volta, esce la sera. Va in un piano bar chiamato *Douglas*, accompagnato, come sempre, dai nipoti. Il proprietario del locale si chiama Anselmi ed è un suo conoscente. Forse hanno qualche affare in comune. Sesto: al *Douglas* si esibiscono un pianista e una cantante. Lui si chiama Ismael Navarro e lei Susy Rivas. Salas li ascolta con grande attenzione e poi li invita al suo tavolo. Settimo: ordina whisky del migliore, Chivas se non mi sbaglio, e ha un incidente con uno dei gemelli. Ottavo: Ismael Navarro e Susy Rivas non possono evitare di sentirsi imbarazzati per l'incidente. Salas li tranquillizza minimizzando l'episodio. Nono: Salas guarda Susy Rivas. Decimo: Salas continua a guardare Susy Rivas, e la guarda come non ha guardato nessun'altra donna da quando questo oscuro avvocato lo pedina per incarico di sua moglie. È tutto».

Tolgo la caffettiera dal fuoco e verso del caffè nella tazza di Fernando. Mi siedo. Mi gratto la testa e accendo una sigaretta. Mi alzo nuovamente in piedi, prendo la caffettiera e verso del caffè anche per me. Guardo Fernando. Dico:

«Susy non ci starà».

«Non puoi saperlo. È un mucchio di grana».

«Non ci starà. La conosco».

«Non si conosce mai abbastanza una persona. Proponiglielo e vediamo cosa succede. È un mucchio di grana, Ismael».

«Quanta?»

«Tutta quella che passa per le mani di Salas. Il limite lo fissiamo noi».

Finisco il caffè. Ho voglia di prendere a pugni Fernando. Tuttavia, dico:

«Salas ci ha invitato a casa sua questo sabato».

«Perfetto. Sta a Los Troncos, in una bella villa con una piscina da favola. Di' a Susy di mettersi lo stesso tanga che aveva questo pomeriggio».

«Sei un figlio di puttana».

«Siamo in due».

Rimaniamo in silenzio per un lungo, interminabile minuto. Fernando mi mette una mano sul braccio.

«Senti, Ismael. Il giorno dopo averti visto al *Douglas* non sono stato con nessuna ragazza. Sono stato da solo, rinchiuso nella mia stanza d'albergo, a guardare il soffitto e pensare a questa faccenda. Non avevo il coraggio di venirti a trovare».

«È una balla, cretino».

«Ti giuro di no. Nemmeno a me piace questa faccenda. Ha un brutto nome. Ma pensandoci bene, perché no? Cazzo, Ismael, perché no?»

«Per Susy».

«La parte di Susy è minima. Quanto basta alla Achával Junco per convincersi che Salas la cornifica».

«Per me».

«Per te?»

«Non sono un ricattatore».

Fernando sorride divertito.

«Non eri neppure un pianista prima di sederti a un pianoforte».

Mi alzo e guardo fuori dalla finestra. La sabbia dev'essere ancora calda. Il mare è azzurro e infinito. Guardo Fernando.

«D'accordo», dico.

IV

Avevi ventott'anni, Ismael, ed eri affascinante. Non avevo mai sentito nessuno parlare come te. Sapevi affrontare qualsiasi argomento e rendere tutto interessante: la filosofia, la politica, il cinema, la musica. Quando ora ho letto le prime pagine de *Il cugino Matías* ho capito che la mia adorazione per te era paragonabile soltanto a quella che Ruperto prova inizialmente per Matías. Tu sei stato il mio cugino Matías. Grazie a te scoprii la grande musica, le grandi idee e il cinema, sì, specialmente il cinema. Quanti film degli anni Quaranta e Cinquanta mi hai fatto vedere? Ti appassionavano i cattivi. Eri capace di parlarmi per ore di Bela Lugosi, Peter Lorre, James Cagney, Bogart e gli altri, quelli degli anni Cinquanta, soprattutto Richard Widmark, che rideva istericamente mentre gettava la vecchietta paralitica dalle scale. Quella scena ti faceva impazzire. Abbiamo visto più di dieci volte *Il bacio della morte* e *I trafficanti della notte*.

Ma non ho intenzione di raccontarti la nostra storia. I fatti, almeno, li conosci. Per dieci anni ho vissuto attraverso te. Era facile e mi piaceva. Per me era questo l'amore. Per te era tutto diverso. Avevi i tuoi amici, la letteratura, la musica e la politica. Ti credevi destinato a grandi cose. Poi arrivarono i fallimenti. Alcuni – quelli della tua generazione – ti risparmierò il dolore di ricordarli. Altri sono di tua esclusiva proprietà: scoprire che non eri un grande pianista né un grande scrittore, né sicuramente *nient'altro* di grande. Tutto questo ti distrusse. E alla fine la scoperta della morte (fatto che eri riuscito a negare fino a trent'anni passati) ti fece cominciare a bere. Ed io sono stata lì con te, non dimenticarlo, giorno dopo giorno, per quasi un anno e mezzo, aiutandoti a uscirne.

E ne uscisti, come no. Non tornasti a essere quello di prima, ma non perdesti il tuo senso dell'umorismo, solo che lo trasformasti in una smorfia acida, corrosiva e disperata. Tutto questo (era prevedibile) si rovesciò addosso a me, e riuscisti quasi a convincermi della mia totale nullità: sì, ero carina, ma irrimediabilmente superficiale e come cantante, soltanto mediocre. L'unica cosa che poteva rendermi orgogliosa era essere la tua donna. Non ci siamo sposati né abbiamo avuto dei figli. Lo sai: io avrei voluto.

Ci sono cose, guarda, che forse sono delle piccolezze. Ma che finiscono per farti decidere una volta per tutte. Credo di avere chiuso con te il giorno in cui Fernando Ortiz arrivò al *Corto Maltese*. Quando ve ne andaste da soli in cucina e mi lasciaste lì in spiaggia, per non annoiarmi, come disse Fernando. Che rabbia, Ismael. Davvero: che rabbia. Di nuovo tu e i tuoi amici. Di nuovo ti allontanasti da me per parlare di «questioni importanti», di quelle di cui dai per scontato che io non capisca un accidente. Non annoiamo la sciocchina. Lei è fatta per altro, per abbronzarsi il culetto, per preparare il caffè tutt'al più, per cantare male, «prendendo una stecca dietro l'altra» come ti piace tanto dire.

Be', caro mio, sai cosa feci? Mi misi un paio di jeans, una magliettina leggera senza niente sotto, montai in macchina e andai a trovare Salas. Sola soletta, che te ne pare? Avresti dovuto vedere la sua faccia quando mi vide arrivare: un indescrivibile miscuglio di sorpresa e fregola.

Cominciava la mia storia, Ismael. E se c'era una cosa che avevo deciso fin dall'inizio era di non concederti nessun ruolo.

Proprio così.

V

Siamo seduti sulla sabbia. Sono le sette di sera. Sta facendo buio. Fernando dice:

«Sapevo che ci saremmo capiti».

«Manca ancora Susy».

«Susy sarà d'accordo. Puoi starne sicuro. Il problema ora è decidere come farlo».

Ricordo un film americano degli anni Cinquanta. Dico:

«Sappiamo perché, ma non sappiamo come».

«Qualcosa del genere», dice Fernando.

Gary Cooper, Richard Widmark e Susan Hayward fuggono per una gola tra le montagne inseguiti dagli indiani. Sono gli istanti finali, culminanti del film. Giungono a una curva dove il sentiero roccioso si restringe notevolmente. Se uno dei tre rimane lì e affronta gli indiani a fucilate, gli altri avranno il tempo di salvarsi. I due uomini decidono di dirimere la questione tra loro, giocandosi la sorte a carte: il vincitore fuggirà con la donna, il perdente affronterà gli indiani e sacrificherà la vita nell'impresa. Widmark tira fuori un mazzo di carte e sorride: la sua aria fiduciosa non è casuale, ha fatto il giocatore di professione per tutta la vita e non lo preoccupa affidare il suo destino alle carte. Cooper diffida, ma ormai è troppo tardi, ha già accettato di risolvere le cose in quel modo. Giocano e Widmark, il giocatore, perde. Cooper e Susan Hayward montano sui loro cavalli e fuggono come il vento. Widmark estrae il fucile e si accinge ad affrontare gli indiani, ormai vicini. L'uomo e la donna arrivano alla valle e si fermano. Sentono gli spari. Cooper capisce e dice: «Sono stato uno stupido. Come ho fatto a non capire? Ha barato al gioco e ha perso di proposito perché noi ci salvassimo. Devo tornare da lui e aiutarlo». La donna dice: «È completamente circondato dagli indiani. Come farai?» Cooper risponde: «Non so come, ma so perché». Il film si chiamava *Il prigioniero della miniera*. Non ho mai dimenticato quella scena: era una bellissima menzogna.

«Il problema di come farlo», sta dicendo ora Fernando «si risolverà da solo. Non corriamo più del necessario. Prima parla con Susy. Poi, sabato, vai da Salas. E lì vediamo come si mettono le cose. D'accordo?».

Mi dichiaro d'accordo. Fernando guarda l'orologio.

«Ehi, è tardi», dice. «Me ne vado. Sto all'Hotel Regius. Lo conosci?»

«Sì».

«Per qualsiasi cosa, il numero è sulla guida. Strano che Susy non sia ancora tornata, no? Mi sarebbe piaciuto rivederla. Mi sa che si è incazzata».

«No, Fernando, non si è incazzata. Sta' tranquillo».

«Bene. Quando ci vediamo?»

«Parlerò con Susy domani mattina».

«Allora nel pomeriggio sono qui. E porto una bottiglia di whisky per festeggiare».

«Festeggiare cosa?».

Mi strizza un occhio.

«L'inizio dell'avventura».

Lo accompagno alla macchina. Ha una Fiat 600 non so bene di che anno.

«Cammina?», chiedo.

«Lo credo bene. Ha una ripresa della madonna. Dimmi che sono grasso e faccio da contrappeso, avanti».

Si gira verso di me. Mi guarda.

«Abbracciami, Ismael».

Ci abbracciamo.

«Mi ha fatto molto piacere rivederti», dice.

«Anche a me».

Sorride. Chiude il pugno e alza il pollice.

«Vedrai. Questa volta svoltiamo».

«Lo spero».

Rimango a guardarlo finché la 600 si perde tra le altre automobili della strada. Torno in cucina e mi preparo un tè di *mate*. Verso le otto arriva Susy.

«Ehi, bambola», dico, «non ti puoi lamentare. Ti sei fatta un bel giretto».

«Dici?». Mi passa accanto in fretta. «Mi dai un *mate*?»

«Ecco. Hai comprato qualcosa?»

«Niente. Quando prenderò i soldi del *Douglas*, magari. E Fernando? Se n'è già andato?»

«Sì. Mi ha detto di salutarti».

«Che tesoro».

VI

I gemelli non c'erano. Erano andati in centro, non ricordo a fare cosa. Di servitù ce n'era poca: qualche giardiniere, un paio di cameriere che si muovevano silenziose e riservate, sempre in lontananza, come fantasmi. Insomma: eravamo soli. Ne fui contentissima. Le cose non sarebbero potute andare meglio. Alejandro idem: vidi che moriva dalla voglia di portarmi a letto nel momento stesso in cui mi aprì la portiera della Citroën. Perché questo fece, Ismael. Appena mi vide arrivare, si avvicinò rapidamente al rottame e mi aprì la portiera. Mi dispiacque allora di non avere indossato gli shorts invece dei jeans: lo avrei steso subito con le mie gambe. Perché sai che ho delle belle gambe: ben fatte, lunghe e sode. E se non lo sai, impara.

Mi aprì la portiera, ti dicevo. Un vero gentiluomo. È una cosa che mi piace di Alejandro: sa come far sentire importante una donna. A volte, può capitare persino di sentirti un oggetto prezioso al suo fianco.

Entrammo in casa, andammo in salotto e prendemmo un whisky. Non c'era motivo di affrettarsi, mi disse, i gemelli sarebbero arrivati tardi, verso sera. Così stavano le cose, semplicemente: lui sapeva perfettamente perché ero andata da lui, e neppure per un istante mi venne in mente di comportarmi in un altro modo. Non gli dissi, come neppure lo dissi a te, che sapevo alcune cose (molto poche, ma sufficienti) sul suo conto: che aveva, per esempio, stretti vincoli con gente dello spettacolo, che la sua amicizia con Anselmi non era casuale e che non era poco ciò che in quel campo avrebbe potuto ottenere se se lo fosse proposto. Questo me lo tenni per me. Non ho neppure intenzione di dirti come facevo a saperlo, ma non si passano anni e anni in questo ambiente senza venire a sapere alcune cose, Ismael, e a me, contrariamente che a te, sono sempre interessati i pettegolezzi. Solo perché sono una sciocchina, naturalmente.

Poi mi mostrò la casa. Tu lo conosci: gli piace l'ostentazione, a volte diventa persino offensivo. Eravamo al primo piano, quando mi chiese se volevo fare un bagno in piscina. Gli dissi di sì, ma non avevo portato il costume da bagno. Sorrise, tra il divertito e il malizioso: me ne avrebbe dato uno lui. Andammo in una stanza piena di armadi. Aprì un cassetto e mi diede un tanga. «Mettitelo», disse. E rimase lì, a guardarmi. Mi tolsi la maglietta, i jeans e indossai il tanga. Lui non mi tolse un istante gli occhi di dosso. «Sei molto carina», disse. Poi facemmo il bagno in piscina. Il sole era ancora alto: saranno state le cinque, non più tardi. Mi avrebbe divertita molto sapere che in quel momento tu e Fernando stavate progettando tutta la faccenda del ricatto, e che tu, come mi raccontasti quella sera stessa, gli avevi detto: «Susy non ci starà».

Uscimmo dalla piscina, ci asciugammo con un bel telo da bagno, costosissimo, e bevemmo un altro whisky. Credo che a malapena scambiammo un paio di parole. Alejandro non è come te, sa tacere. Finimmo il whisky e salimmo nuovamente al primo piano. Io ero tranquilla, ma avevo anche voglia che succedesse quel che stava per succedere. Mi portò nella sua camera da letto e chiuse la porta. Facemmo l'amore.

Non ti prenderò in giro, Ismael: io ero andata da lui proprio per questo. Era fatta. Forse, fugacemente, pensai al mio vecchio, al fatto che stavo facendo ciò che una volta mi aveva chiesto e io gli avevo rifiutato. Ma no. Era diverso. Qui ero io a decidere. A te sì che pensai. Più di quanto avrei voluto. Ma fu inevitabile. In fin dei conti era la prima volta, da quando ci conoscevamo, che andavo con un altro.

Mi piacque. Anche in questo, Alejandro è molto diverso da te. Si abbandona completamente, non ha paura a lasciarsi andare né bisogno di mantenere il controllo tutto il tempo.

Attenzione, non sto dicendo che tu non sia bravo a letto. Al contrario: il tuo egoismo, il tuo bisogno di dimostrare sempre di essere il più bravo è più che sufficiente per soddisfare qualsiasi donna. Ma hai una paura folle di lasciarti andare. È per questo che puoi essere un amante fantasioso e divertente, ma mai appassionato. Sei capace di fare una battuta nel bel mezzo di un orgasmo, Ismael.

Sono quasi le sette quando torniamo a sederci sul bordo della piscina a fumare una sigaretta. Sono contenta, soddisfatta, sto bene. Alejandro mi porge un whisky. «Mi è piaciuto molto», dice. Che meraviglia: è ai miei piedi. Gli dico: «Sabato ci rivediamo». «Non sarà la stessa cosa», dice. «Ci saranno anche gli altri. Ismael, soprattutto». Gli accarezzo i capelli. «Troveremo del tempo per noi», dico. Finisce il whisky. «Può darsi. Ma sarà difficile. Sono un uomo molto occupato, Susy. Il tempo è ciò che più mi manca». La frase mi scuote. Le cose tornano al loro posto: non è affatto ai miei piedi, lui è sempre Alejandro Salas, con le sue preoccupazioni, i suoi minuti contati, i suoi soldi e sua moglie. E mi può mandare al diavolo in qualunque momento.

Alle sette e mezzo me ne vado. Sto per salire sulla Citroën quando mi afferra per le spalle, mi porta dietro un albero e mi bacia. Come diresti tu, Ismael: gli piace credersi Rodolfo Valentino, a volte.

Sei in cucina a farti un *mate* quando torno al *Corto Maltese*. «Ehi, bambola», dici. «Non ti puoi lamentare. Ti sei fatta un bel giretto». Penso: se ti raccontassi cos'ho fatto. Invece ti chiedo un *mate*. Mi domandi se ho comprato qualcosa. Ti rispondo di no e chiedo notizie di Fernando. Se n'è andato ma ha detto di salutarmi. «Che tesoro», dico.

VII

Nei tre anni che seguirono quell'orribile pomeriggio, i nostri incontri si fecero fugaci e discontinui. Matías proseguiva quella che lui chiamava la sua indagine. *Mi confessò, quasi per errore, che i suoi incubi lo torturavano ancora. Ma non c'era bisogno che me lo dicesse: l'avevo già indovinato dall'espressione del suo volto, dal luccichio feroce del suo sguardo, a metà strada tra follia e terrore. «Bisogna indagare, Ruperto», continuava a dire, chiamandomi ora con il mio ridicolo nome, sebbene nessuno meglio di lui sapesse quanto me ne vergognavo. O forse l'aveva ormai dimenticato, poiché la febbre che lo divorava aveva finito per allontanarlo quasi completamente da me. «Vattene, Ruperto» erano le sue parole, «vattene e lasciami in pace». Finii per percepire la sua esistenza quasi unicamente attraverso le vestigia della sua abietta ossessione: un cane sgozzato, un passero senza occhi né ali, ma soprattutto gatti, tanti gatti con svariate e spaventose mutilazioni. Li trovavo nel boschetto, nascosti sotto i tronchi e le foglie, o nello spiazzo, sotto le pietre, o anche nei fossati lungo i viottoli fuori dal villaggio.*

Passarono altri due anni. Ne avevo ormai quattordici e frequentavo il ginnasio. Un sabato ebbi a indossare il mio vestito migliore e accompagnare i miei genitori a una delle feste della zia Etelvina, che non si erano mai interrotte. Verso mezzanotte, con mia enorme sorpresa, arrivò la famiglia di Matías. Tutti: il padre, la madre e i tre fratelli. Nessuno ne conosceva il motivo, ma sembrava che, già da qualche tempo, si fossero riavvicinati alla zia Etelvina, e ora la loro par-

tecipazione alla festa non faceva che confermare in pieno tale circostanza. Accettarono di bere, e anche di ballare.

Guardai Matías. Aveva ormai diciotto anni, portava un paio di baffetti curatissimi, non aveva brufoli sul viso e sembrava più un uomo che un ragazzo. Appoggiato alla parete, osservava i presenti bevendo un bicchiere di vino. I nostri sguardi si incontrarono. Sorrise, alzò il bicchiere e mi salutò con un lieve cenno del capo.

La festa era uguale a tante altre. Molto vino, pasticcini, tartine e una musica assordante, volgare. Pensai di avvicinarmi a Matías, parlargli, ma mi mancò il coraggio. Allora successe: la zia Etelvina ordinò a tutti di smettere di ballare. Le obbedirono immediatamente e tolsero anche la musica, perché lei voleva così.

La osservai: non credo che avesse bevuto più del solito, ma sembrava particolarmente eccitata. «Ora ballerò soltanto io», disse con una voce forte, autoritaria. E guardandosi intorno, chiese: «Chi dei signori presenti vuole essere il mio cavaliere?» Si alzarono varie mani, varie voci dissero: «Io, io, Etelvina». Guardai Matías: era sempre appoggiato alla parete, imperturbabile, troppo serio, forse. La zia Etelvina ordinò che mettessero il suo disco preferito. Lo conoscevano tutti: Quegli occhi verdi *del trio Los Panchos.*

Allora si avvicinò a Matías e con un tono ironico e pungente disse: «È per me un onore che finalmente tu abbia accettato di venire in casa mia, Matías. Immagino che non mi negherai un ballo con il mio disco preferito». Matías non disse neppure una parola: appoggiò il bicchiere di vino su una mensola e andò a ballare con lei. Qualcuno (forse per un impercettibile ordine della zia Etelvina) alzò esageratamente il volume della musica. Quegli occhi verdi, dallo sguardo sereno. *Ebbi voglia di chiudere gli occhi e tapparmi le orecchie, o addirittura fuggire da quella casa. La zia Etelvina volteggiava ridendo a squarciagola. Il volto di Matías era serio, arrossato, e i suoi movimenti insicuri, persino goffi. Finalmente la musica cessò. La zia Etelvina continuava a ridere. Tutti gli altri tacevano, forse impressionati, come lo ero io, dallo sguar-*

do e dal viso di Matías. Allora la zia Etelvina disse: «Be', Matías, non guardarmi così. Come facevo a indovinare che non sapevi ballare? Ormai sei grande, no? Non pensavo fosse questo il motivo per cui non venivi alle mie feste». E si rimise a ridere, e questa volta tutti risero con lei, tutti, tutti a ridere di Matías. «Che la festa continui», ordinò allora la zia Etelvina. «Mettete ancora il disco dei Los Panchos, avanti. Chi vuol essere il mio cavaliere, ora?» E di nuovo le mani alzate, e tutte le voci a dire: «Io, io, Etelvina».

Matías si avvicinò a sua madre, scambiò qualche parola con lei, le diede un bacio in fronte e se ne andò. Lo seguii. Lo raggiunsi prima che fosse giunto all'altro capo del giardino. «Non ti tormentare, Matías», dissi. «Non ne vale la pena». Una luna tonda e rossiccia gli illuminava il volto. Lo sentii dire: «Me la pagherà». Tentai di abbracciarlo, ma mi allontanò da sé. Mi guardò e disse: «Lasciami in pace, Ruperto. Quante volte te lo devo dire?». La notte lo inghiottì.

Passò quasi un anno. In tutto quel tempo vidi pochissimo Matías. Anche i terribili indizi che un tempo mi avevano parlato della sua esistenza andarono scomparendo: non trovavo più cani, né uccelli, né gatti mutilati. Una tenue speranza cominciò allora a farsi strada in me: forse Matías era guarito. Forse – ora – avrebbe accettato di tornare a essere mio amico.

L'orrore, tuttavia, tornò una mattina, quando mio padre arrivò a casa con una notizia incredibile: avevano assassinato la zia Etelvina. Non seppi che fare. Uscii di casa e mi misi a camminare senza meta. L'intero villaggio era in subbuglio. Arrivai alla casa della zia Etelvina. C'era tanta gente, e anche tanta polizia. Nel pomeriggio, comprai lo smilzo giornale che si pubblicava nel mio villaggio, corsi a casa, mi chiusi nella mia stanza e cominciai a leggere avidamente. Un paragrafo mi gelò il sangue: «Ciò che ha maggiormente sorpreso le autorità è lo strumento utilizzato dall'assassino per consumare il suo sanguinoso delitto. Si tratta di un disco del trio Los Panchos spezzato in due. L'assassino ha sgozzato la vittima con il filo slabbrato di una delle due metà».

Il giorno seguente non vidi Matías al funerale. Sei mesi dopo abbandonava il villaggio. Nessuno mi disse dov'era andato, né ricordo se lo chiesi.

VIII

Sono incorreggibile: ero in cucina con Susy da un quarto d'ora e le stavo già spiattellando tutta la storia di cui avevamo parlato con Fernando. E dico *sono incorreggibile* proprio perché mi ero proposto il contrario: non buttarle tutto addosso quella sera stessa, non riempirle la testolina di dollari e altre parolone, non costringerla a cantare *Love walked in* pensando se le avremmo chiesto di andare a letto con Salas o soltanto di dargli qualche bacetto in un angolino nascosto. Non metterle premura, non obbligarla a pensare più in fretta di quanto fosse abituata. Insomma: lasciarla tranquilla, soprattutto quando mancavano solo un paio d'ore allo spettacolo. Ma Ismael Navarro è fatto così: gli piace camminare sui cornicioni, e che lo seguano. Le raccontai tutto.

Rigirò cautamente la cannuccia nel *mate*, prese la teiera e ci versò dentro dell'acqua, ben calda, fino all'orlo. Aveva la fronte aggrottata e la frequenza dei suoi battiti di ciglia era notevolmente aumentata. L'atto di pensare (arduo e ingrato per lei) provocava sempre questi cambiamenti sul suo volto. Chiese:

«I due ergastolani che sono in società con Fernando sanno qualcosa?».

Senza scherzi: mi sorprese. A me non era venuto in mente.

«Non so», dissi. «Non gliel'ho chiesto. Ma sono sicuro di no. È una faccenda tra noi tre».

«Così pare. Ma comunque non dimenticarti di chiederglielo».

«D'accordo».

Continuò a pensare, con la fronte aggrottata e le ciglia svolazzanti come ventagli. Preparò un altro *mate* e me lo porse. Accese una sigaretta.

«Parlami di Fernando», disse.

«Cosa vuoi sapere?»

«Tutto quello che sai. Saremo soci, no? Ho bisogno di conoscerlo. L'ho visto sì e no un paio di volte».

«È un amico». Così, secco. Che frase. Povero Bogart.

«Come Pedro?»

«L'ho sempre visto meno di Pedro. Fernando era di giurisprudenza, ti ricordi? Ma anche se abbiamo dato insieme soltanto un esame, abbiamo condiviso altre cose. La politica, per esempio. Siamo due tipici esemplari della generazione dei cornuti: traditi su tutti i fronti. La storia la sai già».

«Vi siete visti spesso in questi anni?»

«Poco, se no tu stessa te ne ricorderesti».

«Ti fidi di lui?».

Finii il *mate* e lo posai sul tavolo. Lei continuava a fumare.

«Senti, Susy, la mia mamma non è. Però abbiamo interpretato insieme alcuni enigmi hegeliani, ci siamo emozionati insieme con la *Prefazione* della *Fenomenologia dello spirito*, abbiamo creduto, come due patetici ignoranti, ma insieme, che la nostra generazione avrebbe cambiato la storia e oggi ci ritroviamo qui insieme, scoppiati e senza una lira. Non è poco per dire che è mio amico».

Le sue ciglia avevano cessato di svolazzare. Si sedette, stirò le lunghe gambe e le appoggiò su un panchetto. Chiese:

«Perché gli hai detto che io non ci sarei stata?»

«Era una supposizione, più che una certezza». La guardai fisso e chiesi: «Ci stai?».

Aggrottò nuovamente la fronte e riprese a battere rapidamente le ciglia.

«Dipende fino a dove devo arrivare», disse. «E poi, non è solo un problema mio, Ismael. Sono la tua donna, no?».

Mi alzai in piedi, presi la teiera che manteneva il suo calore accanto al fuoco e preparai un altro *mate*. È vero: era la mia donna. Dissi:

«Non sono pazzo, Susy. Non ti chiederei mai di andare a letto con quello. Nemmeno per tutta la grana del mondo». Scoppiai a ridere e aggiunsi: «E tenendo presente che stronzo sono, puoi prenderla come la più esplicita dichiarazione d'amore che mi sia mai sfuggita. *I love you, baby*».

Non rise. Sembrava prendere la cosa molto sul serio. Disse:

«D'accordo. Non c'è bisogno di arrivare fino al letto. Fino a dove, allora?».

Ostinata a pararsi il culo. Era fatta così.

«Non ne abbiamo parlato in dettaglio con Fernando. Ma c'è una cosa che sappiamo: la Achával Junco è rosa dalla gelosia e non ha bisogno di molto per mettere Salas in croce. Tutto quel che devi fare, quindi, è portartelo in un angolino appartato e lasciarti mettere un po' le mani addosso».

«E lasciarmi mettere un po' le mani addosso», ripeté.

«Né più né meno. Fernando oppure io, nascosti, scattiamo qualche foto ed è fatta. Poi le mostriamo a Salas e incassiamo. Come bere un bicchier d'acqua, Susy».

Mi guardò.

«E dimmi, fino a che punto mi lascio mettere le mani addosso?»

«Te l'ho detto: un po'. Cosa c'è? Non vuoi?»

«E tu?»

«Io sì».

Si strinse nelle spalle.

«Okay, dammi un altro *mate*, allora».

Arrivammo al *Douglas* con un'ora di ritardo. Trovammo Boris Karloff sulla porta.

«Il padrone ha già chiesto di voi tre volte», disse.

Anselmi era al bar e stava bevendo un whisky.

«Cosa vi è successo?», chiese con il suo vocione. «Se volete guadagnarvi la paga...»

«D'accordo, Anselmi», lo bloccai. «Non dica niente. Saremo pronti in un minuto».

Prima di seppellirmi nel mio camerino, diedi un'occhiata al pubblico. Oh, sorpresa! Salas era lì, solo, seduto al suo solito tavolo davanti a un bicchiere di whisky. Un'idea maligna mi balenò nel cervello: quella sera avrei elargito al pubblico uno dei miei monologhi, e sarebbe stato dedicato a lui.

IX

Signore e signori, buona sera. Non sono qui per diletto. Sarei un infame bugiardo se vi dicessi che sto su questo palcoscenico perché mi piace. Lo faccio perché mi pagano. Se dipendesse da me, sarei da qualsiasi altra parte, magari proprio lì dove siete voi, seduto davanti a un buon whisky, con una sigaretta in bocca, una leggiadra signorina che fa le fusa al mio fianco, a guardare un poveraccio, che per anni e anni ha passato otto ore al giorno a fare scale sul pianoforte, suonare banalità perché io mi diverta, ammesso che, naturalmente, mi degni di ascoltarlo. O forse non sarei neppure qui. Perché neanche in questo voglio imbrogliarvi. Ci sono locali infinitamente più belli di questo. A Las Vegas, per esempio. È solo questione di arrivare fin lì.

Qualcosa, dunque, mi dev'essere andato storto nella vita. Altrimenti ora sarei lì, dove vi ho detto: a Las Vegas, a dilapidare dollari al tavolo da gioco, ubriacandomi con Sinatra o Dean Martin. Se non è così, se il triste pianista che sera dopo sera si siede su questo sgabello per intrattenere certe persone di questa periferia del mondo sono proprio io, dev'esserci una spiegazione. Senza il vostro permesso, la troverò.

Vedete, l'umanità si divide in due grandi gruppi: quelli che sono ricchi di famiglia e quelli che non lo sono. Io, evidentemente, appartengo al secondo. Con gli anni, tuttavia, ho scoperto come tante persone, la stragrande maggioranza per la verità, riescano ad alterare questo schema e a infiltrarsi nel primo gruppo, con inimmaginabili e meritori artifizi. Lo dirò nel modo più conciso: il modo migliore di diventare ricco è sposare qualcuno che lo sia già in partenza. Io non l'ho fatto, e questo spiega perché ora mi stia ubriacando qui e non a Las Vegas. Ma sono stato sul punto di farlo, credetemi. E la storia di questo insuccesso è la storia che ora vado a raccontarvi.

Lei si chiamava Vanessa, aveva (anche se non me lo confessò mai) non meno di cinquant'anni portati male e tanti, tanti, tanti soldi. Io ero io, come sempre. Ci conoscemmo a una festa, mi ascoltò suonare il piano, ballammo, bevemmo e mi portò a casa sua. Non eravamo ubriachi, ma ci mancava poco. Naturalmente viveva in un grande appartamento di Libertador. I ricchi sono sempre insultantemente ovvi. Mi fece sedere in una poltrona di velluto e, convenzionalmente, come nei vecchi film, disse: «Vado a mettermi comoda». Io mi servii un altro bicchiere di whisky e aspettai. Non tardò a tornare: indossava un déshabillé rosa e trasparente. Vi risparmierò la descrizione del rovinoso paesaggio che si indovinava lì sotto. Girò su se stessa e sorridendo chiese: «Ti piace?». Buttai giù un gran sorso di whisky e risposi di sì. Allora mi si avvicinò, sollevò la mano destra e formulò un'altra domanda, la perversa domanda che in realtà significava: «E questo? Anche questo ti piace?». Le guardai la mano. Su un dito, non ricordo quale, forse l'anulare, portava un formidabile anello di brillanti. «Vale una fortuna», disse. «Non immagini neppure quanto vale. Potresti campare dieci anni se fosse tuo e lo vendessi». Mi circondò il collo con le braccia, mi baciò sulla bocca e chiese: «Lo vuoi?». Non dissi nulla. Lei mi prese per mano. «Vieni», disse. Mi condusse verso il bagno, aprì la porta, sollevò il coperchio del water-closet, volgarmente gabinetto, si tolse l'anello e lo buttò dentro. «Prendilo», disse. «Se lo prendi, è tuo». La guardai, guardai l'anello, sollevai lentamente il braccio destro e premetti il bottone dello scarico. Neppure le cascate di Iguazú avrebbero fatto più rumore di quelle tubature. Impallidì e cominciò a insultarmi. Era una donna di classe, un'ereditiera, ma sapeva tirar fuori epiteti degni di un trippaio di Liniers[4].

---

[4] Quartiere periferico di Buenos Aires dove si trovano i macelli (NdT).

Tornai in soggiorno, finii il mio whisky e me ne andai.

Una settimana dopo mi telefonò. Le era piaciuto il mio gesto, disse. Era da veri uomini non lasciarsi umiliare. Voleva rivedermi. E a casa mia, se era possibile. Che ve ne pare? Le dissi di venire dopo cena, verso le undici, a prendere un whisky. Accettò con gioia. Quella sera pioveva. Tuoni, lampi e scricchiolar di finestre. Mancava solo Bela Lugosi. Sono le dieci quando suonano il campanello. Apro e mi trovo davanti Delia. Pazienza: ora vi dico chi è. Ha trent'anni e ne ha passate di tutti i colori. A volte piange sulla mia spalla, mi fa sempre le sue confidenze e a volte dormiamo anche insieme. È un'amica.

Mi dice che ha litigato con il tipo con cui vive e non sa dove passare quella notte da lupi. Le offro dei soldi per andare in albergo ma non vuole, ha paura a stare sola. «Se resto sola sono capace di fare una pazzia», dice. È molto nervosa, le credo. Tuttavia, dico: «Sto aspettando una tizia, una riccona che arriva alle undici. Dove pensi di metterti?». Mi dice che qualsiasi posto va bene, di non preoccuparmi, che lei si sistemerà. E davvero: si sistema. Apre l'armadio, mette una coperta per terra, un cuscino, ed ecco fatto. «Dormirò qui», dice. «Di aria ne ho più che a sufficienza». E ha ragione: perché l'armadio è di tipo americano – bah, che ne so io, suppongo che si chiamino così – di questi che hanno come delle persiane al posto delle ante, avete presente? Be', uno di quelli. Delia si calma, ora è felice. «Sta' tranquillo», dice. «Non ti disturberò affatto. Appena arriva la tua riccona mi sfumo e ciao». E la riccona, Vanessa, è puntuale: alle undici suona il campanello. Delia si infila nell'armadio e io chiudo le ante. Poi apro a Vanessa. Cercate di immaginarla: entra come una regina in casa di uno dei suoi sudditi, butta l'ombrello in un angolo, si toglie un'impressionante pelliccia di chissà quale povero e costoso animale, si guarda intorno, arriccia il naso e domanda: «È qui che vivi?» «È l'unica casa che ho», rispondo. Mi guarda come fossi l'ultimo dei disgraziati, mi si avvicina, mi bacia e gioccherella un poco con i miei capelli. «Poverino», dice. «Ma non preoccuparti. La tua fortuna sta per cambiare. E un giorno avrai quasi tante case quante ne ho io». «Quante?», domando. Si entusiasma, l'argomento le piace. Si accende una sigaretta e comincia a camminare a grandi passi per la stanza. «Guarda», dice, «ti farò un elenco. Ho tre appartamenti a Buenos Aires, due ville a Mar del Plata, una a Punta e un intero piano di un palazzo – hai sentito bene, mio caro, un intero piano – a New York e un altro a Parigi, dove vado tutti gli anni, in aprile e maggio». Si ferma e mi guarda, con aria di sfida. Con aria ingenua, chiedo: «Hai tutto questo?» «Tutto questo», risponde. Mi avvicino a lei, la prendo per le spalle, la guardo e dico: «Sai che cosa ho io?». Sento il suo corpo tendersi sotto le mie mani. «Che cosa?» «Una ragazza nell'armadio», dico. Agita con violenza la testa gettando indietro i capelli, si fa rossa in viso e dice: «Credevo avessi finito con gli scherzi, mio caro. Ti avviso che non sono disposta a tollerarne neppure uno di più». Come un gentiluomo, cortesemente, la prendo per un braccio: «Non è uno scherzo», dico. «Vieni, guarda». La porto all'armadio e apro le ante. Da sotto, Delia ci sorride, guarda Vanessa, le porge la mano e la saluta affettuosamente: «Salve. Mi chiamo Delia. E tu?». Vanessa, colta da una furia indescrivibile, raccoglie la sua costosissima pelliccia, il suo ombrello, mi guarda e ricomincia a insultarmi come un trippaio di Liniers. Esce dall'appartamento e sbatte la porta con grande strepito. Non l'ho mai più rivista. Tirai fuori Delia dall'armadio e ce ne andammo a letto insieme. Passammo una notte deliziosa.

Tutto questo è successo più di dieci anni fa. Vi ho detto che io ero io a quell'epoca. Ma non è vero, ho mentito. Non ho nulla a che vedere con quello stupido che ha sprecato la migliore occasione che la vita gli abbia mai offerto. Perché se oggi, per un miracolo, mi succedesse di nuovo qualcosa di simile, vi assicuro che affonderei la mano fino in fondo a quel gabinetto, e prenderei quell'anello con tutti i suoi brillanti; e se oggi, per un altro miracolo, una donna come Vanessa, un'ereditiera, comparisse nel mio appartamento, aprirei l'armadio, prenderei Delia per un braccio e la butterei in strada a calci, sotto la pioggia, al freddo e al vento. Se lo avessi fatto, non sarei migliore né peggiore di adesso, o forse sì, forse sarei un formidabile stronzo, ma questo importa davvero poco, perché, soprattutto, sarei ricco, sposato con un'ereditiera, e avrei una Mercedes invece dell'orrenda Citroën con cui vengo a lavorare in questo locale, e anche molte proprietà in questa città, e azioni in società per azioni, e non sarei neppure qui, bensì, come vi ho detto all'inizio, a Las Vegas, a ubriacarmi e sperperare dollari. Non è stato così. E per quanto mi lamenti, ormai non c'è santo che possa porvi rimedio.

Signore e signori, come adeguato corollario a tutto questo, come sentito omaggio alla mia indimenticabile Vanessa, suonerò per voi una bella canzone di Rogers: *La signora è una poco di buono*. O *The lady is a tramp*, come avrebbe preferito dire lei, perché suona meglio in inglese, lingua che sicuramente sarà andata a praticare nella sua casa di New York, tutti gli anni, come sempre in giugno.

X

«Ti sei lasciato prendere la mano», disse Susy scuotendo tristemente la testolina bionda. «A Salas non dev'essere piaciuto affatto. L'hai visto. Se n'è andato prima che finisse il nostro numero».

Eravamo in camerino e non mi ero ancora tolto lo smoking.

«Una semplice coincidenza, Susy», dissi. «Avrà avuto un altro appuntamento. Ci sarà un motivo se è venuto da solo».

«E questo cosa c'entra?»

«Certo che c'entra. Lo aspettava una ragazza, sicuro».

«Stando a quello che ti ha raccontato Fernando, no. Ci sta molto attento».

«Bene, d'accordo», ammisi seccato. «Diciamo che la cosa gli ha dato un po' fastidio. E allora? Non succederà niente».

«È pericoloso».

Bussarono alla porta. Aprii. Era Boris Karloff.

«Il padrone vuole vederla».

«Ho capito. E devo venire con lei. Non posso neppure cambiarmi».

«Esatto».

«Questa scena l'ho già vista. Andiamo».

Anselmi mi ricevette con la sua migliore faccia di culo.

«Mi dica Navarro, è pazzo?»

«Senta...»

«Che cosa le avevo detto?»

«Ho buona memoria: di tenere il becco chiuso».

«E allora?»

«A quanto pare, non le ho dato retta».

«E io cosa faccio?»

«Mi butta fuori oppure ammette che il monologo è stato buono e la gente si è divertita abbastanza. Molto semplice».

«Guardi, se fosse per me la butterei fuori a calci senza pensarci due volte. Ma...». Si alzò in piedi e cominciò a passeggiare per l'ufficio, lentamente, pensieroso. «C'è sempre un "ma" con lei, Navarro».

«Cos'è successo questa volta?»

Si fermò e mi guardò.

«Lo stesso della volta scorsa. È venuto a trovarmi Salas. Qui, nel mio ufficio, prima che voi finiste il numero».

«Aha».

«Mi ha detto che aveva un appuntamento e si rammaricava di doversene andare, ma che non mancassi di farvi i suoi complimenti, a lei specialmente, perché il suo monologo è stato formidabile. Cosa ne pensa?».

Sorrisi.

«Un uomo di buon gusto».

Anselmi fece schioccare la lingua, contrariato o confuso.

«È strano», disse. «Proprio lui che è sposato con una delle donne più ricche del paese. Un'autentica ereditiera, come direbbe lei».

«Si vede che questo non gli ha fatto passare il senso dell'umorismo».

«Può darsi. Però è strano. È strano comunque».

Tornò a sedersi dietro alla scrivania e mi guardò con quello sguardo lampeggiante e omicida che usava quando voleva impartire un ordine.

«Comunque, Navarro, basta. Ha capito? Basta chiacchiere. Che piacciano o no a Salas: basta. E se no, se ne vada da un'altra parte».

«Ho capito. C'è altro?»

«No».

Arrivai alla porta. Lo sentii dire:

«Quasi dimenticavo. Volevo dirle una cosa sul suo discorsetto. È falso. Io ho fatto parecchi soldi, Navarro, e non mi sono sposato con nessuna ereditiera».

«Non vuol dire niente. A volte basta incontrarne una cammin facendo e saperla spremere per bene. Sono certo che questo è il suo caso».

Chiusi la porta.

Arrivai in camerino. Susy si era rimessa i jeans e la maglietta. Cominciai a togliermi lo smoking.

«Indovina indovinello», dissi.

«Cos'è successo?»

«Salas, prima di andarsene, è stato da Anselmi e gli ha detto di farmi le sue congratulazioni per il monologo. L'ha trovato formidabile, ha detto».

Susy non fece nessun commento. Si limitò a sorridere.

Mezz'ora più tardi eravamo nella cucina della casetta. Susy preparò del *mate* e io misi sul tavolo la scatola dei biscotti. L'aria si era fatta più fresca e ci mettemmo un pullover. Susy chiese:

«Hai davvero conosciuto quella donna?»

«Vanessa?»

«Sì».

«Non mi ricordo. E se mi ricordo, preferisco dimenticarlo».

XI

Senza Matías, la vita cominciò a non avere più alcun senso per me. È vero che negli ultimi anni ci eravamo visti poco, ma la sua vicinanza, il fatto di vivere nel medesimo villaggio, mi bastava: in un momento o in un luogo qualunque, in qualche imprevedibile circostanza, avremmo forse potuto ritrovarci e tornare a essere amici. Questa speranza alimentava i miei giorni. Adesso che l'avevo perduta, non sapevo come vivere senza.

Andai un paio di volte a casa dei suoi genitori. Domandai se sapessero qualcosa di lui. Mi risposero che sapevano pochissimo, che avevano ricevuto soltanto una lettera o due nel corso dell'ultimo anno, che non conoscevano il suo indirizzo e che, pertanto, non potevano scrivergli. Mi congedai da loro pieno di affetto e di riconoscenza, pregandoli, se avessero ricevuto qualche notizia, di non mancare di farmelo sapere.

Terminai le scuole superiori e un mese dopo il mio diciottesimo compleanno entrai alla Banca della Provincia. Era il destino più ambito dai giovani del mio villaggio. Per me, fu soltanto la conferma della vita che mi attendeva se avessi deciso di rimanere a Coronel Pringles: trent'anni in banca e, infine, la pensione e la morte. Decisi di non accontentarmi. Mi feci onore, resistetti e lottai per tre anni. Stavo per compierne ventidue quando chiesi e ottenni il trasferimento nella capitale federale. Avevo trionfato.

Mi destinarono alla succursale di Colegiales. Affittai un appartamentino in zona e quello stesso giorno realizzai un altro dei miei più grandi desideri: iscrivermi alla facoltà di giurisprudenza. Non fu facile per me. Il compimento della maggiore età non aveva sradicato la mia timidezza, e la vita frenetica e spesso difficile della capitale non aveva fatto che accentuarla. Ero schivo e riservato con tutti. Non feci amicizia con nessuno, né in banca né all'università. La sera, mi preparavo una misera cena nel mio appartamento, poi andavo a letto e leggevo libri di ogni genere finché il sonno mi vinceva. La mia esistenza era grigia e monotona.

Finché apparve Vera.

Lei era alta, bruna, allegra e loquace. Ci incontrammo a un corso di diritto costituzionale. Cominciammo a studiare insieme; dapprima nella biblioteca della facoltà; poi in bar scrupolosamente selezionati, dov'era possibile passare ore intere consumando soltanto un caffè; infine, per decisione sua, dal momento che io non avevo il coraggio di proporglielo, nel mio appartamento. Fu lì che una sera, mentre eravamo seduti per terra, circondati di libri, appunti, righelli, matite e gomme per cancellare, mi prese il viso tra le mani e mi baciò sulla bocca. Poi, guardandomi, scoppiò a ridere con la sua risata franca e sincera. «Come direbbero al tuo paese, ora siamo fidanzati». Disse così, e allora anch'io mi misi a ridere.

Non dico che cambiai. Ma alcune cose, forse sufficienti per essere felici, fecero capolino in me: partecipare alle chiacchiere, che prima giudicavo inutili e persino idiote, dei miei colleghi di lavoro, tener loro compagnia nella ripetuta, speranzosa cerimonia della schedina, vestirmi con più cura, tagliarmi i capelli con la sfumatura alta e, soprattutto, uscire con Vera, andare al cinema, passeggiare per il Rosedal[5]*, comprare pop corn, o conversare per ore davanti a due tazze di caffè. Non ero mai stato tanto vicino alla felicità.*

Non durò a lungo.

Una piovosa sera d'inverno qualcuno bussò alla porta. Ne

---

[5] Lett. «roseto», parco pubblico di Buenos Aires (NdT).

fui sorpreso: avevo salutato Vera tre ore prima e nessun altro conosceva il mio indirizzo. Aprii la porta. Un uomo alto, con un impermeabile scuro e il viso e i capelli zuppi, mi guardava sorridendo.

«Be', Ruperto», disse. «Finalmente ci rivediamo».

Era Matías.

XII

Il giorno seguente mi alzai presto, feci quattordici flessioni e non fumai neppure una sigaretta prima di colazione. Sono sciocchezze che soltanto a Mar del Plata posso commettere. Non sto scherzando: in qualsiasi altro luogo del pianeta mi sarebbe impossibile. Poi preparai caffè, pane e burro. Allora sì, fumai una sigaretta. Susy dormiva. Salii in macchina e mi diressi al porto. Andavo a far spese.

Non mi arrovellai troppo il cervello: comprai soltanto whisky. Per essere esatti: sei bottiglie di Criadores che, quantunque nazionale e tutt'altro che buono, non è dei peggiori né dei più cari. Risalii in macchina e tornai allo stabilimento balneare. Era passata un'ora. Susy dormiva ancora.

Riposi tre delle bottiglie nella credenza in cucina, per festeggiare allegramente, quel pomeriggio, quando fosse venuto Fernando, il decollo del nostro sfacciato progetto delittuoso. Poi cercai una pala nel ripostiglio degli attrezzi, scavai una buca di poco più di un metro nella sabbia, non tanto lontano dalla casetta, e vi seppellii le altre tre bottiglie. *Erano per me*. Se la cosa fosse finita male, se ancora una volta l'impietoso bacio della disfatta mi avesse sfiorato la fronte, avrei dovuto bermele tutte, solo soletto, per festeggiare, anche in questo caso, perché no, fino a scoppiare, una nuova e forse definitiva disfatta. Questo sì: buttai molta sabbia su quelle tre bottiglie, ci misi sopra un'enorme pietra e quattro teste d'aglio intorno. Forse, così, sarebbe stato impossibile che il temuto vampiro tornasse in vita.

Poi andai a svegliare Susy. Quasi fossero i riflettori della

20th Century Fox (*tantatatan-tararararatantatatan*), i potenti raggi del sole della tarda mattinata (saranno state, credo, quasi le undici) illuminavano i biondi capelli di Susy, nell'impossibilità di illuminare qualsiasi altra parte della sua persona, poiché la pigra signorina dormiva completamente coperta da un lenzuolo e una leggera coperta. Sotto, lo sapevo, era nuda. Dormire come mamma l'ha fatta è sempre stata una delle più pervicaci passioni della sua vita. Persino d'inverno, alle temperature più rigide. È una sua particolarità un po' sensuale che le piace sfoggiare. Le si scalda il corpo mentre dorme. Le tre e mezzo del mattino è l'ora migliore per fare l'amore con lei. Più spesso di quanto non riesca a ricordare ho puntato la sveglia per abbandonare il sonno in quel preciso momento e accingermi a tale impresa. Poi ti addormenti abbracciato a quel corpo ancora crepitante con la certezza che nessun incubo verrà a tormentarti.

«*In piedi, in piedi*», canticchiai a bassa voce accanto al suo piccolo orecchio, «*il mattino ha l'oro in bocca*».

Emise un languido mugolio e si tirò il lenzuolo ancora più su. Cominciai a scoprirla con un sapiente miscuglio di lentezza e dolcezza. Sì, era nuda. Osservai i suoi seni tiepidi, né grandi né piccoli, fatti esattamente su misura per la mia mano, non troppo sodi, come quelli di una mocciosa qualsiasi, ma morbidi e mobili, vivi. Cominciai ad accarezzarla. Allora girò lentamente il corpo verso di me, aprì gli occhi, batté le palpebre alcune volte (anche se non tante come quando pensava) e si ricoprì.

«Cosa c'è?», chiese.

«Niente. Ti accarezzavo. Mi sono svegliato coccolone e un po' eccitato».

«Mi fa piacere. Io però no. Mi allunghi una sigaretta?».

Non fui sorpreso. Ha di queste reazioni. A volte non vuole e basta. Le diedi la sigaretta.

«C'è del caffè già fatto», dissi. «Se vuoi del *mate*, lo devo preparare. Cosa preferisci?»

«*Mate*».

Spaccaballe.

Sicuramente aveva qualche problema di stitichezza.

Trascorsi il pomeriggio nella stanzetta al piano di sopra, in una clausura autoimposta, proprio come mi aveva chiesto Pedro, illuminato soltanto dalla luce fioca della lampadina appesa al soffitto, chino su *Il cugino Matías*. Di tanto in tanto, diciamo ogni ora o ogni ora e mezza, aprivo la persiana e guardavo il mare, la spiaggia e Susy che se ne stava lì, sdraiata su un materassino, ad abbrustolirsi al sole leggendo una biografia di Gershwin in inglese (così già che c'era decifrava la lingua e imparava qualcosa delle vicissitudini del grande George) che le avevo regalato due settimane prima, senza apparente motivo, ma forse perché il giorno precedente lei mi aveva chiesto: «Perché Gershwin è dovuto morire così giovane, senza arrivare neppure a trentanove anni?» «Perché Dio non esiste», le avevo risposto. Di fianco a me, Ivan Karamazov a volte sembra un sempliciotto.

Terminai la prima parte del racconto, scesi in spiaggia e lo lessi a Susy. Fece una faccia schifata.

«Che cos'hai nella testa?», chiese. «Quando penso che ti passano per la mente certe cose, mi fa paura stare con te».

Scoppiai a ridere.

«È un racconto, bella. E poi non lo scrivo io, bensì Robert Jones. Non dimenticarlo mai».

Scosse piano la testolina.

«Sgozzare una persona con il filo di un disco», commentò a bassa voce. «Dev'essere orribile».

«E per giunta del trio Los Panchos, figurati». Piegai i fogli con cura e dissi: «Pedrito si sbellicherà dalle risate quando leggerà questa parte. Bene, vado alla posta, Susy. Non ci metterò più di mezz'ora, ma se Fernando arriva prima, non cominciate a parlare di niente di importante senza di me».

«Ma naturalmente, figurati se ci azzardiamo».

La stitichezza continuava a tormentarla.

Misi i fogli in una busta, la incollai con cura e salii sulla Citroën. Andai alla posta e la spedii (non la Citroën, la busta) per espresso. Quando l'impiegato la crivellò di burocratici colpi di timbro, temetti che il sangue della zia Etelvina (oltre a quello di alcuni gatti, cani e canarini) cominciasse a gocciolare attraverso le aperture sui lati. Fu solo la mia fantasia. Ne ho troppa.

Tornai allo stabilimento balneare. Susy stava ancora leggendo la biografia di Gershwin.

«Fernando non è venuto», mi informò. «Sei sicuro che ti abbia detto che sarebbe venuto oggi pomeriggio?»

«Sì. Strano».

«Sta' a vedere che l'ha chiamato la Achával Junco ed è dovuto tornare a Buenos Aires».

«Me l'avrebbe detto. Non so. È strano».

«Sai che hai quasi la stessa età che aveva Gershwin quando morì?»

«Sì, solo che a me manca la *Rapsodia in blu*. Soltanto un piccolo particolare. Senti, scemetta, se non la smetti di fare paragoni insultanti ti porto via il libro».

La nostra esibizione di quella sera non ebbe nulla che potesse alterare i nervi di Anselmi. Per essere precisi: non ebbe nulla. Non ci fu monologo. Susy cantò un paio di canzoni di Manzanero (sì: di Manzanero!), una di Paul McCartney e alzò un poco la mira con *How deep is your love*, tanto che forse i Bee Gees sarebbero sopravvissuti se qualcuno, legandoli alla sedia, fosse riuscito a fare in modo che la ascoltassero.

Ci stavamo ritirando quando, poco prima di guadagnare l'uscita, ci imbattemmo in Anselmi. Dopo i saluti, disse:

«Ho visto l'architetto Salas oggi a mezzogiorno. Andava molto di fretta, credo avesse un appuntamento con gente di Buenos Aires, ma mi ha incaricato di ricordarvi che vi aspetta domani pomeriggio, verso le tre. Non mancate, ha detto».

L'ultima frase mi suonò come un ordine suo: «Non mancate, dico». Salutammo e ce ne andammo. Poco prima dell'una arrivammo allo stabilimento balneare. Vicino alla riva, notammo un enorme falò. Scesi dalla macchina e corsi da quella parte. Era Fernando. Portava lo stesso abito azzurro, la stessa camicia, questa volta senza cravatta, e agitava allegramente le braccia venendoci incontro.

«Sorpresa! Sorpresa! Bisogna festeggiare, abbiamo detto!», gridò come se avesse già trovato e vuotato le tre bottiglie di whisky che avevo riposto nella credenza della cucina. «Ho comprato carne, *achuras*[6] e salsicce. Una grigliata in riva al mare. Che ve ne pare? Il fuocherello è quasi pronto».

Il «fuocherello» sarà stato alto otto metri e proiettava sinistre lingue di fuoco verso il cielo. Aveva usato sedie, sdraio e tavoli dello stabilimento. Pensai a Pedro e volli morire.

---

[6] Intestini intrecciati da fare alla brace (NdT).

XIII

Che cosa avrei potuto dirti? Di no? Fossi matta. In fin dei conti, che cosa avevo ottenuto andando a letto con Alejandro? Qualche frasetta dolce da uno pieno di grana, nient'altro. Di concreto, nulla. E come se non bastasse, ora venivo a sapere da te del suo rapporto con la Achával Junco, della gelosia della moglie, di come teneva a stecchetto il povero Alejandro e di come lui doveva rigare diritto per conservare quello che aveva, la villa, la Mercedes, persino i suoi bei vestiti. Alejandro era forte, sì, ma come aveva detto Fernando: un gigante con i piedi d'argilla. Poteva quindi permettersi il lusso di mettersi sul serio con me? Molto improbabile. Magari sì, ma non mi conveniva puntare tutto su quest'unica carta. Per questo accettai la tua proposta. È sempre meglio giocare su due tavoli. Soprattutto se sei ormai arrivata a un certo punto della vita in cui o vinci una volta per tutte o perdi per sempre.

Questo sì, sarò sincera con te: la tua proposta mi fece male. Mi fece male che tu accettassi con tanta naturalezza l'idea che un altro mi mettesse le mani addosso, anche soltanto un po', come dicesti, un pochino soltanto. Ma insomma, siamo adulti e vaccinati, che ci piaccia o no, e certe cose forse non dovrebbero stupirci, né tanto meno farci male. Comunque, se ti può servire, ti dirò una cosa: ciò che mi dicesti mi fu d'aiuto. Ero appena stata a letto con Alejandro e non mi sentivo proprio una santa in quel momento; ascoltare te fu come ricevere un bagno d'acqua benedetta, mi sentii totalmente giustificata e poche cose al mondo mi sembrarono più meritate delle corna che ti avevo appena messo. Credimi.

XIV

Susy scende dalla macchina, corre verso la spiaggia, bacia e abbraccia ripetutamente Fernando con sorprendente entusiasmo.

«Che bello quello che hai fatto, Fernando!», esclama. «Che bello!».

Fernando, ancora un po' *groggy*, la guarda sorridente ma incerto, senza sapere esattamente cosa dire. Ha il viso rosso come l'inferno, e non per i maestosi bagliori del falò, bensì per gli inaspettati e per nulla avari baci di Susy.

«Ti piace sul serio?», domanda.

«Certo. Come no? Guarda che fiamme. Sembra che vogliano arrivare fino al cielo».

Li ho raggiunti. Dico:

«Sei impazzito, Fernando? Hai bruciato mezzo stabilimento di Pedro. Quante sedie e sdraio hai buttato lì dentro?».

Fernando, tutto affettuoso, mi abbraccia e mi scompiglia i capelli. Grasso e con le mani lunghe, peggio di così non si può. Cerco di scrollarmelo di dosso ma non c'è verso.

«Fratello», dice, come se lui fosse Gardel e io Tito Lusiardo, «che importanza ha arrostire qualche sdraio se siamo a pochi millimetri dalla fortuna? Appena avremo concluso l'affare, potremo comprargli perfino uno stabilimento nuovo, a Pedro».

Riesco ad allontanarlo. Meno male. Più tranquillo, ora, posso osservare il falò in pace.

«È bello», dico. «Non dico di no. Mi ricorda gli anni della mia infanzia. I falò del giorno dei Santi Pietro e Paolo».

«E se ci balliamo intorno ululando come gli indiani?», propone Fernando.

«Calmarsi, Toro Seduto», dico. «Prima bere whisky e poi, ubriachi fradici, forse ballare».

Susy si avvicina a Fernando, gli circonda il collo con le lunghe braccia e così, feis tu feis, gli dice:

«Però io sono piuttosto arrabbiata con te, Fernando. Eh sì, abbastanza arrabbiata».

«Cosa c'è?», balbetta il nostro adiposo avvocato nonché complice. «Che cos'ho fatto?»

«Perché sei tanto sicuro che abbia accettato di partecipare all'affare? Pensi che per me sia così facile darmi a un altro?»

«Darti... che cosa?!», si spaventa Ferni. «Io non ho detto questo, Susy».

«Questo mi ha raccontato Ismael», insiste Susy. «Che volevi mandarmi a letto con quello schifoso di Salas, ha detto».

Fernando, indignato, si libera delle braccia di Susy e mi guarda con un paio d'occhi da fare invidia a Peter Lorre in *«M», il mostro di Düsseldorf*. Isterico, strilla:

«Che cosa le hai raccontato, disgraziato?»

«Come sarebbe, che cosa le ho raccontato? La verità, vecchio mio. Da quando in qua racconto balle?»

«Quale verità?»

«L'unica verità. Che vuoi che vada a letto con Salas, questa».

Fernando guarda Susy, cade in ginocchio davanti a lei e si mette una mano sul cuore.

«Non credergli, bambina», dice. «Non oserei neppure pensare una cosa del genere».

Susy si inginocchia davanti a lui.

«Be', Fernando», dice. «E che cosa hai pensato, allora? Avanti, dimmi».

«Niente dell'altro mondo, bella. Dagli un paio di bacetti, nient'altro».

«Sicuro?»

«Sicuro. Ci penseremo noi a fare in modo che questo sia sufficiente».

Susy gli accarezza i capelli.
«Sei un tesoro», dice. «Un tesoro».
«Si preoccupa per te come un bravo papà», dico. Fuggo verso la cucina. Vado in cerca delle tre bottiglie di whisky. Bisognerà sbronzarsi, sarà la cosa migliore.

XV

In meno di un'ora ci scoliamo due bottiglie. Ormai siamo – non c'è altro modo di dirlo – ingallinati persi. Susy abbraccia Fernando e gli appoggia la testa sulla spalla. Carezzevole, languida ma implacabile, dice:

«Sai una cosa, Fernando? Questo qui», indica me «ha quasi rovinato tutto ieri».

«Non ci credo».

«Credimi. Salas era venuto al *Douglas*, sai? Era solo soletto al suo solito tavolo. E il nostro socio, il pazzo che hai davanti, decide di prodursi in uno dei suoi monologhi. Vuoi che ti dica su che argomento?»

«Avanti».

«Su quelli che si sposano con donne piene di grana per spremerle ben bene. Ti suona?»

Fernando mi guarda:

«Sei pazzo?»

«Non c'è motivo di scaldarsi tanto. Ho soltanto raccontato un paio di aneddoti».

«Che aneddoti?», chiede Fernando, ormai serio e leggermente più lucido.

Senza eccessivo entusiasmo, spiego:

«Una volta una tipa piena di soldi mi regalò un anello di brillanti e io lo gettai nel gabinetto. Insomma, qualcosa del genere».

«Allora è proprio vero», conclude Fernando, «sei pazzo».

«No», dice Susy. «Pazzo no. È il suo modo di essere, povera stella». E insolitamente mordace e disinvolta, senza dubbio grazie alla magia dell'alcool, aggiunge: «Guarda, ti spiego: se gli regalassero un coltello con l'impugnatura tempestata di diamanti, se lo pianterebbe nel petto per saggiare il filo della lama, capito?»

Fernando le accarezza i capelli biondi.

«Tu sì che lo conosci bene, poverina».

«Altroché», si lamenta Susy. «Sono dieci anni che lo sopporto».

Fernando mi guarda di nuovo.

«Be', Ismael», dice. «Almeno finché non avremo concluso l'affare il tuo modo di essere te lo ficchi dove sai tu, d'accordo?»

«D'accordo».

«Si sta spegnendo il fuoco», dice Susy.

«Tutti in piedi!», grida Fernando. «Avanti! Portate sedie, tavoli, sdraio! Teniamo in vita questo fuoco, compagni!».

Apre la terza bottiglia di whisky. Non ignoro il rischio: sarà l'estasi o l'apocalissi. Susy mi guarda.

«Occhio, Ismael», dice.

È vero: mi conosce bene. Le passo la bottiglia.

«Prendi», dico. «Tiratele il collo voi due».

XVI

Ora stiamo ballando intorno al falò, ululando come indiani. Sento l'alcool ribollirmi nelle vene, ma so che mantengo l'equilibrio (quando non è così, non solo non me ne rendo conto, ma non mi rendo conto neppure di nient'altro: il mio unico desiderio è sbattere la testa contro il muro, o guardarmi allo specchio facendo orribili, diaboliche smorfie, e prendermi spietatamente a pugni in faccia fino a spaccarmi le labbra e farmi sanguinare il naso e bere il mio stesso, dolce sangue come un animale distrutto e assetato), so, dicevo, che questa volta non mi accadrà nulla di brutto, al contrario, perché la mia esaltazione aumenta di minuto in minuto, ma sana e libera, e grido e ballo come un pawnee o un sioux, stupidamente come un pawnee o un sioux insieme a Susy e Fernando, e la mia gioia è ormai quasi assoluta e inesprimibile.

Cadiamo infine, sfiniti, sulla sabbia umida della notte, e sebbene il falò abbia perduto le sue imponenti e magiche dimensioni, nessuno propone di alimentarlo di nuovo perché non siamo ancora riusciti a smettere di ridere; il riso dell'uno incoraggia quello dell'altro, e non resta che aspettare che questo giubilo contagioso svanisca, diventi cenere anch'esso, perché Fernando possa, con difficoltà, alzarsi in piedi e dire:

«Adesso bisogna brindare».

«Non so con che cosa, Fernando», dice Susy. «Ti sei bevuto tutto il whisky».

«Ha parlato l'angioletto. Come se lei non avesse collaborato con entusiasmo».

«Non litigate», intervengo, bottiglia in mano. «Qualcosa

è rimasto». Fernando guarda la bottiglia. La vedrà davvero?

«Qualcosa è rimasto», conferma senza esitare.

Sì, la vede. Perché è vero: qualcosa è rimasto. Lo verso in un bicchiere e glielo porgo.

«Bevi», dico. «È appena sufficiente per uno. Fatti un brindisi».

«Come no», dice. «Ci mancherebbe altro. Adesso lo faccio».

Agita il bicchiere, lo alza contro la luna, barcolla, recupera l'equilibrio, rutta, non chiede scusa e infine dice:

«Brindo a noi. A noi. E, infine, a noi». Ci guarda e dice: «Non so se sono stato chiaro».

«Chiarissimo», dice Susy.

«Avanti, maestro», dico io. «Non si interrompa».

«Brindo all'architetto Alejandro Salas, nostro futuro benefattore».

«Bravo!», gridiamo.

«E brindo di nuovo a noi».

«Sì!».

Liquida in un solo sorso l'ultimissimo bicchiere di whisky, poi gira su se stesso e lo lancia violentemente verso la riva, si volta nuovamente verso di noi, sempre più malfermo sulle gambe, e dice:

«Vorrei infine, per terminare questo brindisi, ricordare il vecchio padre Hegel, grazie al quale il qui presente Ismael e il sottoscritto Fernando, anch'egli presente, hanno suggellato un'eterna amicizia. Signore e signori, vi prego di concedermi un momento d'attenzione: la sostanza è soggetto, l'oggetto è mediazione e la mediazione è oggetto e le categorie del pensiero sono le stesse di quelle dell'essere. Ho detto, cazzo» barcolla di nuovo, si riprende, agita vertiginosamente un dito in aria e dice: «Ancora un momento. Non ho finito. Vorrei ricordarvi ancora alcune altre verità, che non ha detto Hegel, ma un altro mio vecchio padre che ancora piango nelle mie notti solitarie. Ascoltate, compagni: solo l'organizzazione vince il tempo, l'azione politica è una lotta della volontà, l'unica verità è la realtà e prima la Patria, poi il Movimento e infine gli uomini. E non ridete, compagni, perché tutto questo è molto serio».

Non ridiamo. Barcolla ancora una volta, ma gli rimane ancora la forza di puntarci severamente l'indice contro e dire:

«E infine, compagni, non dimenticate: arriveremo al Duemila pieni di grana o scoppiati come al solito».

Cade pesantemente sulla sabbia. Corro verso di lui e gli sostengo la testa. Mi guarda.

«Questa volta facciamo centro, Ismael», dice. «Questa volta cambia la mano».

Sorrido dolcemente, annuendo.

«Certo», dico. «Questa volta prendiamo il potere».

In meno di un minuto, sta russando tra le mie braccia.

TRE

Il luogo del delitto

I

Era mezzogiorno quando ci svegliammo. Fernando aveva dormito in cucina su una sdraio, coperto da due salutari coperte che gli avevamo gettato addosso. Non ci disse neppure buongiorno. Aveva gli occhi gonfi e più rossi di quelli di Christopher Lee nell'atto di chinarsi sul collo di qualche succulenta signorina smarritasi nel suo castello. Mise la testa sotto il getto tonificante del rubinetto. Si asciugò con uno strofinaccio e disse:

«Caffè, per Dio. Tanto caffè e quattro aspirine».

Obbedimmo. Anche se le aspirine, su cauta prescrizione di Susy, furono due. Il caffè lo bevemmo tutti.

«Siamo dei selvaggi», commentai. «E tu sei il campione, Fernando. Whisky liscio, così a secco. Se almeno avessimo mangiato la grigliata. Invece neppure questo. Come credevi di svegliarti oggi?»

«È vero», si lamentò. «Neppure la grigliata abbiamo mangiato, alla fine. Che vergogna. Bisogna avere più controllo. E voi come state?».

Ci faceva un po' male la testa, ma stavamo bene.

«Bene, questo è l'importante», si tranquillizzò Fernando. «Non vorrei mai che Salas vi trovasse bruttini questo pomeriggio». Guardò Susy: «Soprattutto la nostra tigre. Dio ce ne scampi».

Susy accennò un sorriso e non disse nulla. Un'ora più tardi accompagnammo Fernando alla sua Fiat minimalista. Gli chiesi: «I due borsaioli che hai per soci sanno qualcosa dell'affare?».

Si fermò, non proprio sorpreso, ma quasi.

«Niente, fratello», disse. «Cosa vuoi che sappiano?».

Mi strinsi nelle spalle.

«Qualcosa devono pur sapere», argomentai. «Se no cosa pensano che tu stia facendo a Mar del Plata?»

«Pedinando Salas per conto della Achával Junco, questo pensano».

«La verità, allora».

Fernando sorrise divertito e i suoi due menti si agitarono come rinoceronti monelli e ballerini.

«Una parte della verità, Ismael», disse. «Degli affari nostri – hai capito bene, tuoi, miei e di Susy – non sanno niente. Né sapranno mai niente».

Assentii soddisfatto. Fernando abbracciò Susy.

«Buona fortuna, bella», disse. «Fa' quello che devi fare con moderazione, ma fammelo uscire di senno quel Salas». Le appoggiò le mani sulle spalle (uno dei suoi gesti prediletti) e la guardò dolcemente: «Davvero, Susy. Buona fortuna».

Susy lo baciò, io gli diedi tre amichevoli pacche sulle spalle e unendo i nostri sforzi riuscimmo a infilarlo in macchina. Mise in moto quasi subito e si allontanò rapidamente.

«Buona fortuna!» fu l'ultima cosa che lo sentimmo gridare mentre spariva per Martínez de Hoz diretto in centro.

«Mi sa che aveva ancora bisogno di un quarto litro di caffè», commentò Susy.

«Può darsi», dissi. «Ad ogni modo, nello stato in cui è, in meno di un quarto d'ora arriva in albergo, dorme tutto il pomeriggio e domani, fresco, lucido e impaziente di sapere cos'è successo, ce lo ritroviamo qui».

Alle tre, puntuali, arrivammo da Salas. Una grande cancellata nera ci si spalancò davanti, con una generosità che mi parve impudica. Mi sentii, non so perché, più fagocitato che benvenuto. Proprio io, che dovevo entrare lì dentro come un conquistatore.

Transitammo lentamente lungo l'ombroso viale che conduceva attraverso il parco ai solidi ferri battuti, agli splendidi cedri e alle californiane tegole dell'antidemocratica villa, alta e maestosa sotto il sole del pomeriggio, sempre più vicina ma ancora lontana, come quelle cose che non si raggiungono mai. Parcheggiammo e scendemmo.

A pochi metri dalla piscina, adagiato su una sdraio a prendere il sole, c'era Salas. Più in là, sulla veranda della villa, in jeans e maglietta – cioè: senza costume da bagno – era seduto Sergio, intento a leggere. Dentro la piscina si faceva baldoria: Leonardo e due ragazze (due mocciose, in realtà, al massimo ventenni, per quanto robuste e ben dotate) sguazzavano nell'acqua, ridevano e strillavano con grande entusiasmo.

Salas ci vide, ci rivolse un sorriso a trentadue denti e ci venne incontro.

«Che piacere vedervi», disse. «Credetemi, sarebbe stato molto triste per me non avervi qui oggi».

Lo guardai bene. Più vicino che mai al gentleman che ambiva essere. Quando mi strinse la mano, la sua mi sembrò più morbida della prima volta, e le sue dita meno tozze, non quelle di Horowitz, né le mie, ma decisamente meno tozze. Baciò Susy.

«Susy, Ismael, benvenuti», disse. «Questa è casa vostra. Ma a una condizione», disse levando un indice, affettuosamente, come un bonario maestro, «che d'ora in poi smettiate di chiamarmi Salas e mi chiamiate Alejandro, come i miei veri amici. D'accordo?»

«D'accordo, Alejandro», disse Susy.

Anch'io mi dichiarai d'accordo ma non mi bevvi la storia che la casa era nostra. Imbecille: era ben sua. Noi ce la saremmo dovuta guadagnare. Ed eravamo lì per quello. Insomma, ogni cosa a suo tempo.

«Salve. Come va?».

Era Sergio. Zitto zitto, senza che nessuno se ne accorgesse, aveva abbandonato la veranda per venirci a salutare. Ora, alla luce del giorno, risaltava qualcosa che l'oscurità del *Douglas* aveva occultato durante il nostro primo incontro: il suo mortale pallore. Esagero: non era Dracula. Ma era evidente che sfuggiva il sole come se lo fosse. Perché? Il neo, questo sì, era al suo solito posto: sulla guancia destra, un po' verso il basso, ammiccante e impertinente. Strano ragazzo. Aveva inoltre tra le mani il libro che aveva letto fino a un attimo prima sulla veranda: *Demian*. Vabbè.

«Sei molto carina, Susy», disse. «Sei meglio di giorno che di notte. Devi assolutamente metterti in costume, te ne prego». Si voltò verso di me e mi mise una mano sulla spalla: «Poi ho bisogno di parlarti, Ismael. Voglio chiederti una cosa che spero non mi rifiuterai».

Dio benedetto, così presto? Sorrise dolcemente e si allontanò verso la veranda.

«A quanto pare, vi siete guadagnati l'affetto di Sergio», disse Salas, sinceramente sorpreso. «Complimenti. Non è facile».

In quel momento, Leonardo e le due mocciose uscivano dalla piscina. Niente a che vedere con Dracula, Leonardo: aveva sulla pelle tutto il sole di quel caldo ottobre. Ci venne incontro con un sorriso obliquo, i denti scoperti, la pelle lustra e tesa, con un braccio intorno ai fianchi di ciascuna mocciosa, fermo e sicuro come un prodigioso fallo. O forse non tanto. Ma neppure molto meno. Giù di lì.

«Leonardo si è portato due care amiche questo pomeriggio», spiegò Salas in tono incerto davanti all'alluvione che ci arrivava addosso. «Non è una cosa che fa di solito, ma...»

«Salve», disse Leonardo. «Come stai, Susy? Come va, Ismael?»

«Ciao, Leonardo».

Susy gli diede un bacio. Io gli strinsi la mano; per poco non me la stritola.

«Che splendido pomeriggio, eh?», disse. «Dovete assolutamente fare un tuffo in piscina, così giocate un po' con noi».

Guardai le mocciose. Adesso non esagero: erano davvero notevoli. Entrambe con lunghi capelli scurissimi e gocciolanti. Un po' più alta, abbastanza magra l'una; leggermente più robusta, abbondante, l'altra.

«Possiamo mettere una rete in mezzo e fare una partita a pallavolo», proseguì Leonardo. Subito però, senza dubbio notando la direzione del mio sguardo, disse:

«Oh, sono sempre così distratto con le presentazioni. Susy, Ismael, queste sono due amichette mie. Studiano psicologia e sono anche modelle. Proprio questa sera hanno una sfilata all'Hotel República. Vero, ragazze?».

Le mocciose, sempre sorridendo, annuirono.

«Ciao. Siamo Cuca e Lolita», disse la più alta.

«Ma tutti ci chiamano Cu e Lo. È più corto, okay?», disse l'altra.

II

Non era cambiato tanto; soltanto i baffi erano un po' più folti e meno curati, nient'altro. Aveva, ora, ventisei anni. Lo abbracciai emozionato, lo feci entrare in casa e gli tolsi l'impermeabile. «Hai i capelli zuppi, Matías», dissi. «Non vuoi una salvietta per asciugarti?». Rispose di no. Però voleva un caffè. Glielo portai. «Come hai saputo dove abitavo?», gli chiesi intanto. Non mi ero ancora ripreso dalla sorpresa, dalla bruciante emozione di trovarmelo davanti. «Scopro sempre le cose che mi interessa sapere», rispose enigmatico. Non disse altro e io non insistetti. Finì in fretta il suo caffè e disse: «Ma vieni, siediti. Non stare lì impalato come se vedessi un fantasma. Raccontami di te, che cosa fai, di cosa vivi, come passi il tuo tempo libero. Dài, parla». Mi sedetti di fronte a lui e intrecciai le dita. La sua voce suonava imperiosa, come quella di un uomo che non permette che accada nulla al mondo, neppure la più piccola cosa, indipendentemente dalla sua volontà. Gli raccontai, tra incongruenze ed esitazioni, che lavoravo alla Banca della Provincia, lì vicino, alla succursale del quartiere, Colegiales, che guadagnavo bene, non molto o forse poco, però avevo alcuni amici e, inoltre, studiavo giurisprudenza. Qui mi fermai. Perché ciò che rimaneva da raccontare era la mia relazione con Vera. E, non so perché, ebbi paura. Nessuna donna si era frapposta tra noi, mai. Mi guardò e chiese: «Nient'altro?» Presi il coraggio a quattro mani e dissi: «Sì, ho conosciuto una ragazza». «Una donna, vorrai dire», mi corresse. «Be'», dissi «è che è molto giovane». Rise in modo malizioso: «Quanti anni ha? Tre?» «No», risposi.

«Ha la mia stessa età». Si alzò in piedi, fece qualche passo, si fermò e, dandomi le spalle, disse: «È una donna, allora». Si voltò lentamente e mi guardò: «Come si chiama?» «Vera», risposi. Senza esitare disse: «Bene, Ruperto, sarà meglio che tu non la veda più». Non so se mi aspettavo una cosa simile. Ad ogni modo, il mio stupore fu immenso e doloroso. Riuscii, con un filo di voce, a chiedergli perché. «Per il tuo stesso bene», rispose. «Per evitare di rovinare la tua giovane vita. Tu non lo sai ancora, ma le donne sono esseri abominevoli». Riempii i polmoni d'aria, chiusi gli occhi e chiesi: «Ti riferisci alla zia Etelvina?» La domanda non sembrò sorprenderlo: «Anche a lei». Seguì un lungo, asfissiante silenzio. Alla fine, chiesi: «L'hai uccisa tu?» Sorrise divertito: «Così hanno creduto tutti, no?» «Quasi tutti», risposi. Chiese: «Anche tu?» Annuii: «Anch'io. Anche se, naturalmente, non c'erano prove». Scoppiò a ridere quasi con fierezza. «Prove!», esclamò. «La coscienza delle brave persone ha sempre bisogno di prove per punire qualcuno. Ti assicuro che questo a me non succede, Ruperto. Quando qualcuno dev'essere punito, non si deve perdere tempo a cercare le prove. Bisogna punirlo, e basta». Ero ancora lungi dal sospettare l'orrore infinito celato nelle sue parole.

Mi disse bruscamente che era affamato, che la pioggia aveva il fulmineo potere di mettergli appetito e che se non l'avesse saziato avrebbe finito per diventare irritabile e di cattivo umore. Nel timore che accadesse qualcosa di simile, gli offrii subito da mangiare, dicendogli che, anche se io avevo già cenato, potevo cucinargli una buona bistecca con uova fritte, per esempio. Disse che andava bene, tornò a sedersi in poltrona e accavallò le gambe. «Mi piace la tua casa», disse. «Dev'essere bello vivere qui». «E tu?», chiesi mentre prendevo la bistecca dal frigorifero. «Dove abiti?» «Quando sarà il momento, lo scoprirai», disse. Decisi di non fargli altre domande e misi a cuocere la bistecca. Matías parlò di nuovo: «So che la curiosità ti sta mangiando vivo, cuginetto. Ma dovrai resistere. Alcune cose, tuttavia, te le posso dire. Che non lavoro, per esempio. Che non studio neppure. E nient'al-

tro. Adesso non mi chiedere di cosa vivo perché non ho intenzione di dirtelo. Chiaro?». Gli risposi di sì, di stare tranquillo, che non pensavo di infastidirlo con altre domande. Sorrise e si versò un bicchiere di vino. Ora sembrava di buon umore. Pochi minuti dopo, gli porgevo il piatto con la bistecca e le due uova fritte e mi sedevo davanti a lui per vederlo placare i morsi della fame. Mangiò a devastante velocità, quasi senza masticare, come se non toccasse cibo da mesi. Non aprì bocca, né io osai interromperlo. Poi, sdegnoso, allontanò il piatto e disse: «Forse ti avrà sorpreso il mio modo di mangiare. Forse hai pensato che fossi mezzo morto di fame. No, Ruperto. Ascoltami bene: se ho ingoiato quella bistecca senza masticarla, non è stato per la fame, ma per lo schifo. Non avevo mai mangiato una carne tanto immonda, vecchia, secca e dura». Non seppi che cosa dire. Riuscii a malapena a balbettare: «Scusami. Non lo sapevo». Si alzò in piedi e cominciò a misurare la stanza a grandi passi, agitando le mani. «Certo che non lo sapevi. Ti hanno imbrogliato. Come migliaia di altri, giorno dopo giorno, anno dopo anno. Perché è così, Ruperto. Questo mondo è pieno di esseri ripugnanti il cui unico scopo nella vita è imbrogliare il prossimo. E non solo imbrogliarlo: anche tradirlo, derubarlo e farsene beffe. È gente di tutte le classi sociali e di tutti i mestieri: avvocati, conducenti di autobus, medici, politici, bancari, poliziotti, industriali. E sono ogni giorno di più. Ormai sono quasi la maggioranza. Presto domineranno il mondo». Fece una pausa, respirò a fondo e disse: «Ma non bisogna lasciarsi vincere». E, di nuovo: «Non bisogna lasciarsi vincere». Tornò a sedersi, appoggiò i gomiti sul tavolo e mi guardò: «Se ognuno di noi», disse, «fa la sua parte, li sconfiggeremo». A questo punto mi mise una mano sul braccio e chiese: «Chi ti ha venduto quella carne?» «Don Carmelo», mi sentii rispondere. «Ha una macelleria qui all'angolo. Le ha dato il suo nome: "Macelleria Don Carmelo". È un uomo grasso, con dei grandi baffi, molto gentile con tutti i suoi clienti. Compro sempre la carne da lui. Non so cosa sia successo questa volta». Matías fece un sorriso dubbioso e crudele. «Il solito. Solo che questa vol-

ta io te l'ho fatto notare». Seguì un lungo silenzio, carico di presagi. Ci guardammo, e Matías disse: «Ti ordinerò di fare una cosa, Ruperto. Domani, appena don Carmelo apre la macelleria, ti fai trovare lì ed entri nel negozio con lui. Aspetti che si distragga un momento, o che vada nel retrobottega a mettersi il grembiule, e gli rubi il coltello che sicuramente usa per separare le costolette prima di tagliarle con la sega. Non ti spaventare, è facile. Io l'ho già fatto altre volte e so quello che dico. Poi fai le tue compere, possibilmente niente di nuovo, il solito, torni a casa e nascondi il coltello. È tutto». «Tutto?», chiesi. «La tua parte, sì. Il resto è compito mio». «Che cos'è il resto?», chiesi di nuovo. Le sue labbra si schiusero in un ampio sorriso e le sue spalle si agitarono. «Vedrai», disse. «Adesso ascoltami: a che ora chiude la macelleria don Carmelo?» «Alle otto», risposi, quasi come un automa. Matías, soddisfatto, si fregò le mani. «Perfetto», disse. «Domani, allora, alle sette e mezzo, vengo di nuovo qui, a casa tua, e andiamo insieme a fare una visita a quel miserabile. Sei d'accordo?» «Sì», risposi. «Come dici tu». Si alzò di scatto, si accostò alla finestra, aprì la tenda e guardò fuori. «Non piove più», disse. «Me ne vado». E aggiunse: «Ho ancora qualcosa da sbrigare questa sera». Si mise l'impermeabile, mi guardò con improvvisa durezza e disse: «Non mi deludere, Ruperto. Domani, al mio ritorno, voglio trovare quel coltello». Lo accompagnai alla porta in silenzio, cercando, goffo e ingenuo, le parole per dirgli che, nonostante tutto, nonostante la paura che si faceva nuovamente strada in me, ero felice che fosse tornato. Non ci riuscii. Arrivò alla porta, l'aprì, si voltò verso di me e disse: «E non dimenticare che non voglio che tu riveda quella donna». Fece una pausa e aggiunse: «Vera».

III

Ci cambiammo in due eleganti casette di legno (Susy in una e io nell'altra: signore e signori) situate accanto al parco, dipinte di bianco, con lussuosi sanitari e vaporosi asciugamani scarlatti, come la cappa dei tre moschettieri. Tornammo nel parco. Tutti gli occhi erano puntati su di noi: Salas dalla sua sdraio; Sergio dalla veranda, abbandonando *Demian*; Leonardo, Cu e Lo dalla piscina.

Fu come attraversare la passerella delle Folies Bergères, o forse peggio: come attraversare uno di quei ponti di legno fradicio e corda consunta dei film di Tarzan, che collegano due alte montagne al di sopra di un profondissimo abisso, con il cattivo a una delle estremità intento a tagliare la corda con un affilato coltello proprio quando il malcapitato è arrivato a metà strada.

Per Susy, credo, non tanto. Uscì con il suo tanga bianco, la sua pelle rosolata dal sole, le lunghe gambe e il seno che ho già descritto ma che – insisto – non è niente male.

Per me fu diverso: assomiglio più al «prima» che al «dopo» della pubblicità di un fitness center. Invece di un tanga bianco, uso uno stinto slip azzurro. Al posto del torace ho soltanto delle costole. E se anche la mia statura aiuta (quasi un metro e ottanta), non è sufficiente a riscattarmi dal ponticello di Tarzan. La mia sicurezza ritorna quando comincio a parlare: il cattivo smette di tagliare la corda, fugge o cade nell'abisso e io arrivo sano e salvo dall'altra parte del ponte. Prendemmo due sedie e ci accomodammo vicino a Salas. Nonostante ci avesse pregato di chiamarlo Alejandro, evitò di darci del tu.

La cosa non mi stupì. Quel po' di distanza, almeno per il momento, preferiva mantenerla.

«Vi piace la casa?», domandò indicando con un gesto appena accennato i ferri battuti, i cedri e le tegole californiane della villa.

«È molto bella», sospirò Susy sgranando gli occhi, come abbagliata. E aggiunse: «Suppongo che dentro sia ancora più bella».

Salas annuì.

«Non le manca niente», disse. «Poi ve la faccio visitare. Però vi avverto: preparatevi a un tour. Calcolate che ci sono dodici camere per gli ospiti. E poi, tutto il resto: l'ingresso, la sala da pranzo, la sala giochi, la palestra, la cucina e, be', inutile continuare. È immensa, forse troppo. Però ci sono cose che sono riuscito ad avere proprio come le volevo io. La mia camera da letto, per esempio. Guardate: da qui si può vedere. È quella grande finestra, con quel balcone di legno intagliato e quell'albero davanti che è la prima cosa che vedo quando mi sveglio. Ne sento sempre la mancanza, quando sono a Buenos Aires».

«Immagino», dissi, mentre due o tre ideuzze mi esplodevano nel cervello come fuochi artificiali.

Perché era proprio come aveva detto Salas: un albero bello, grande e assolutamente arrampicabile si ergeva davanti alle grandi finestre della camera da letto. E se avessimo saputo manovrare attentamente i fili, se la trama che stavamo tessendo non si fosse strappata, se Susy fosse riuscita a introdursi in quella camera da letto con il nostro potente anfitrione (non so in che momento, in che giorno, ma inevitabilmente prima o poi sarebbe dovuto accadere, e presto, prestissimo) e io fossi riuscito, arrampicandomi su quell'albero (ricordando, perché no, gli anni della mia infanzia, quando andavo a rubare fichi o ciliege), nascosto nell'ombra – perché la cosa sarebbe accaduta di notte – a scattar loro un paio di fotografie, *l'operazione sarebbe stata brillantemente conclusa*. Non sarebbe restato altro da fare che incassare.

Sì, forse la faccenda si poteva risolvere così. Voto a Belzebù: decisi che quel giorno non me ne sarei andato di lì senza aver prima visto e studiato minuziosamente quella camera, la sua grande finestra e l'albero maestoso che deliziava Salas ogni mattina.

«Perché non venite in piscina con noi?».

Era Cu, la più alta delle due mocciose.

«Se non entrate in acqua ora, più tardi avrete freddo», insistette.

Leonardo si avvicinò con Lo; le teneva un braccio intorno alla vita.

«Dài, Susy», disse. «O sei una di quelle ragazze che hanno paura di rovinarsi la pettinatura?».

La frase suonò un poco aggressiva. Ma era inevitabile: Leonardo era troppo sicuro di sé. Faceva fatica a non passare come un carro armato sopra chiunque gli si presentasse davanti. Susy si strinse nelle spalle, sorrise e disse:

«No, non ho paura di rovinarmi la pettinatura». Si rivolse a me e mi chiese: «Vieni, Ismael?»

«Vai tu», dissi. «Io non ho nessuna pettinatura a cui badare, ma sono quasi un vecchietto ormai, e l'acqua mi sembra sempre fredda a quest'ora. D'accordo, Leonardo?».

Sorrise, mostrando sempre più denti.

«Come vuoi», disse.

«Bene, andiamo», disse Cu. «Siamo giusto in quattro. Possiamo fare una partita a pallavolo. Io e Susy contro Leonardo e Lo. Che figo, eh, ragazzi?».

Si allontanarono. Rimasi con Salas. Sergio era sempre sulla veranda, immerso nella lettura di *Demian*. I nostri sguardi si incontrarono. Credo che sorrise. Attendeva il suo turno.

IV

Salas si mise a parlare di politica. Sicuramente aveva frequentato un paio di corsi di IDEA[7] e gli piaceva sfoggiarli. Mi chiese se aderivo a qualche ideologia. Gli risposi di no (avrei dovuto dire: non più; avrei dovuto dire: non lo so; avrei dovuto dire qualsiasi altra cosa al posto di no, ma cosa importava, dopo tutto?). Replicò che neppure lui (aderiva a un'ideologia), ma che aveva un paio di idee molto chiare su certe questioni fondamentali (sic).

«La situazione politica del paese mi preoccupa», disse.

Caramba.

«Se ci fa caso, Ismael», proseguì, «quello che manca non sono le idee, sono gli uomini. Di idee ce n'è in sovrabbondanza, e comunque non servono ad altro che a ingarbugliare la situazione più di quanto non lo sia già. Invece in Argenti na è dal 1880 che non c'è più una generazione lucida e organizzata. Una vera classe dirigente, capisce, un'élite politica. È questo che manca, ed è di questo che il paese ha bisogno. Finché non si sarà risolto questo problema, è assurdo parlare di democratizzazione. La democrazia, per la maggior parte dei nostri politici, continua a essere sinonimo di populismo. E Dio ci liberi dal populismo».

Fece una pausa. Io non aprii bocca. Gli lasciai il campo sgombro.

«Ammetto», proseguì, «che non è un compito facile. Ma

---

[7] Scuola con corsi serali di scarso valore didattico (NdT).

non c'è altra strada. Inoltre, se nel 1880 ha dato i suoi frutti, perché non oggi? Servono solo due cose. Una gliel'ho già detta: creare un'élite dirigente. L'altra, rinunciare al pregiudizio democratico. Perché la democrazia è il vizio dell'Occidente, Ismael, e sono sicuro che sarà la sua perdizione».

Scosse piano, tristemente la testa.

«Guardi, se l'Occidente non si trasforma in un impero, muore. Non c'è dubbio».

Interessanti i corsi di IDEA. E poi: che livello. Quest'ultima frase, tanto per fare un esempio, è presa quasi testualmente da un racconto di Borges. Quando torno a Buenos Aires, senza pensarci due volte, mi iscrivo a qualche corso.

«Scusate, posso interrompervi?».

Era Sergio, con il suo pallore e *Demian* al seguito. Salas lo guardò.

«Non stavamo parlando di niente di particolarmente importante», disse. «Cosa vuoi?»

«Rubarti un momento Ismael. Si può?»

«Non è mica mio prigioniero», sorrise Salas. «È padrone di fare ciò che vuole».

Sergio si rivolse a me.

«Vieni in casa con me un momento?».

Se Alejandro non aveva nulla in contrario – argomentai – d'accordo. Non aveva nulla in contrario. Sergio mi prese per un braccio e ci avviammo verso la casa.

«Perché sei così pallido?», chiesi con la mia solita delicatezza e discrezione. «Non prendi mai il sole?».

Sergio esitò un istante. Poi disse:

«Qualche volta sì. Ma lo prendo a piccole dosi. A dosi piccolissime, capisci. Detesto calcinarmi».

«Che ne so», dissi stringendomi nelle spalle. «Guardandoti bene, non sei poi così pallido. La prima volta che ti ho visto, per esempio, non me ne sono accorto. È che contrasti molto con Leonardo».

Si fermò.

«Contrasto molto con lui?», domandò.

«Sì».

«Allora mi fa piacere».

Entrammo in casa. L'ingresso era impressionante, non mi prenderò neppure il disturbo di descriverlo: un delirio, punto e basta.

«Vuoi bere qualcosa?».

Risposi di no. Mi mostrò la copia di *Demian*.

«Hai letto questo libro?», chiese.

«Sì», dissi. «Quando avevo diciott'anni».

«Ti piace Hesse?»

«Non più».

Arrossì leggermente e abbandonò il libro su una mensola. Disse:

«Vieni, voglio mostrarti una cosa».

Mi portò verso uno dei saloni in cui si prolungava l'ingresso. C'era un pianoforte. Un eminente Steinway.

«Suoneresti per me?», domandò.

«Per questo mi hai chiesto di venire con te?»

«Quasi».

Esitai un istante. Lontani ma inequivocabili, giungevano fino a noi gli strilli di Cu e Lo, le esclamazioni di Susy e le risate sguaiate di Leonardo. Dissi:

«Senti, ci sono altre persone in questa casa. E suppongo, senza peccare di vanità, che anche loro abbiano voglia di sentirmi suonare qualche pezzo. La cosa migliore, quindi, sarà aspettare più tardi, quando saremo tutti riuniti».

Rifiutò con un tenue ma fermo movimento del capo.

«Capisco che la pensi così», disse. «Ma quello che voglio io è proprio il contrario. Se no, non ti avrei chiesto di venire con me. Io voglio che suoni per me. Per me solo. E non *qualche pezzo*, come dici tu, ma un solo pezzo. Anche se molto speciale».

Leggeva *Demian*, non prendeva il sole e si dipingeva un neo sulla guancia. Ce ne sarebbe stato d'avanzo. Invece no: come se non bastasse, idolatrava anche la propria viscosa (l'ho imparato da Sartre questo aggettivo?) soggettività e pretendeva di essere un *individuo*, nel senso più profondo ed hessiano della parola. Era opprimente. Acconsentii.

«D'accordo», dissi, aprendo con decisione il coperchio del pianoforte. «Avanti: qual è il *tuo* pezzo?»

Si sedette su una poltrona, si avvicinò al pianoforte e disse: «L'opus 17 di Schumann».

La faccenda era più grave di quanto pensassi.

«Senti un po'», dissi, «pensi sul serio che io sappia qual è l'opus 17 di Schumann o mi stai prendendo in giro?»

«Non ti sto prendendo in giro. Penso che tu lo sappia».

«Va bene, d'accordo», acconsentii ancora una volta. «Lo so. Ho studiato pianoforte per più anni di quanti possa ricordare. Comunque, ti avverto: la prossima volta che vuoi sentire la *Fantasia* di Schumann, mi chiedi la *Fantasia* di Schumann, o tutt'al più – passi – la *Fantasia in do maggiore* di Schumann, ma non l'opus 17, d'accordo?»

«Visto che lo sapevi?», disse sorridendo.

«Certo, ed è logico dopo tutto. La cosa strana è che lo sappia tu».

«Perché no? Mi piace Schumann. È il più equilibrato dei romantici».

Ragazzo colto, sensibile: un'immaginetta. Mi sedetti davanti alla tastiera, sciolsi le dita della mano sinistra (la *Fantasia* è particolarmente impietosa con la sinistra) e cominciai a suonare. Conoscevo il pezzo. Non solo: era il mio preferito. Il Romanticismo non ha dato al pianoforte opera più profonda, neppure la sonata di Liszt. Solo Schumann è riuscito a ottenere una cosa come questa, neppure Brahms, tantomeno Chopin. Evitai di confessarlo a Sergio. Non volevo che si desse delle arie. Non volevo neppure identificarmi con lui.

A metà del primo movimento smisi di suonare.

«Non ricordo altro», dissi.

Sergio sorrise riconoscente.

«Non importa», disse. «Mi basta. È stato molto bello».

Si alzò in piedi, si avvicinò a un tavolo carico di bottiglioni e si servì qualcosa.

«Vuoi un cognac?», chiese.

«Ti ho detto che non voglio niente».

«Scusa, l'avevo dimenticato». Mi prese per un braccio.

Disse: «Vieni con me. Voglio mostrarti un'altra cosa. Non ha niente a che vedere con Schumann, ma non per questo mi piace di meno. Preparati».

Attraversammo un lunghissimo corridoio foderato di quadri dalle lussuose cornici. Sergio continuava a tenermi per un braccio e camminava piano, quasi cerimonioso. Fece un paio di commenti su alcuni quadri. Non gli risposi. Arrivammo in fondo al corridoio e aprì una porta alta e massiccia.

«Che te ne pare?», chiese.

Era una palestra. C'era di tutto. Sergio sorrise soddisfatto, orgoglioso.

«È anche per questo che sono pallido», disse. «Passo gran parte del tempo qui dentro. Faccio pesi, boxe, attrezzi. A volte, ti giuro, mi ammazzo di fatica. Non so come spiegarti. Ma ho bisogno di stroncarmi per stare bene. Per calmarmi. Poi faccio una doccia e via, sono pronto per qualcos'altro. È favoloso».

Guardai le sue braccia forti, muscolose, il suo torace ampio, le sue spalle sulle quali sembrava potesse crollare l'Obelisco senza far danni. Era vero: doveva passare molte, molte ore chiuso lì dentro.

«Guarda questo», disse.

Si avvicinò a un punching-ball e gli sferrò un unico, potente cazzotto. Il punching-ball divenne invisibile, solo una grande macchia nerastra che faceva più rumore di una mitragliatrice. Dissi:

«Potresti ammazzare chiunque con un colpo così».

Mi guardò per un istante, serio.

«Lo so», disse poi.

V

Uscimmo sulla veranda.

«Io rimango qui», disse Sergio scivolando su una poltrona di vimini, di nuovo con il suo *Demian* tra le mani. «Vai tu dalle belve».

Le «belve» erano Leonardo, Cu e Lo seduti sul bordo della piscina, davanti a un grande tavolo carico di bicchieri pieni di martini con ghiaccio e soda, a godersi ancora il tenue sole del crepuscolo. Li raggiunsi.

Leonardo mi rivolse un sorriso aperto e avvicinò una sedia.

«Finalmente, Ismael. Ti aspettavamo. Vieni, vuoi un martini?». Accettai e chiesi dove fosse Susy. Leonardo mi strizzò un occhio.

«Te l'hanno soffiata», disse in tono malizioso. «Lo zio se l'è portata via per mostrarle la casa».

«D'accordo», replicai. «Nessuno si travia facendo turismo».

Brava Susy. Già al lavoro. Rivolgendomi a Cu e Lo chiesi: «Avete una sfilata questa sera?».

Sospirarono rassegnate.

«Già», disse Cu. «La menata del sabato. Ormai siamo stufe. Sempre la stessa cosa, okay. Da morire».

«Addirittura?», domandai sinceramente sorpreso. «Perché?»

«Perché sì. Cosa vuoi che ti dica. D'estate va meglio. Però non è mai come a Buenos Aires. Lì è tutto più, non so, importante, okay, ecco, sì, importante».

«Comunque, Cu», intervenne Lo. «Puoi fare la modella

per un po', ma se non diventi un'attrice e poi una giornalista, addio».

«Giornalista?», chiesi.

«Sissignore», affermò Cu, con sicurezza. «È l'ultimo grido. *The best.* So quello che dico. Guarda, ti può andare da dio come modella, ma devi comunque farti un corso di recitazione. E ti può andare da dio come attrice, ma devi comunque farti un corso di giornalismo. Capisci? Bisogna essere preparate. Ma fare la modella e solo la modella, never, rimani sola come un cane».

«Guarda un po'», dissi scuotendo pensieroso la testa. «Non pensavo che le cose stessero così. E ditemi, perché allora studiate psicologia?».

Cu e Lo scoppiarono a ridere.

«Be'», disse la prima, «questo non prenderlo troppo sul serio. È che fa sempre la sua figura essere passate per qualche università. E la psicologia ha qualcosa che spaventa un po' la gente, okay, ti credono capace di scoprire i loro vizi non appena li guardi, non so se succede anche a te».

«Sì, è terribile», dissi trattenendo una risata. «Non riesco mai a sentirmi tranquillo vicino a uno psicologo».

«Vedi?», esclamò soddisfatta Cu. «Proprio come ti dicevo. Per questo ci siamo iscritte a questa facoltà. E abbiamo persino già dato un esame».

«Però! Trovate il tempo di far tutto, voi due».

Allora sentii la voce di Susy.

«Ismael! Iuuuuuhu!».

Mi voltai. Di più: mi alzai in piedi e guardai in alto.

«Sono qui! Iuuuuuhu!».

Eccola lì: sul balcone della camera da letto di Salas, che agitava allegramente la mano destra. Salas comparve accanto a lei e ci salutò.

«La casa è divina!», esclamò Susy. «Devi vederla!».

Non era casuale che si fosse affacciata proprio a quel balcone. Soprattutto visto che ce n'erano tanti altri. Era il suo modo di dirmi: «È qui che lo dobbiamo fare». Ci trovavamo d'accordo.

VI

Poi accaddero alcune cose prevedibili: scese la sera, indossammo dei maglioni, continuammo a bere martini, un paio di diligenti cameriere accesero il fuoco per la grigliata e io dovetti accettare di esibirmi al pianoforte. Questa volta per tutti. Entrammo in casa. Entusiaste Cu e Lo, schiamazzanti, richiedendo pezzi, autori e generi vari; sobrio Salas, lasciandomi fare; molto disinvolta Susy, come se si stesse divertendo; sempre sicuro Leonardo, fallico e sorridente; sempre distante Sergio, sfuggente, sapendo che questa volta avrebbe dovuto dividermi con gli altri, o forse cedermi del tutto a loro, e allora niente Schumann, nessun opus 17, nessun opus in assoluto. Non versai una lacrima per lui.

Frenai le vertiginose e inesauribili richieste di Cu e Lo.

«Suonerò quello che so», dissi. «Non quello che mi chiedete voi. Sarà meglio, credetemi».

Sorrisero e accettarono.

Feci molto Cole Porter. Suonai persino alcune variazioni della durata di sei minuti su *I've got you under my skin* che misi insieme – mi rifiuto di dire *composi* – quasi otto anni fa dopo una sbronza fenomenale e che invariabilmente seducono chi le ascolta. Questa volta non fu diverso. Caddero tutti in delirio subissandomi di smisurati aggettivi che io, umile, quasi rassegnato, accettai. Poi fu il turno di Susy. Cantò *Where or when*, molto Peggy Lee. Anche se, naturalmente: *non come Peggy Lee*. Succede con quasi tutto quello che canta Susy: imita sempre qualcun'altra. Cioè: canta sempre *peggio* di qualcun'altra; peggio di Peggy Lee, peggio di Lena Horne, peggio di Shirley Bassey o, se preferite – perché succede anche questo – peggio di Valeria Lynch, peggio di Susana Rinaldi e persino peggio di Violeta Rivas. Gliel'ho detto: «Non imitare le altre, cerca un tuo stile». È inutile: «Non imito nessuno», risponde. «Canto con uno stile mio». E magari ha ragione, magari è proprio questo il suo stile: cantare peggio di chiunque altra.

Smettemmo e tornammo nel parco.

Un piccolo *peon* mansueto, con le *alpargatas*[8] ai piedi e un sorriso più triste che ossequioso, aveva messo la carne e le *achuras* sulla griglia e la sorvegliava con diligenza. Cu e Lo manifestarono il desiderio di cenare quanto prima, non per la fame ma per la sfilata dell'Hotel República, okay, non volevano arrivare tardi e fare arrabbiare Eva Andersson (e chi cazzo era Eva Andersson?). Salas disse al piccolo *peon* di affrettarsi, senza per questo bruciare la carne, attenzione. Leonardo servì un altro giro di martini. Susy accavallò le gambe. Sergio optò di nuovo per l'asettico isolamento della veranda, senza *Demian* ora, ma fumando e soffiando il fumo verso la notte, languido.

Era il momento.

Non dissi *vado a dare un'occhiata al resto della casa*, perché sicuramente – per cortesia, non per diffidenza – Salas non mi avrebbe permesso di andarci solo. Dissi:

«Ho lasciato l'accendino sul pianoforte. Torno subito».

E lo dissi ad alta voce, perché tutti sentissero, specialmente Sergio, lì sulla sua veranda, che era quello che probabilmente sarebbe stato più tentato di approfittare dell'occasione (la seconda per lui) per attaccarmi un bottone. Quando gli passai accanto mi guardò e sorrise dolcemente.

«Se hai bisogno di un accendino, ti posso prestare il mio», disse.

«Grazie», risposi seccamente. «Non ce n'è bisogno».

Entrai nell'ingresso. Poi, ovviamente, avrei dovuto forni-

---

[8] Scarpe di tela con suola di corda (NdT).

re una spiegazione: «Ne ho approfittato per dare un'occhiata alla casa, il primo piano specialmente; che bello!». Ma questo dopo.

Salii le scale. Ventiquattro gradini. Mi sentivo Arsenio Lupin. In fondo: un ladro. Il primo piano era immerso nella penombra. Percorsi il lungo corridoio su cui si affacciavano le camere per gli ospiti. Arrivai in fondo. Aprii la porta ed entrai nella camera da letto di Salas. La finestra era aperta. Mi fermai al centro della stanza e osservai il lampadario che pendeva dal soffitto: era importante – c'era qualcosa che non lo fosse in quella casa? – massiccio, carico di pendagli e con otto lampadine. Otto! Acceso, non avrebbe trasformato la stanza in un set cinematografico – eviterò di esagerare – ma in uno splendido scenario per delle non meno splendide foto che ci avrebbero consentito di mettere a segno un'assolutamente splendida – diciamolo, una buona volta – estorsione, sì. Facile facile.

Mi avvicinai alla finestra e osservai attentamente l'albero che si ergeva di fronte. Non sarebbe stato difficile arrampicarsi lassù, né nascondersi dietro il tronco. Dodici o tredici metri, calcolai, lo separavano dal centro della stanza, forse qualcosa di più, ma non molto.

Protetto dall'oscurità, guardai fuori. Mi trovavo, ora, quasi nello stesso punto da cui Susy mi aveva salutato quel pomeriggio. Le luci dei lampioni che circondavano la piscina mi abbagliarono. Mi dissi che dovevo tornare. Mi dissi che sicuramente stavano per accorgersi che la mia assenza si prolungava più del dovuto.

Mi voltai, ma mi fermai. I miei occhi tardarono a riabituarsi all'oscurità. Aspettai.

Sentivo più il mio respiro, stranamente agitato ora, che le voci che mi giungevano dall'esterno. Lentamente, quasi sorgessero dal nulla, gli oggetti riassunsero i loro contorni davanti ai miei occhi. Prima lo spazio ampio, dilatato della stanza, poi l'imponente letto, le due poltrone, i comodini, il lampadario appeso al soffitto, gli armadi e il riquadro chiaro, cenerino della porta che avevo aperto entrando e su cui ora si stagliava un'ombra alta, quasi spettrale, che disse:

«Avresti dovuto accettare il mio accendino. Guarda fin dove sei dovuto venire a cercare il tuo».

Fece una pausa.

«O cercavi qualcos'altro, qui?», domandò subito.

VII

Caro Ismael,

spero che quando riceverai questa mia... ecc. Veniamo al sodo: che diavolo significa l'aborto che mi hai mandato? Aborto, sissignore! Perché quella roba non è letteratura. I serpenti che tanto melodrammaticamente invochi nella tua lettera ti stanno abbandonando, vecchio mio. (Ti piace fare il maledetto, eh? Serpenti al posto del cervello. Vai così). Ripeto: quella roba (*Il cugino Matías*!!!) non è letteratura. O mi sbaglio? In un certo senso, sì. Disgraziatamente, sì. Mi correggo, allora: quella roba *è* letteratura. Però si nota, Ismael, si nota troppo! Io ti ho chiesto un racconto dell'orrore pieno di sangue, solo questo mio caro, non un gioiello della letteratura universale. È qui che non ci siamo. Perché, dimmi, tanto impegno per il bello stile, per lo stile *letterario*? Come se non sapessi – come se non ne avessimo parlato migliaia di volte – che scrivere in modo letterario è il peggior modo di fare letteratura. Chi ti ha autorizzato, per esempio, a scrivere una frase come «L'ho detto: quel giorno conobbi la paura»? Da quale sgangherato polpettone hai tirato fuori «La notte lo inghiottì»? Che cazzo mi significa «ebbi a indossare»??? Vuoi farmi venire una sincope, degenerato?

E non ti dico tutto questo, lo sai bene, in nome di qualche esoterica teoria sulla controcultura o la distruzione del linguaggio. Né il vecchio Sartre, né l'oggettivismo, né lo strutturalismo hanno alcuna influenza su di me. Né Lacan né Pinco Pallino, vecchio mio. La parola «segno» mi fa venire il mal di pancia, e confondo la polisemia con la polizia e la poligamia. È il mio umile buon senso, il mio santo fiuto di editore responsabile a dettarmi queste riflessioni: sei partito per la tangente e chi ti ferma più, Ismael.

Mi rimetto ai risultati: il tuo racconto si è allungato come una gomma da masticare. Come potrai immaginare, che ti piaccia o no, dovrò potare alcune cose. Lavori di accumulo da far paura: gli occhi di Matías, lo sguardo di Matías, il sudore che brilla sulla fronte di Matías, e di nuovo gli occhi e lo sguardo, lo sguardo e gli occhi e... Ma finiscila! Bada ai fatti, Ismael! O non abbiamo forse imparato insieme anche questo?

Ottima la scena del ballo tra Matías e la zia Etelvina. È la prima cosa che *succede* davvero nel racconto. Lì sì che racconti un fatto invece di accumulare parole. È così: una cosa o l'altra. Voglio sottolinearlo ancora una volta perché mi sembra decisivo. Scegli, Ismael: o racconti dei fatti o accumuli belle parole, «segmenti letterari». Se scegli la prima opzione, può darsi che ti salvi. Sei ancora in tempo. Se scegli la seconda, ti potrai sicuramente divertire leggendo nella mia prossima lettera un testo come questo: «Era mezzanotte quando finii di leggere il tuo racconto. Ebbi a farne una pallottola e scaraventarla fuori dall'ampia finestra. La notte l'inghiottì. L'ho detto: era una cagata».

Pedro

P.S. Un paio di bagnini che avevo contattato mi hanno scritto per dirmi che quest'estate lavoreranno a Miramar. Sono inoltre sorti alcuni problemi con la benedetta faccenda della concessione. In sintesi: dovrò tornare prima del previsto (entro una decina di giorni, forse, non lo so ancora) e senza famiglia, perché i ragazzi hanno ancora scuola. Ad ogni modo te lo farò sapere. Oppure no.

VIII

«Non lo so. Tu cosa credi?».

Sergio esitò un istante. Era appoggiato allo stipite della porta. I suoi occhi brillavano felini nell'oscurità. Disse:

«Mi incuriosisce il fatto che non abbia acceso le luci. Perché tanto mistero?»

«Devo risponderti?»

«Se non vuoi, no. È tuo diritto».

«Allora ti rispondo. Non ho acceso le luci perché non ce n'era bisogno. Il mio unico obiettivo era arrivare in questa camera e guardare il parco dalla finestra. Susy l'ha fatto questo pomeriggio. Anzi: mi ha anche salutato da quassù. E io avevo voglia di togliermi la curiosità. Tutto qui».

«Tutto qui», ripeté Sergio.

Molto sicuro di me, ora, affermai in tono convincente:

«Sì, proprio così».

Attraversai la stanza, mi fermai accanto a lui, che ostruiva il passaggio, e in tono quasi imperativo chiesi:

«Scendiamo?».

Aprì la bocca come se volesse dire qualcosa ma si trattenne. Fece un brusco movimento affermativo con il capo e tornammo nel parco. Era evidente che non era rimasto soddisfatto. Non mi aspettavo neppure che lo fosse. Chiudemmo il nostro incontro in un clima di tensione, imbarazzo e insidioso sospetto.

Ricomparire insieme a Sergio aveva il suo lato positivo: non ebbi bisogno di spiegare a nessuno il motivo della mia prolungata assenza.

Avevano apparecchiato accanto alla piscina, sotto uno dei lampioni, e Salas, come dubitarne, era seduto a capotavola. Alla sua destra c'era Susy. Alla sua sinistra, nessuno.

«Venga, Ismael», disse con un sorriso non appena mi vide. «La stiamo aspettando».

Mi sedetti alla sua sinistra, obbedendo al gesto della sua mano che mi indicava dove prendere posto.

«Si mangia?», chiesi.

«Subito», rispose.

Il piccolo *peon* dal sorriso più triste che ossequioso portò in tavola un braciere carico di *achuras*, che collocò vicino a Salas. Leonardo, Cu e Lo si sedettero ai rispettivi posti. Arrivò subito anche Sergio. C'eravamo tutti. Mancava solo che uno di noi, dopo aver assaggiato il primo boccone, morisse tra atroci rantoli, vittima di un fulminante e misterioso veleno. Non fu così, ma sarebbe stato carino.

Salas servì le *achuras*, Leonardo il vino. Cu e Lo lanciarono strilli d'entusiasmo quando ricevettero i loro piatti.

«Le *achuras* mi fanno impazzire», disse Lo. «Peccato che facciano ingrassare. Tremendo».

Respirò a fondo dilatando gli abbondanti pettorali.

«E tu che problemi hai con la ciccia?», disse Leonardo. «Se stai da dio così come sei, bella pienotta, con i vestiti dipinti addosso. Vero, Sergio?».

Sergio posò sulla tavola il bicchiere che si stava portando alle labbra. Guardò Leonardo. Poi Lo. Disse:

«Sei molto carina, Lolita. Anche se penso che con due chili di meno staresti meglio».

«Tu sei matto», disse Leonardo a voce molto alta. «Sta da dio così com'è. Non sai quello che dici, Sergio».

«Allora perché hai chiesto la mia opinione?»

«Penso anch'io che Lo stia benissimo così», intervenne Cu. «Non è per contraddirti, Sergio. Ma guarda che questo è il look perfetto per lei».

«Come volete», ammise Sergio. E guardando Lo: «Rimani tettona allora, Lolita. E non ti curare della mia opinione».

«Vedi?», piagnucolò Lo guardando Leonardo. «Vedi cosa

dice? Questo è proprio quello che non voglio essere: tettona».

Gli occhi di Leonardo fiammeggiarono.

«Senti, Sergio, questo te lo potevi risparmiare», disse. «Io non ho detto che è tettona».

«Culona, allora?», chiese Sergio, il perverso.

Lo lanciò un gridolino, come se si fosse offesa, forse. Leonardo si preparava a rispondere – chissà con quale sparata – quando Salas intervenne, dittatoriale, quasi imponente:

«Credo che questa conversazione non diverta nessuno. Quindi la diamo per conclusa in questo preciso istante. D'accordo?»

«Ha cominciato lui», disse Sergio.

«Ho detto basta», insistette Salas. «Leonardo, versa dell'altro vino. E cambiamo argomento».

Ci fu qualche istante di silenzio. Si udiva solo Leonardo che versava il vino nei bicchieri. Anche qualche grillo. Allora Cu chiese:

«È vero, signor Salas, che sabato prossimo festeggerà il suo compleanno?».

Astuta la bimba. Niente di meglio per uscire dal pantano che adulare il padrone di casa. Salas, soddisfatto, sorrise.

«Sì, Cu, è così. Chi te l'ha detto?»

«Leonardo».

«Ti ha detto la verità». E rivolgendosi più a Susy e a me che agli altri, specificò: «Compio quarantacinque anni. E ho voglia di festeggiare. Perché no? C'è chi dice che è l'età più bella. La crisi dei quaranta è ormai passata, hai ormai accettato la maturità e puoi persino essere felice. Insomma, questo è quello che dicono».

«E lei cosa ne pensa?», chiesi.

«Guardi, Ismael, per cominciare penso di dare una festa. Poi si vedrà».

Tutti risero. Salas proseguì:

«Inoltre, dato che la festa si terrà qui, in questa casa, mi servirà a trascorrere qualche ora piacevole con tanti amici che ho in questa città. E non solo amici. Anche uomini d'affari, imprenditori come me, che non posso definire proprio amici, anche se magari qualche volta lo sono, ma con cui intrattengo rapporti molto cordiali». Fece un largo sorriso. «Oltre che fruttiferi».

Bevve una generosa sorsata di vino. Proseguì:

«La festa sarà sabato prossimo, sì. E sarà una cosa in grande. Secondo i miei calcoli, dovrebbero esserci come minimo cento persone». Guardò Susy, guardò me e disse: «Naturalmente, siete invitati, specialmente voi due».

Finimmo di cenare. Cu e Lo, frettolose, salutarono. («Ci vediamo sabato, ragazzi»). Leonardo le caricò in macchina e partì a tutta birra alla volta dell'Hotel República. («Perché Eva Andersson diventa una furia quando arriviamo tardi»). Salas commentò:

«Brave ragazze, no? Solo un po' giovani ed esuberanti».

Sergio fece una risatina e ci salutò.

«Grazie per Schumann», disse stringendomi la mano.

Salas ci accompagnò alla Citroën.

«Se riesco a trovare un po' di tempo», disse, «vengo a trovarvi allo stabilimento uno di questi giorni».

«Quando vuole, Alejandro», disse Susy, gentile, quasi affettuosa.

Salimmo in macchina.

«Non stupitevi neppure se mi vedrete comparire al *Douglas*», insistette Salas.

Sporsi il naso dal finestrino.

«E se tornassimo noi da queste parti?», chiesi.

«Perfetto», esclamò Salas. «Come avete trovato oggi il cancello quando siete arrivati?»

«Spalancato», risposi.

«E così sarà sempre».

Partimmo. Salas rimase solo, la figura ritagliata sullo sfondo dell'immensa villa, agitando dolcemente la mano destra in segno di saluto.

Guardai Susy.

«Bene, tesoro», dissi. «Allora è per sabato».

IX

Il giorno seguente, con obbediente puntualità, ero lì: nascosto dietro un albero di fronte alla macelleria di don Carmelo, in attesa. La mattinata era buia, grigia; cadeva una pioggerellina sottile ma insistente. Don Carmelo non tardò ad apparire. Indossava un vecchio soprabito e una sciarpa gli copriva il collo e parte del viso. Alzò la saracinesca del negozio ed entrò. Attraversai la strada. Mi guardai attorno. Per strada non c'era quasi nessuno: solo due donne insonnolite che spazzavano il marciapiede, nessun altro. Era il momento; entrai nella macelleria. Don Carmelo non si era ancora tolto il soprabito, solo la sciarpa. Era in piedi al centro del negozio, con un giornale tra le mani («Crónica», quale sennò?) e leggeva, con grande attenzione, le notizie sportive: il Boca aveva perso 2 a 0 con l'Independiente. La giornata cominciava male per don Carmelo, e sarebbe sicuramente finita peggio. Sorrise affettuosamente quando mi vide (ero un buon cliente; non consumavo molto, ma compravo qualcosa tutti i giorni), abbandonò il giornale e si tolse il soprabito. A questo punto fece qualche commento sul tempo o forse sulla partita, sì, credo fosse sulla partita: che il Boca non si era meritato la sconfitta, che ultimamente la fortuna non era dalla sua. Non risposi, e con una naturalezza che mi sorprese dissi: «Don Carmelo, ho bisogno di mezzo chilo di carne da fare alla brace». «Braciole o lombata?», chiese. «Fa lo stesso», risposi. «La più buona che ha». «Tutto quello che ho io è buono, ragazzo», disse con assoluta convinzione. «Ma ti darò la lombata, che è quello che preferisco io. Sono subito da te». Sparì dietro la porta del retrobottega. Era sicuramente andato a mettersi il grembiule. Accadeva tutto come aveva previsto Matías. Mi dissi: ora o mai più. *Mi avvicinai al banco e osservai gli utensili che vi erano sparpagliati. Non ci volle molto per trovarlo: accanto alla sega, proprio lì, c'era un piccolo coltello, con il manico di legno e la lama affilata. «Il Boca non può andare avanti così, Ruperto». Era la voce di don Carmelo, spaventosamente vicina. «Bisogna correre ai ripari e buttare fuori i giocatori che non funzionano più». La porta del retrobottega si aprì. Lesto come un fulmine, allungai la mano, afferrai il coltello e lo seppellii nella tasca interna del soprabito. Non so se don Carmelo mi vide, non credo, ma mi guardò con un'espressione strana. «Stai bene?», domandò. «Sì, perché?» Si strinse nelle spalle e disse: «Sei pallido». «Dev'essere il freddo», argomentai. Quindi impaziente, irritato, aggiunsi: «Be', me la dà o no questa carne?». Prese un enorme coltello e cominciò ad affilarlo. «Ehi, ragazzo!», esclamò. «Ti sei alzato con il piede sbagliato? Neanche fossi tifoso del Boca». Mi consegnò la carne, lo salutai in fretta e me ne andai. Stavo tremando.*

Intorno a mezzogiorno telefonai a Vera. Eravamo d'accordo di vederci nel pomeriggio all'università, studiare in biblioteca e poi andare in un bar, bere un caffè, e chiacchierare, come al solito, per ore e ore. Le dissi che mi ero svegliato indisposto, e che quel giorno preferivo non vederla, meglio l'indomani, quando mi fossi sentito meglio, più allegro, almeno. Oppose resistenza. A cosa serviva lei se non a starmi vicino nei momenti brutti? Sarebbe venuta a casa mia, disse, mi avrebbe fatto un tè e mi avrebbe letto qualcosa. Con un doloroso sforzo glielo proibii. «Voglio stare solo», dissi. Offesa, riagganciò.

Non andai al lavoro e trascorsi il resto della giornata nella mia camera da letto, senza riuscire a concentrarmi su nessuna lettura, con lo sguardo fisso sul soffitto e la mente vuota, in attesa, con l'ansia che cresceva man mano che passavano le ore, dell'arrivo di Matías. Erano le sette e mezzo esatte quando suonò il campanello. Saltai giù dal letto, corsi in sog-

giorno e aprii la porta. «Ciao, cuginetto», disse allegramente Matías entrando. «Sei pronto a divertirti un po'?». Portava un soprabito nero, una sciarpa che si tolse immediatamente e un paio di guanti. «Dammi un cognac», ordinò. «Fuori fa un freddo d'oltretomba». Aprii la credenza, gli servii il cognac e glielo porsi. Se lo bevve in un fiato. «Bene», disse, «ecco fatto. Ora veniamo al sodo». Mi puntò gli occhi addosso, allungò la mano nella mia direzione muovendo le dita come artigli verso di sé e ordinò: «Allora, vediamo quel coltello». Glielo diedi. Lo prese con delicatezza e lo guardò estasiato mentre un'espressione di spaventoso piacere gli trasformava il volto. «Perfetto», disse. «Non perdiamo altro tempo. Andiamo».

Uscimmo nella notte. Percorremmo di buon passo i due isolati che ci separavano dalla macelleria e ci riparammo dietro un albero sul marciapiede di fronte, in attesa. Nel negozio c'era ancora luce. «Vecchio miserabile», mormorò Matías. «Sfrutta fino all'ultimo minuto». Mi battevano i denti, per il freddo e la paura. La nostra attesa non durò a lungo. Le luci si spensero, la saracinesca si abbassò e don Carmelo, come tutte le sere di tanti di quegli anni che forse neppure lui se ne ricordava più, chiuse il lucchetto del suo negozio. Poi, lentamente, si avviò verso l'angolo.

Lì prese (prendemmo) l'autobus numero 93. Lo sentimmo chiedere un biglietto per Munro; noi facemmo lo stesso. Per mia tranquillità e grande fortuna, l'autobus era molto affollato: non mi fu difficile nascondermi ed evitare che qualcuno mi riconoscesse. Il viaggio fu lungo e penoso. L'angoscia non cessava di tormentarmi. Matías, invece, si distraeva leggendo il giornale della sera alle spalle di un altro passeggero. Finalmente, a una fermata di Munro (questa incerta zona della città mi è completamente sconosciuta), don Carmelo scese. Scendemmo anche noi. Lo seguimmo, per sua disgrazia, per strade sempre più buie e solitarie, che non facevano altro che invitarci a concludere al più presto la nostra mortale missione. A metà di una di queste strade, ancora lontano, molto lontano dal languido lampione dell'angolo, Matías mi prese per un braccio e in tono secco, duro, disse: «Adesso». Rincorse don Carmelo, lo afferrò energicamente per una spalla, lo fermò e lo costrinse a voltarsi. «Cosa succede?», domandò l'uomo stupito, spaventato. «Senta, don Carmelo», disse Matías in tono molto tranquillo. «Voglio solo farle una domanda». Don Carmelo rimase in silenzio, con il respiro affannoso. Credo che la paura gli impedisse di parlare. Matías proseguì: «Mi tolga un dubbio, sia gentile. Lei che vino preferisce, il bianco o il rosso?». Don Carmelo esitò. Infine disse: «Il rosso». Matías fece schioccare la lingua, scosse dolcemente, tristemente la testa e disse: «Mi dispiace tanto. Ha perso». E gli conficcò il coltello in pieno petto.

Tornammo alla fermata del 93. Una luna grande e bella splendeva adesso nel cielo. Matías mi passò affettuosamente un braccio intorno alle spalle e disse: «Uno di meno, Ruperto. Oggi il mondo è diventato un po' più pulito». Non riuscii a rispondergli nulla.

Un'ora più tardi eravamo a casa mia. «Ho fame», disse Matías. Si avvicinò alla fruttiera e prese una mela. Prese quindi un temperino dalla tasca posteriore dei pantaloni. Sì, era lo stesso che gli avevo regalato anni prima. Dissi: «Sono felice che tu abbia ancora quel temperino». Un sorriso dolce, limpido, gli illuminò il volto. «Me l'hai regalato tu, no?», disse. «Lo porterò sempre con me. Fino al giorno della mia morte, Ruperto».

X

Domenica grigia e piovosa. Susy ed io in cucina, a chiacchierare e bere *mate* con biscottini di strutto. È quasi mezzogiorno. Sempre più vicino, sentiamo l'agonizzante, inconfondibile ansimare della 600 di Fernando. Poi lo stridio dei freni, una portiera che sbatte, dei passi frettolosi e tutta l'umanità del nostro complice che entra in cucina, con i radi capelli bagnati, un impermeabile chiaro addosso, spiegazzato come se ci avesse dormito sopra, coperto di macchie e flagellato dalle tarme.

«Ferni!», esclamo. «Dove l'hai preso questo?»

«L'impermeabile? Tu non ti preoccupare, lascialo stare. Per lo meno ripara ancora dalla pioggia».

«Può darsi», dico. «Ma ti giuro che raramente ho visto qualcosa fare tanto a pugni con l'eleganza. *Mate* o caffè?»

Prende una sedia e l'accosta alla tavola, accanto a noi.

«Caffè», dice.

Metto la caffettiera sul fuoco. Ci guarda. Ansioso, domanda:

«Allora?»

Susy sorride.

«Tutto bene», dice.

Fernando agita le mani.

«Tutto bene, tutto bene è molto ambiguo, bellezza. Voglio dati, particolari, fatterelli insignificanti, atmosfere, parole. Insomma, non lasciatemi sulle spine!»

«Frena», lo blocco. «Non essere così esigente. Aspetta che ti facciamo il caffè, prima, fumati una sigaretta e calmati. Dopo parliamo. E poi, per favore, togliti quell'impermeabile».

Si alza in piedi.

«È vero», dice. «Me n'ero dimenticato».

Se lo toglie. Si rimette seduto. Susy gli accarezza i capelli bagnati.

«Sei un tipo straordinario, Fernando», dice. «Mi piaci molto».

Fernando la guarda, sorpreso e intenerito.

«Davvero?»

«Sì».

Si volta verso di me, entusiasta.

«L'hai sentita, ragazzo?», chiede. «Alla nostra principessa piaccio molto».

Il caffè è quasi pronto.

«Per favore, Susy», dico. «Non gli mettere grilli per la testa. E chi lo sopporta più, poi?».

XI

Fernando non mi era piaciuto molto, all'inizio. Ricordavo poco o niente di lui, ma comunque abbastanza per sapere che era uno di quegli amici di cui ti servivi per liberarti di me, quando la politica – non dimenticherò mai quegli anni – era la grande scusa.

Poi (qui, a Mogotes) cambiai idea e mi affezionai a lui. Mi sembrò fantastico il falò che aveva fatto sulla spiaggia dello stabilimento. Grazie a lui, alla sua allegria, mi ubriacai volentieri quella notte. Bravo ragazzo, Fernando. Se vuoi puoi anche non credermi, ma gli auguro ogni bene.

Lo ricordo accanto alla sua 600, dopo quella notte di sbornia, mentre con le mani sulle mie spalle mi chiedeva di fare impazzire Alejandro. Poveretto. O aveva troppa fiducia in me o sapeva poco di Alejandro. Forse entrambe le cose.

Era difficile, sfuggente, Alejandro. Credo che – quando era con me – non riuscisse mai a smettere di pensare a quanto stava rischiando, e questo gli faceva paura. Lo verificai ancora una volta quel sabato, quando andammo a trovarlo. Per giunta, c'era tutta quella gente. Quel fanfarone di Leonardo, quelle due insopportabili puttanelle di Cu e Lo, quell'antipatico di Sergio. E anche tu, Ismael, lì a osservare, a fare piani, a controllare tutto il tempo che stessi facendo la mia parte. E la feci, mio caro, ti assicuro che la feci.

Per cominciare, non ci misi molto a uscire dalla piscina e tornare accanto ad Alejandro. Leonardo e le puttanelle si lagnarono un poco, ma neppure tanto. Dissi che avevo freddo e che inoltre non vedevo l'ora che Alejandro mi mostrasse la casa. Mi lasciarono andare.

Stavi suonando il piano per Sergio quando attraversammo l'ingresso e salimmo le scale. Alejandro mi teneva per un braccio, stringendomi con forza, possessivo. Mi spinse nella sua stanza, chiuse la porta e lì ci abbracciammo. Che follia, mio Dio. Ti risparmierò i dettagli, Ismael, perché non voglio farti star male, non più di quanto non stia già, almeno. Fu molto, molto focoso.

La faccenda andò per le lunghe. Prima lì, praticamente contro la porta, scomodi. Poi mi portò sul letto. Mi tolse la maglietta, si chinò nuovamente su di me e disse: «Ti amo». Qualcosa mi paralizzò (o finsi che accadesse). Lo allontanai da me, mi alzai in piedi e raccolsi la maglietta. Rimanemmo in silenzio. «Cosa c'è?», mi chiese poi. «Non mi piace che mi dicano "Ti amo" così, tanto per dire», risposi. E aggiunsi: «Non mi piace affatto». Sospirò infastidito, o forse rassegnato, e chiese: «E come fai a sapere che non ti amo?» «Perché lo so», dissi. «Ti eccito, ecco tutto».

Che te ne pare? Non puoi negare che sia stata brillante. Giuro su mia madre che continuavo a stupirmi per come stavo facendo bene le cose. Prova a immaginarmi: in piedi, stringendo e torcendo la maglietta tra le mani, con le spalle ad Alejandro, esigendo da lui che mi amasse davvero e me lo dimostrasse, oppure che non lo dicesse più.

Be', disgraziatamente, mio caro, questo fu ciò che fece: non lo disse più. Si accese una sigaretta e rimase lì, seduto sul letto, pensieroso, come se avessimo davanti tutto il tempo del mondo. Passarono vari minuti. Io non sopportavo più la situazione. Per giunta, avevo un gran bisogno di fare pipì. Mi girai verso di lui e chiesi: «Allora, cosa facciamo?» «Niente», rispose, spegnendo la sigaretta. «C'è troppa gente in questa casa. Meglio che ci vediamo un altro giorno. Quando potremo stare davvero soli. Va bene?». Risposi che ero d'accordo e gli chiesi che giorno. «Lunedì», disse. «Se vuoi possiamo andare a Miramar. Ho una casa lì». Accettai e rimanemmo d'accordo che ci saremmo trovati alle due del pomeriggio al porto, di fronte alla *Taberna Baska*. Si alzò, mi abbracciò e mi baciò. «Davvero non ti piace che ti dica che ti amo?», chiese. «No, se non ne sei sicuro», risposi. Sai cosa mi rispose? «Hai ragione». Guarda che stronzo. Quindi era vero, lo ammetteva senza difficoltà: col cavolo che ne era sicuro. Fu una bella mazzata, lo riconosco. Io che credevo di metterlo con le spalle al muro, di costringerlo a inginocchiarsi ai miei piedi. Nemmeno per sogno. Tipo difficile, Alejandro. Mi rimisi la maglietta.

Allora, prima di uscire dalla stanza, gli dissi che volevo avvicinarmi alla finestra per guardare il parco da lassù. «Gli altri ci vedranno», disse. «E allora?», chiesi quasi arrabbiata. «Non sanno forse che mi stavi mostrando la casa?». Fosti il primo che vidi quando mi affacciai. Eri sul bordo della piscina, a bere qualcosa con Leonardo e le due puttanelle. «Ismael!», esclamai. «Iuuuuuhu!». Non mi vedesti subito. «Sono qui!», insistetti agitando la mano destra. Ti ricordi? Quando mi individuasti, dissi: «La casa è divina! Devi vederla!». Perdonami. Ma era il mio ruolo.

Poi mi infilai di corsa in un bagno.

XII

Verso il caffè a Fernando. Dico:

«Guarda, è presto detto. Sabato prossimo Salas compie quarantacinque anni».

«Non male, eh?», ironizza Fernando. «È proprio nel fiore degli anni».

«È quello che pensa lui. Per questo vuole festeggiare alla grande. Non meno di cento invitati. E tra loro, mio caro, Susy ed io».

«Perfetto!», esclama Fernando, quasi in estasi. «Hai un piano?».

Mi verso del caffè.

«Fin nei minimi particolari», dico. «Ieri, sul teatro degli avvenimenti, mi sono dedicato a questo. Concretamente: a pensare come si poteva fare. La soluzione me l'ha fornita lo stesso Salas».

Susy continua a bere il suo *mate*, attenta. Fernando dice:

«È sempre così: ognuno si scava la propria fossa. Persino i tipi come Salas».

«La sua vanità è più forte di lui», spiego. «Appena ci sediamo, si mette a parlare della sua casa. Cosa vuoi, bisogna capirlo. Io non so cosa farei al suo posto. Perché la casa è veramente una meraviglia. C'è una cosa, tuttavia, che riveste per lui un fascino particolare: la sua camera da letto. Anzi: la grande finestra della sua camera da letto, il balconcino in cedro intagliato e, soprattutto, l'enorme albero che si erge a pochi metri di distanza e che è la prima cosa che vede, tutte le mattine, vecchio mio, quando si sveglia. Bucolico, l'architetto».

«Chi l'avrebbe mai detto, eh?»

«L'essere umano è un pozzo di sorprese, Ferni».

«Non cominciare a dire stronzate; continua».

«Che altro vuoi, mio caro? Ti ho già detto tutto».

Fernando mi guarda con gli occhi sgranati.

«Tutto un cazzo», esclama. «Io non ci capisco ancora niente». Si gira verso Susy: «E tu, bambina?».

Susy, enigmatica, non risponde, prende la teiera e aggiunge acqua al suo *mate*. Prima che Fernando si disperi del tutto, dico:

«La nostra sirena sa già tutto. Glielo stavo spiegando quando sei arrivato tu».

«Benissimo», dice Fernando. «L'unico a essere all'oscuro del piano sono io, allora. Ci sarà modo di porre rimedio a questa situazione?»

«Sì», rispondo. «Raccontandoti tutto, per esempio. Volevo solo mettere alla prova la tua sagacia. Davvero non hai capito come faremo?»

«Vediamo. Sì, credo di sì. Ci sono: travesti Salas da Tarzan, Susy da Jane, li fai arrampicare sull'albero e li fotografi abbracciati. Ho indovinato?»

«Crepa, Ferni».

«Allora smettila di girarci attorno e sputa l'osso, fratello».

Finisco il caffè, metto la tazza nell'acquaio e mi siedo di fronte a Ferni. Accendo una sigaretta.

«Preparati», dico, non senza una certa aria melodrammatica.

«Sono pronto» dice Ferni.

«Bene. È sabato. È la festa di Salas. Sono, diciamo, le undici. O più tardi. C'è gente ovunque. Molta gente. Parlano, bevono, qualcuno balla. Ma attenzione: sono tutti in casa, nell'enorme ingresso, perché è il momento del buffet froid, *mon petit*, e nessuno se lo vuole perdere. Fuori, nel parco, la solitudine e la notte. Anche un po' di freddo. Mi segui?»

«Fino alla morte».

«Perfetto. Susy si avvicina a Salas. Velatamente, con sufficiente, anzi grandissima abilità perché nessuno se ne accorga, gli dice che vuole parlargli. Se necessario – anche se non credo – insiste: vuole parlargli adesso, assolutamente, *ora*. Dove? In qualche posto dove possano stare soli. Non dubito che Salas sceglierà la sua camera da letto. E se non la sceglie Salas, la propone Susy. Meglio ancora. Aizzerà i primitivi istinti del nostro architetto. Si avviano verso la camera da letto. Prima Salas, per non dare nell'occhio. Poi, non senza prima avermi fatto un impercettibile ma chiarissimo segnale, Susy. Ora è il mio turno. Esco nel parco. Non c'è nessuno. Corro alla macchina e tiro fuori dal bagagliaio una macchina fotografica. A quel punto mi arrampico sull'albero di fronte alla camera da letto di Salas e da lì osservo la situazione. Non te l'ho detto: ma quella sera, appena sono entrato in casa, senza che nessuno mi vedesse sono salito in camera di Salas e ho aperto la finestra. La visuale è perfetta. Susy e Salas sono lì. Un lampadario con otto lampadine illumina la scena. Non più di tredici o quattordici metri mi separano da loro. Sono protetto dal tronco dell'albero. Ora è il momento di Susy. Dice a Salas qualcosa che lo ecciti, che lo scaldi. Si abbracciano. – Guardo Susy – Soltanto un pochino, bella. Abbastanza perché possa scattare la foto».

«D'accordo», annuisce Susy. «Me l'hai già detto».

«Continua», mi incita Fernando.

Continuo:

«Scatto la foto. Non una, naturalmente, diverse. Una bella, incisiva, definitiva serie di fotografie. Susy, a questo punto, allontana Salas. Può inventare un pretesto qualsiasi: l'ha interpretata male, non era quello che voleva o c'è troppa gente in casa, insomma, quello che vuole. Salas, sicuramente, accetterà le sue giustificazioni. Gli piace fare la parte del gentiluomo, e inoltre neppure lui ha voglia di portare troppo in là una situazione simile in una serata come quella. Si mettono d'accordo per vedersi in un altro momento. Spengono la luce e, separatamente, escono dalla stanza. Io scendo dall'albero e torno a riporre la macchina fotografica nel baule della macchina. Ti è piaciuto?»

«Una meraviglia», dice Fernando.

Faccio un ultimo tiro e spengo la sigaretta.
«Sono un genio del crimine, eh?».
Susy sorride divertita. Fernando dice:
«Non ne dubito. Rimangono però da chiarire alcuni dettagli. Per esempio: cosa fa la Achával Junco?».
Lo guardo senza capire.
«Come, cosa fa?»
«Sarà alla festa o no?», spiega Fernando.
Mi stringo nelle spalle.
«Non lo so. Salas non ne ha parlato affatto».
«Aha. Bisognerà verificare, allora».
«Perché? Ha qualche importanza?»
«Può darsi di sì».
Rimaniamo in silenzio. Fernando si rivolge a Susy:
«Mi faresti dell'altro caffè, principessa?».
Susy mette la caffettiera sul fuoco. Dice:
«La cosa sembra facile. Io credo che andrà tutto bene».
«Così mi piaci!», esclama Fernando con improvvisa allegria. «Perché tu, mia cara, sei fondamentale in tutta questa faccenda. Non scordartelo neppure un minuto».
«Sta' tranquillo, Ferni. Lo vuoi molto caldo il caffè?»
«No, basta tiepidino». A questo punto, di colpo, esclama: «Attenzione! C'è una cosa a cui non abbiamo pensato affatto».
«Che cosa?», domando.
«La macchina fotografica. Voi ne avete una?».
Scoppio in una sonora risata.
«Sei geniale oggi, Ferni!», esclamo. «Hai scoperto l'acqua calda. Cosa ti fa supporre che mi sia dimenticato della macchina fotografica?»
«Non ne hai parlato, vecchio mio».
«È talmente evidente che non ce n'è bisogno».
«D'accordo. Insomma: bisogna procurarsene una?»
«Esatto. E delle migliori».
«D'accordo. Lasciate fare a me. A Buenos Aires ne ho una perfetta: nemmeno l'avessero fabbricata apposta».
«A Buenos Aires?»

«Parto immediatamente, vecchio mio. Voglio parlare di nuovo con la Achával Junco. Scoprire se verrà o no alla festa. Vedere un po' che faccia ha, anche. Sapere come sta. Se è sempre fuori di sé e pronta a far saltare Salas appena ha una prova, o no. Tutto questo. Credo che non sia una cattiva idea».

Ci penso un po' su. Dico:

«No, non è una cattiva idea».

«E prendo anche la macchina fotografica».

«Quando torni?»

«Mi basta un giorno. Martedì sono di nuovo qui».

«Il tuo caffè, Fernando».

«Grazie, bellissima», dice Ferni.

Poi lo accompagnamo alla 600. Non piove quasi più.

«Senti, Ferni», dico. «Una volta che abbiamo le foto cosa facciamo?»

«A quel punto entro in gioco io, mio caro», dice. «Questa è la parte più sporca. La più disgustosa. Ma non ti preoccupare: per me non sarà un problema».

Mi abbraccia, dà un bacio a Susy e sale in macchina. Mette in moto.

«A martedì!», grida agitando una mano fuori dal finestrino.

XIII

Quella sera, al *Douglas*, dopo il nostro numero, Susy dice ad Anselmi che vuole parlargli nel suo ufficio.

«Ma naturalmente, ci mancherebbe», acconsente Anselmi lievemente sorpreso.

Lievemente sorpreso anch'io, mi chiudo in camerino, accendo una sigaretta e, senza cambiarmi, aspetto. La signora non tarda a tornare. Chiude la porta, ci si appoggia contro e – felice, raggiante, orgogliosa – esibisce nella mano destra una non disprezzabile somma di denaro.

«Come hai fatto?», chiedo.

«Glieli ho chiesti, nient'altro. E me li ha dati. È stato facilissimo. È la paga della prima settimana e un anticipo sulla prossima. Sei contento?».

L'abbraccio e la bacio. «Certo che sono contento, bella. Ne avevamo bisogno, perché negarlo».

Si allontana da me, fa una lieve piroetta e dice:

«Però, mio caro, domani pomeriggio non mi vedi neanche dipinta. Me ne vado in centro a far compere e ti giuro che non salto neppure un negozio. Ho bisogno di un bel vestito per sabato. Qualcosa di fine, elegante, caro. Qualcosa che piaccia a Salas e mi aiuti ad attirarlo in quella camera da letto».

L'abbraccio e la bacio un'altra volta.

«Naturalmente, tesoro», dico. «Va' e comprati il meglio».

Susy sorride allegramente e mi scompiglia i capelli.

«Può darsi che faccia un po' tardi», dice. «Ma ti assicuro che torno con qualcosa da cardiopalma. Fa parte del piano, no?».

QUATTRO

Il lupo della favola

I

Il lunedì mi svegliai alle undici. Si dorme molto a Mar del Plata. Forse troppo. Andai in cucina e mi preparai un bel caffellatte con biscottini di strutto. Susy non tardò a comparire.

«Fa freddo, no?», disse confondendomi con il servizio metereologico.

«Un po'. Ma sai, quello che ti uccide è l'umidità. Certo che l'umidità di Mar del Plata è diversa da quella di Buenos Aires. Non ti soffoca, ti passa attraverso. Comunque, scommetto che oggi torna il sole».

«Hai fatto il caffè?»

«Caffellatte. Ci sono anche i biscotti».

«Dammi un caffè».

Passammo il resto della mattinata assorti ognuno nelle proprie faccende. Lei, in cucina, con la caffettiera in mano e la biografia di Gershwin. È molto avanti: ormai George deve stare componendo *Porgy and Bess*. Io, nella stanzetta di sopra, con le persiane chiuse, seguendo passo a passo Matías che a sua volta segue un macellaio tifoso del Boca per pugnalarlo in una stradina di Munro. Narro la scena con sobrietà: «E gli conficcò il coltello in pieno petto». Soltanto questo. Più che sufficiente. Soprattutto per il macellaio.

Sono le due meno un quarto quando appare Susy.

«Vado», dice.

«Di già?», mi sorprendo. «Non abbiamo neppure pranzato».

Fa un gesto ambiguo.

«Non ho fame», afferma. «Se vuoi, preparati qualcosa;

ci sono delle cotolette impanate».

Scendiamo in cucina.

«Ma non aprono alle tre e mezzo i negozi?», domando.

«Sì, però ci voglio andare ora per guardare con calma le vetrine. Nel caso ti interessi, è la cosa che preferisco quando vado a far compere».

«D'accordo. Non ti incazzare. Stai con me un momento mentre mi cucino una cotoletta. Vuoi che ti racconti che cos'ho scritto sul cuginetto Matías?»

«No. Lo sai: poi mi fa paura dormire con te la notte».

Metto una padella sul fuoco.

«Come vuoi», acconsento. «Raccontami di Gershwin, allora. Cosa sta facendo?»

«Sta componendo la *Seconda rapsodia*».

«Che meraviglia, mio Dio. Sono nel frigo le cotolette?»

«Dove vuoi che siano?»

«Sei ancora incazzata, amore mio. È una cosa che non riesci mai a nascondere. Di che colore pensi di comprarti il vestito?»

«Non so neanche se avrò il tempo di comprarlo, se vai avanti così».

La guardo.

«Non essere fanatica, bella», dico. «Non sono neppure le due. I negozi sono chiusi a doppia mandata. Hai tempo fino alle sette per fare indigestione di vetrine. Guarda, per me è fame quella che hai. Ti preparo una cotoletta?»

«Preferisco un caffè».

Quindici minuti più tardi sale in macchina e scompare. Il resto della giornata si svolge tranquillamente. Passeggio sulla spiaggia, guardo il mare, qualche gabbiano, qualche pescatore, torno alla casetta, mi preparo un *mate*, salgo nella stanzetta e mi rimetto a scrivere. Mi domando: la totale sottomissione di Ruperto a Matías è verosimile? Mi domando: che oggetto userà Matías per il suo prossimo assassinio? Mi domando: perché non lascio perdere questa storia truculenta e continuo il mio vecchio romanzo?

Alle sette ritorna Susy.

«Era ora, bella», dico. «Non avrai saltato neanche un negozio».

«Neanche uno», afferma. «Te lo assicuro».

Ha un pacchetto. Lo appoggia sul tavolo, lo apre e, come un mago dal cilindro (che schifo di metafora, eh?), estrae un lungo, bellissimo vestito nero. Si toglie la maglietta, il reggiseno, gli shorts, rimane nuda come un verme, bah, e si mette il vestito. Mi guarda, sorride, mi lancia uno sguardo obliquo e chiede:

«Ti piace?»

«Assassina», dico.

Non c'era altra definizione.

II

Alejandro era lì, di fronte alla *Taberna Baska*, che mi aspettava chiuso nella sua Mercedes. Erano già passate le due e mezzo. Grazie a te – che ti eri messo a blaterare che era troppo presto e i negozi sarebbero stati ancora chiusi – si era dovuto fare questa bella anticamera. Non disse nulla, tuttavia. Quando mi vide sorrise, scese dalla Mercedes, ampliò il sorriso invece di baciarmi, mi aprì la portiera, sempre cavaliere, e io salii in macchina. Partimmo immediatamente. Allora dissi: «Non mi è stato facile venire. Per fortuna ieri mi sono fatta pagare da Anselmi e oggi ho detto a Ismael che andavo in centro a comprarmi un vestito per sabato, altrimenti...». E lasciai la frase a metà, sospesa, carica di allusioni, perché gli carburasse il cervello. E gli carburò, perché mi chiese subito, quasi arrabbiato: «Altrimenti cosa?». Come immaginerai, non risposi immediatamente. Accavallai le gambe – nel caso te ne fossi dimenticato: quel pomeriggio portavo gli shorts –, accesi una sigaretta e misi una cassetta, un pezzo di Vinicius, *Samba en preludio* – ho detto niente, eh –, la misi a basso volume ma intanto creava l'atmosfera. Allora dissi: «Guarda, è difficile da spiegare. Ismael a volte diventa complicato. Complicato nei miei confronti. Non so, è come se avesse bisogno di avermi sempre con sé». Lo guardai di sottecchi: era serio, entrambe le mani sul volante, pensieroso. «Credi che sospetti qualcosa?», chiese. «No, non credo», risposi senza mentire, lo sai. E aggiunsi, ora sì perfidamente, mentendo sfacciatamente: «È una cosa tra lui e me. Diventa, come dire, possessivo. Ecco, proprio questo: possessivo». Senza guardarmi, senza distogliere di un millimetro gli occhi dalla strada, le mani sempre sul volante, come se ci si stesse aggrappando, domandò: «Devi andare spesso a letto con lui?» Né offesa, né seccata, ma con molta sicurezza dissi: «Non ho intenzione di rispondere a questa domanda. E credo che non avresti neppure dovuto farmela». Prendi e porta a casa. Non incassò bene il colpo e si arrabbiò visibilmente. «Senti», disse, «mi dici che vuole averti tutto il tempo con sé, che è complicato, possessivo, cosa vuoi che ti domandi?» «Non lo so», risposi, stringendomi nelle spalle. «Qualsiasi cosa. Ma non questo. E poi, io volevo soltanto spiegarti perché mi è stato difficile vederti oggi». Spensi la sigaretta, alzai il volume della musica, accavallai le gambe nell'altro senso e dissi: «E se non ti spiace, vorrei cambiare argomento».

Evitò la strada della costa. Neppure morto sarebbe passato accanto al *Corto Maltese*. Era logico, no? Superato il faro, vicino al campeggio dell'Automobile Club, riprese la litoranea e guidò a velocità sostenuta, in silenzio, serio, fino a *Los Acantilados*. Qui piegò a destra e si infilò nelle stradine della zona. Sorpresa, chiesi: «Non dovevamo andare a Miramar?» Sorrise, mi accarezzò dolcemente una coscia e disse: «Ho una sorpresa per te». Ci fermammo davanti a una villa, una specie di replica dell'altra, quella di *Los Troncos*, ma in miniatura. Una bellezza, Ismael. Entrammo. La sala era rivestita di legno scuro, piena di quadri, sculture e arazzi. C'era un camino a legna che Alejandro accese con incredibile rapidità, un po' perché in casa faceva freddo e un po' (forse) perché così doveva essere, perché era tutto molto più bello con un sottofondo di ceppi crepitanti. Riempì due bicchieri di whisky, me ne porse uno e disse: «Nessuno conosce questa villa. È un po' la mia tana. Ci vengo quando ho voglia di stare solo, tranquillo». Mi accarezzò i capelli e mi baciò. «Sei la prima donna che entra qui dentro», disse. «Neppure mia moglie conosce questo posto». Sarò una stupida, ma mi sentii lusingata, al punto che arrossii. «Sei un bugiardo», dissi per dissimulare. «Può darsi», rispose. «Ma è più bello se mi credi». Facemmo l'amore su un'immensa poltrona di cuoio, non lontano dal caminetto, ascoltando lo scoppiettio dei ceppi, avvolti da quell'aroma che diffonde il legno quando brucia, un po' come se fossimo ubriachi oppure... Be', non lo so. Tu sapresti dirlo meglio, Ismael. A me semplicemente piacque.

Due ore più tardi stavamo tornando in centro. Dovevo comprare il vestito. Alejandro insistette per portarmi in una boutique dove, mi assicurò, avrei trovato quanto di meglio offrisse Mar del Plata. «Il vestito però te lo voglio comprare io», disse. «Voglio che sia un mio regalo». «No», risposi. «Ti ringrazio, ma Ismael sa benissimo con quanti soldi sono uscita e si stupirà se torno senza aver speso niente. Davvero, Alejandro, meglio di no». Si fece molto serio e non aprimmo bocca per alcuni minuti. Infine, con una voce che non gli conoscevo, dura, quasi minacciosa, disse: «Senti, Susy, se quello ti controlla persino i soldi che hai in borsa, devi fare qualcosa. Non so bene che cosa. Per lo meno scrollartelo un po' di dosso». Fece una pausa, cercò i miei occhi e aggiunse: «Perché la nostra storia diventerà molto difficile, altrimenti. Se non impossibile». Rimane in macchina mentre mi compro il vestito. Se avessi accettato che me lo comprasse lui, sarebbe sceso, ne sono sicura. Poi torniamo al porto a prendere la Citroën. Molto silenzio lungo la strada.

«Ci vediamo ancora prima di sabato?», domando. Mi abbraccia e mi bacia dolcemente. Non so se te l'ho detto, ma sa essere tenero. «Mercoledì pomeriggio sono libero», dice. «Ti aspetto alla stessa ora di oggi nella villa di *Los Acantilados*. La strada la conosci».

E questi sono i saluti.

III

Il martedì, tra le quattro e le cinque del pomeriggio, ricomparve Fernando. Susy ed io eravamo in spiaggia, seduti in due comode poltrone di vimini, di quelle che Hugo Pratt disegna con tante righine, con i pullover perché il tempo si era fatto più fresco, parlando poco, fumando e guardando il mare. Ferni portava, come sempre, il suo vestito azzurro.

Dopo esserci scambiati affettuosi saluti, prendemmo la decisione unanime di andare a parlare in cucina, con caffè, *mate* e biscotti; quelle piccolezze, insomma, che rendono la vita degna di essere vissuta.

«Va tutto bene, cari corsari», dice Fernando mettendo quattro cucchiai di zucchero nel caffè che Susy gli ha appena versato. «I venti e le maree ci sono favorevoli».

«Bene, capitan Blood. Ora raccontaci tutto», dico.

Mi sorride con aria maliziosa. Gode da matti a tenerci sulla corda. È fatto così, Fernando. Dice:

«Non vi farò soffrire. La storia è questa». Butta giù un repentino sorso del suo caffè fumante, si scotta un po' la lingua (prevedibile), fa un gesto come a significare «che coglione», quindi comincia: «Domenica sera sono arrivato tardi. Ho fatto un viaggio di merda, ho bucato una gomma all'altezza di Dolores e vi giuro che per me non c'è niente di peggio. Invece di aprire il bagagliaio, cercare il cric e cominciare a svitare i dadi, rimango a guardare la gomma senza riuscire a credere di aver bucato. Poi perdo il controllo. Prendo a calci la gomma, sputo sulla macchina, dico "puttana eva" dieci o quindici volte di seguito e ricomincio a prendere a calci la gomma e a sputare sulla macchina. A volte dura di più, a volte di meno, ma è sempre così».

«E alla fine cosa fai?», domanda Susy.

«Cambio la gomma. Cosa vuoi che faccia, principessa?»

«Certo», annuisce Susy voltandogli le spalle e prendendo la teiera, desiderosa di un altro *mate*, senza gomme bucate.

«Per farla breve: domenica non sono riuscito neppure a telefonarle, alla Achával Junco», conclude Fernando.

«Be', vecchio mio, pazienza», lo consolo. «Immagino che il giorno dopo sia stato tutto diverso».

«Immagini bene. Lunedì, al mattino presto, le sto già facendo squillare il telefono. Risponde lei. Le dico che sono tornato a Buenos Aires e che ho bisogno di parlarle. Le trema la voce quando mi risponde che sarà nel mio ufficio quel pomeriggio, alle quattro. Gran lavoratore, come sempre, approfitto del resto della mattinata per riunirmi con i miei due soci».

«I borsaioli», dico.

«Un po' di rispetto, cretino: i miei onorati soci».

«Non riesci a liberarti dai tuoi pregiudizi, Ferni. Da quando in qua dare del borsaiolo a qualcuno significa mancargli di rispetto?»

«Da quando lo fai tu. Mi prendi per scemo, credi che non ti conosca?»

«D'accordo. Va' avanti. Ti fanno molte domande quei bravi ragazzi?»

«Quasi nessuna. Chi fa le domande sono io. Per questo sono il capo. Perché non so se te l'ho detto, ma il capo dell'agenzia è il sottoscritto».

«Bravo, Ferni. Sempre in vetta. E che cosa gli chiedi?»

«Niente di speciale. Soltanto routine».

«Scusa, Fernando», interviene Susy. «Ma non riesco a credere che non ti abbiano chiesto niente. Un po' di curiosità l'avranno avuta».

«Sì, bambola, ma soltanto un pochino. Si sono accontentati di un paio di dati. Sono fatti così, credimi».

«È puntuale, la Achával Junco?»

«No, ma al contrario. Arriva in anticipo. Non c'è niente

che faccia correre le lancette dell'orologio come l'ansia. Per fortuna, i miei soci se ne sono andati da un pezzo e sono solo».

«Apri di nuovo il cassetto dell'archivio e tiri fuori la bottiglia di whisky», dico.

«Questa volta no. Voglio che il colloquio sia breve. Non sono venuto per calmarla. Sono venuto per sapere un paio di cose, nient'altro».

«Vai così, Fernando. Duro».

«Mi dai un altro caffè, Susy? Le dico: "Signora, non c'è ancora niente". La faccia le cade alle ginocchia. Un whisky le avrebbe fatto bene, poveretta. Ma ormai è tardi. A questo punto mi rendo conto di una cosa: ciò di cui ha più bisogno questa matta è constatare che il marito le mette le corna. Soltanto questo potrà calmarla. Come potrebbe non disperarsi, dunque, quando le dico che non ho ancora le prove? Certa gente è proprio fuori, eh?»

«Bella scoperta, Ferni. Dimmi, ora: cosa dice o fa a parte lasciare che la faccia le cada alle ginocchia?»

«Niente, vecchio mio. Sono io che continuo a parlare. L'investigatore, nel caso te ne fossi dimenticato. Si suppone che debba presentarle la mia relazione. È per questo che mi paga, no? E io rispetto chiunque faccia una cosa tanto carina con me».

«Ti metti a sparare balle a tutto spiano, allora».

«Perché? La relazione è rigorosa, signorino. Non ho forse lavorato sul serio in questi giorni? Le racconto tutto quello che fa Salas. Disgraziatamente, non c'è nulla che possa soddisfarla. Lo sappiamo, no? Quello conduce una vita da angioletto e palpeggia soltanto i soldi. Tuttavia, attenzione. Spunta un dato interessante. Le dico (non so, compagni, se ho fatto bene o male: sarà il tempo a dirlo), le dico, dicevo, che il nostro architetto una o due sere alla settimana frequenta un locale notturno chiamato *Douglas*. Rizza le orecchie. Arriccia il naso e quasi schifata domanda: "*Douglas*?" "Così si chiama", dico. Lascio passare qualche istante perché le si metta in moto il cervello e aggiungo: "Il proprietario è un certo Anselmi". Fa segno di no con la testa, accende una sigaretta, passeggia un po' per l'ufficio con i nervi a fior di pelle e dice: "Non conosco quel locale. E non so neppure chi sia questo Anselmi". Mi punta l'indice contro e aggiunge: "Indaghi. Può esserci sotto qualcosa". Gonfio il petto d'orgoglio e in tono sicuro dico: "Non si preoccupi, signora. Non mi sfuggirà nulla". Ma riassumendo, compagni, la cosa importante è questa: la giovanotta non sa chi sia Anselmi. È un dato, no?»

«D'accordo», ammetto. «È un dato. Per ora lo lasciamo lì. Ma non ce ne scordiamo. Continua, le dici qualcosa del compleanno?»

«Sì. Ma non è una novità per lei. Ne è al corrente. Le chiedo se ha intenzione di andare alla festa e dice di no, neanche morta, inventerà qualche scusa e rimarrà a Buenos Aires. La spiegazione che mi fornisce è coerente con il chiodo che ha nella capocchia: se lei viene a Mar del Plata, Salas non ha altra scelta che filare diritto. "Lasciamolo solo", mi spiega. "Che abbia l'orizzonte sgombro. Così ci sarà più facile prenderlo al lazo". Immagine appropriata per una proprietaria terriera, no?»

«Sì, profuma di sterco di vacca».

«E questo è tutto, compagni. Soltanto una cosa ancora: le presento una robusta fattura per le spese e un'altra per il mio onorario. Mi guarda stupita e chiede: "Perché l'onorario?" "Presento i miei conti ogni quindici giorni, signora", le spiego molto cortesemente. Spegne la sigaretta – per essere esatti: la spiaccica contro il portacenere –, apre la borsetta e gettando alcuni biglietti sulla scrivania, ferma, imperiosa, dice: "Questo per le spese. L'onorario alla fine". E se ne va».

«Che cosa?! Così sono capaci tutti di fare i soldi».

«È quel che ho pensato anch'io».

IV

L'omicidio successivo avvenne due mesi più tardi. Tra l'uno e l'altro, tuttavia, ricevetti chiari segnali dello sfaccettato, inesauribile, sotterraneo universo d'orrore in cui si muoveva Matías. Non ebbi bisogno d'altro che di vederlo comparire una sera a casa mia, teso, con i vestiti in disordine come se avesse lottato con qualcuno, tormentando tra le mani un paio di calze da donna. Mi chiese un cognac e disse: «Non c'è niente di peggio delle donne, Ruperto. Te lo ripeto perché non lo dimentichi mai». Cacciò le calze in una delle tasche del soprabito e non disse nient'altro.

Nonostante i suoi avvertimenti, vincendo il timore che suscitavano in me, continuai a vedere Vera. Non solo: un giorno, in uno di quei bar dove andavamo sempre a chiacchierare, le consegnai un duplicato delle chiavi del mio appartamento. Lei sorrise riconoscente e mi baciò. «Adesso potrò aspettare che torni dal lavoro con il caffè pronto e le bollette da pagare», disse ridendo. Una sola cosa le proibii: che venisse a casa mia o se ne andasse dopo le nove di sera. Le offrii un migliaio di spiegazioni, tranne quella vera: a quell'ora, a volte un po' più tardi e mai regolarmente, veniva a trovarmi Matías. Non c'era niente che mi terrorizzasse più dell'eventualità di un incontro tra i due.

L'assassinio di Toshiro Kurosawa, il tintore, fu deciso per motivi quasi identici a quelli che avevano determinato la morte di don Carmelo. Ero con Matías nel mio appartamento e stavamo ascoltando un disco che aveva portato lui, uno dei suoi preferiti, la Fantasia in do maggiore *di Schumann. Era-*

no le dieci di sera e avevamo già cenato. Quando il disco finì, Matías si accese una sigaretta e cominciò a passeggiare lentamente per la stanza. «È una musica meravigliosa quella di Schumann», disse. «Non è casuale che il poveretto abbia finito per diventare pazzo. I geni come lui non sopportano la realtà. Perché è così, Ruperto, non dubitare. Noi uomini dal cuore sensibile abbiamo solo due possibilità a questo mondo: cambiarlo o impazzire». Non risposi. Continuò a passeggiare per la stanza. Io stavo facendo del caffè. Improvvisamente, con una voce acuta che mi fece sobbalzare, lo sentii chiedere: «E questo? Chi ti ha consegnato questa porcheria?». Mi voltai verso di lui e lo guardai. Era ritto davanti a una poltrona su cui riposava un vestito che quel pomeriggio mi avevano portato dalla tintoria. Non seppi cosa dire. Rimasi in silenzio. «Rispondi», disse afferrando furibondo il vestito. «Che cos'è questa roba?». Mi strinsi nelle spalle, cercando di minimizzare, anche se stavo già tremando come una foglia. «È un vestito», dissi semplicemente. «Me l'hanno portato oggi dalla tintoria». Scoppiò in una risatina feroce, impudica. «Dalla tintoria!», esclamò. «Dall'immondezzaio municipale, vorrai dire. L'hai guardato bene, per caso? O accetti qualsiasi porcheria, tu?» «Non ho ancora avuto il tempo di controllarlo», mentii. «Bene, prenditi il disturbo, allora», disse avvicinandomi il vestito al viso. «Guarda, guarda queste macchie. Guarda che bel lavoretto hanno fatto». Scagliò con violenza il vestito sulla poltrona. «È una porcheria!», esclamò. «Fa schifo soltanto a guardarlo!». Si portò le mani alle tempie, come tormentato da un dolore improvviso, chiuse gli occhi e rimase immobile per diversi minuti. Poi chiese: «Chi è il padrone di quella tintoria?» Rassegnandomi al corso fatale degli eventi, risposi: «Un giapponese. Un vecchietto magro». «Come si chiama?», domandò. Cercai lo scontrino in una delle tasche del vestito e glielo mostrai. C'era scritto: «Tintoria Kurosawa di Toshiro Kurosawa e figli». «Sono grandi, i figli?», chiese Matías. Gli risposi di sì, che erano grandi, sposati e che il vecchio (lo sapevo perché me l'aveva raccontato lui stesso) era vedovo e viveva solo. Matías rise piano e chie-

se: «Chi chiude il negozio?» «I figli se ne vanno presto», risposi. «Credo che studino all'università o a qualche scuola serale. Il negozio lo chiude il vecchio. Soltanto pochi giorni fa, ricordo, sono passato di lì una sera e il vecchio stava abbassando la serranda». Quasi con orrore, mi sentii dire: «Proprio come don Carmelo». Matías mi afferrò per le braccia e mi scosse violentemente. «Com'è facile, Ruperto!», esclamò. «È così facile che siamo quasi obbligati a farlo. Ti rendi conto?». Dissi di sì. Cominciò a misurare il soggiorno a grandi passi, girando in tondo e fregandosi le mani. «Ascolta, Ruperto», disse intanto. «Domani mattina presto vai dal vecchio Kurosawa e gli porti della roba da lavare. Questo è il primo passo. Hai capito?» «Sì», risposi. «Ma c'è un problema». Si fermò, mi guardò e chiese: «Quale?» «Non ho roba sporca. Ho fatto il bucato proprio oggi. E i miei altri due vestiti sono puliti». Scomparve in camera da letto, lo sentii aprire rumorosamente l'armadio, quindi tornò in soggiorno con uno dei miei vestiti in mano. Lo gettò sul pavimento e lo calpestò rabbioso. Poi, con il fiato mozzo, mi guardò di nuovo e disse: «Ecco fatto. Ora hai qualcosa da portare domani a quello schifoso giapponese». Mi chinai, raccolsi il vestito e lo depositai su una sedia. Poi mi voltai verso Matías e rimanemmo qualche istante a guardarci in silenzio. Quindi disse: «Un paio di forbici, Ruperto. Voglio che gli rubi un paio di forbici e me le porti. Nient'altro».

V

«E ora, compagni», annuncia Fernando, melodrammatico «l'arma del delitto. Aspettate qui. Ce l'ho nella 600».

Esce e ritorna subito dopo con una scatola di polistirolo che deposita sul tavolo. La apre. È la macchina fotografica.

«Un gioiellino, eh?», si pavoneggia. «L'ha procurata uno dei miei soci poco tempo dopo avere aperto l'agenzia. Ci crediate o no, se l'è portata via per pochi spiccioli». Mi strizza l'occhio. «Certo, il ragazzo ha ancora qualche contatto».

«Non ne dubito», affermo.

«Attenzione, Ismael. Prendila in mano».

Me la consegna.

«È leggera», dico. «Non mi impiccerà per salire sull'albero, se è questo che volevi che verificassi».

«Proprio questo. Dalla a me, ora. Come potete osservare, è una Nikon. Una F 2/A con motore MP1. Lo so: a voi non vi dice un cazzo, ma è ciò che garantisce che le foto riescano». Si siede, accavalla le gambe e accende una sigaretta. Prosegue: «Propongo di fare un ripasso. Tu sei sull'albero, Ismael. La camera di Salas è buia. O forse no. Potrebbe essere che qualcuno, magari proprio tu, sia salito prima e abbia acceso le luci. All'improvviso, compaiono i protagonisti: Salas e Susy. Tu, principessa, irresistibile come sempre, te lo porti al centro della stanza. Mi raccomando: questo punto è essenziale. Piazzati con Salas quasi sotto il lampadario, chiaro? In modo da essere bene illuminati tutti e due. A questo punto vi mettete a pomiciare un po'. Ed è qui, Ismael, che cominci a scattare. Dovrai usare lo zoom, vedi? Guardalo bene, è una meraviglia.

Un delicato zoom Nikon 89-200 mm. L'ho portato perché quello di cui abbiamo bisogno è una sequenza di foto. Ovvero, compagni, un progressivo avvicinamento all'obiettivo centrale».

«Che frase, Ferni. Sii buono: ripetila».

«Non sto scherzando, Ismael. Ecco quello che voglio dire: prima fai una panoramica del balcone, la finestra e, sullo sfondo, la stanza con le due figure, appena abbozzate, di Salas e Susy. Poi ti avvicini: la finestra. Poi: la stanza. Poi, molto chiaro, ora, piano americano delle due figure. Piano americano. Finestra. Balcone. Panoramica finale e stop. Capito?»

«Credo di sì», dico. «Se non ho capito male, maestro, pretendi qualcosa di più di una foto di Salas con le mani addosso a Susy. Il delitto, diciamo, ma anche la scena in cui si svolge».

«Esatto. Guarda che è proprio questo a conferire veridicità alla cosa. A escludere quasi completamente la possibilità di un trucco di laboratorio. Inoltre – non te ne dimenticare – è a Salas che dovrò mostrare le foto per obbligarlo a sganciare il grano. E lui non si lascerà impressionare tanto facilmente. D'accordo?».

Con cautela, rimettiamo la macchina fotografica nella sua scatola e la chiudiamo.

«Che emozione», dice Susy allegra. «Se avessi saputo che era così divertente l'avrei fatto prima. No, Ismael?»

«Ogni cosa a suo tempo, bella. A quanto pare, prima non abbiamo mai avuto l'occasione di fare i bambini cattivi. Ho fame, ragazzi».

«Anch'io», dice Ferni. Guarda l'orologio e ci informa: «Sono le cinque e mezzo. Ora della merenda, compagni. Avete le brioche o vado a comprarle?»

«Le abbiamo», dice Susy.

«Non so che cosa volete voi», dico, «ma io voglio un caffellatte».

A quest'ora, da ragazzo, quando tornavo da scuola, la mia vecchia mi aspettava sempre con caffellatte e biscotti. Era un tazzone enorme, fumante, di terraglia ordinaria ma robusta.

Io accendevo la radio e ascoltavo *Tarzan* di Splendid, con César Llanos e Mabel Landó. Poi era il turno della mia vecchia con *Blanquita y Héctor*, il duo *Rinsoberbia*. Poi toccava al mio vecchio con il *Glostora Tango Club*. Infine, tutti insieme, ascoltavamo *Los Pérez García*. Tutto questo non esiste più, lo so.

VI

Fernando intinge la sua brioche nel caffellatte, la fa scivolare contro il bordo della tazza e ne stacca metà con un bel morso. Mastica lentamente, pensieroso, serio. Poi inghiotte e rivolgendosi a Susy dice:

«Stavo pensando, cara, che non sarebbe male fare qualche mossa tattica prima di sabato».

«Per esempio?», domanda Susy.

«Andare a trovare Salas».

Silenzio. Fernando finisce la sua brioche. Susy dice:

«Per me, vado. Ma spiegami un po' cosa devo fare».

«Penso che sia rischioso lasciare passare un'intera settimana senza che il tizio ti veda», chiarisce Fernando. «Certo, magari una di queste sere si fa vedere al *Douglas*. Ma non è la stessa cosa. E ci conviene andare sul sicuro. Cosa ne pensi, Ismael?»

«Per il momento, niente».

«Guardate, l'idea è questa: io direi che domani, verso le due, ora in cui quasi sicuramente, se non è rimasto a pranzo in centro con qualcuno, Salas è a casa, Susy potrebbe farsi vedere da quelle parti. Sola soletta, facendo finta di niente, di essere andata a fare un giro perché si annoiava. Gli dici: stavo passando di qui per caso e ho pensato di venirla a trovare. Accetti un bicchiere, chiacchieri un po' con lui, lo guardi di tanto in tanto con l'occhietto languido e te ne vai. È tutto. Non molto, ma abbastanza perché la fiamma rimanga viva».

«Non è una cattiva idea», ammetto. Guardiamo Susy.

«Come volete», dice.

VII

Caro Pedro,

non hai capito un cazzo. Non ho intenzione di muovere un dito perché tu capisca. Ti abbandono al triste destino degli ignoranti. Gioisci: tuo è il regno dei cieli.

Il racconto ti sembra lungo? Pubblicalo in due parti. Ma non sopprimere niente! Neppure una parola! Capito? Per tua informazione: ho deciso di diventare inflessibile su questo punto. Il racconto deve essere pubblicato intero o non essere pubblicato affatto.

Sono spiacente di avere offeso la tua sensibilità, o quello che è, con una frase come «La notte l'inghiottì». Mi addolora sapere che hai tanto sofferto affrontando passaggi come «L'ho detto: quel giorno conobbi la paura» o «ebbi a indossare». Tuttavia, mi addolora ben di più che tu non ti sia accorto che sono stati scritti con un chiaro, univoco intento: ricreare lo stile dei racconti gotici. Mi addolora ben di più che tu non ti sia accorto che Vera, la protagonista femminile del mio racconto, non si chiama così in onore di Vera Ralston, Vera Miles, Vera Ellen o Vera Caspary, bensì in onore di Vera, mio caro, la stessa Vera di cui tante volte, quasi innamorato, ti ho parlato, la bella, pallida e spettrale amante del conte di Athol, immaginato, più di un secolo fa, da Auguste Villiers de l'Isle-Adam. Mi addolora, insomma, che tu sia così stolto, Pedrito.

Nonostante tutto – sebbene non te lo meriti – ti citerò un brano del racconto di Villiers de l'Isle-Adam. È così bello e l'ho riletto tante di quelle volte che lo ricordo meglio del mio stesso nome: «Il massiccio portone si aprì. Scese un uomo di circa trentacinque anni, vestito a lutto, dal volto mortalmente pallido. La scalinata era illuminata dalle torce di taciturni servi. Salì le scale senza vederli ed entrò. Era il conte di Athol. Salì vacillante le candide scale che conducevano alla stessa camera in cui quella mattina, in una bara di velluto circondata di violette e nuvole di batista, aveva lasciato la sua amata compagna, Vera, la sua pallida sposa, la sua disperazione». E se questa scena non ti commuove, Pedrito, ricordami di sputarti in un occhio la prossima volta che ci vediamo.

Comunque, per tua tranquillità di «editore responsabile», ti informo che la ricreazione dello stile gotico va illanguidendo con il progredire del racconto, per lasciare il posto all'umor nero e a un'azione più diretta che forse – sebbene non sia nelle mie intenzioni – riuscirà a soddisfarti.

Con tutto il disprezzo

Ismael

VIII

Il mercoledì tornarono le nubi nere, il freddo e quella pioggerellina sottile, lacerante, altrettanto marplatense degli *alfajores*[9] Havanna o delle foto accanto alle foche della Rambla. Susy ed io eravamo in cucina, di nuovo con *mate*, caffè e biscotti.

Bussarono alla porta. Era un ragazzo in bicicletta, coperto da un'enorme mantella gialla e con una lettera in mano. Era, infatti, il postino. Gli diedi una buona mancia – se la meritava – e fuggì.

Lettera di Pedrito.

«Dài, fa' il bravo», mi pregò Susy. «Leggila, così ci distraiamo un po'».

La lessi. Susy salutò con strepiti e schiamazzi la trovata finale di Pedrito – era divertente – consistente nel prendere per il culo lo stile del mio racconto. Insomma, era divertente ma neanche tanto. Dissi:

«Guarda guarda il nostro mercante ebraico. Fa l'umorista, ora».

«Non essere cattivo, Ismael. È carina, la lettera. E anche se ti prende un po' in giro, lo fa in modo affettuoso. È troppo forte, Pedrito».

«Avanti, difendi i miei nemici, tu. Gli rispondo oggi stesso».

«Mi sa che è quello che si aspetta».

---

[9] Dolce caratteristico, tipo biscotto a due strati con ripieno di marmellata o altro (NdT).

Erano le due quando salutai Susy accanto alla Citroën. Prima che salisse in macchina, la presi per le spalle, la baciai e dissi:

«Ricordati, allora. Io non so niente. Questo a Salas piacerà moltissimo. Troverà la cosa più misteriosa ed eccitante. Tu, comunque, comportati come ti ha detto Fernando: ti annoiavi, passavi di lì per caso e hai pensato di andarlo a trovare. Nient'altro. Il resto lascialo fare a lui. Questo sì: se si allarga, bloccalo. In questa storia c'è una sola scena d'amore, e sarà sabato, non prima. D'accordo?»

«Sta' tranquillo».

Salì in macchina e se ne andò. Non pioveva quasi più, anche se c'erano sempre quei nuvoloni neri lassù, con tutte le intenzioni di continuare a rompere le balle. Tornai in casa. Portai la macchina da scrivere in cucina e scrissi a Pedro. Mi stupì, anzi mi intristì, scoprire che la mia lettera era meno divertente della sua. O forse era soltanto diversa. Andare a fare la siesta fu il modo migliore di risolvere il problema.

Alle cinque sono in cucina a fumare, bere *mate* e guardare la spiaggia, il mare e qualche gabbiano fuori dalla finestra. Compare Fernando. Sempre il vestito azzurro.

«*Mate* o caffè?», domando.

«Ti aiuto a finire il *mate*. E Susy?»

«Non è ancora tornata. Be', speriamo che non le sia venuto in mente di cornificarmi sul serio».

Ferni spalanca la bocca in una sghignazzata. Ha i denti otturati.

Susy torna verso le cinque e mezzo. Ferni le avvicina una sedia, le porge una tazza di caffè, le sorride, le svolazza intorno, le parla, le fa domande. Mi fa quasi venire il mal di mare, mi esaspera, così gli do un cazzotto sul braccio.

«Smettila, coglione», dico. «Lasciala almeno respirare».

«È l'ansia, Ismael», dice. «Abbiamo puntato grosso stavolta».

Susy si siede, sorride, beve qualche sorsettino del suo caffè e accende una sigaretta. Inoltre, accavalla le gambe. Ci guarda.

«Allora», dice.

«Parla!», esclama Fernando. «Oh, miracolo! Parla!»

«Ma che rompiballe sei!», dico. «Certo che parla. È mezz'ora che aspetta che la lasci parlare. Avanti, amore mio, parla».

«In che stato vi ho ridotto, eh?», si diverte la stramaledetta.

«Ai tuoi piedi», sbava Ferni.

«Be', cosa volete che vi racconti? Sarò buona con voi».

«Non ne dubito, dolcezza», dice Ferni saltellandole davanti, anelante, senza riuscire a star seduto. «Ma vediamo, se preferisci possiamo fare un passo alla volta. Per esempio: entri con la macchina in giardino o la lasci fuori?»

«Lascia parlare me», lo frena Susy. «Ti dico tutto io. Parcheggio la macchina quasi accanto alla piscina. Salas è sulla sua sdraio e legge un giornale, "La Nación", se non sbaglio».

«Puoi scommetterci: "La Nación"».

«Mi vede arrivare, si avvicina alla macchina e mi apre la portiera. Vi rendete conto? Mi apre la portiera. Credo che tu dovresti essere diventato pazzo per fare una cosa simile, Ismael».

«Dài, bella», dico. «È diverso. Io sono dieci anni che vivo con te e non ti voglio calare le brache come quel cretino. L'ho già fatto».

«Sei un cafone».

«Allora risparmiaci certi commenti, amore mio».

«Ah, no, ragazzi», dice Fernando alzando le mani, come per parare un colpo. «A me gli scazzi di coppia mi fanno male. Peggio: mi stroncano. Ci sarà un motivo per cui non ho una ragazza fissa, no?»

«E a cosa ti serve una ragazza fissa se hai i tuoi borsaioli?», dico, sanguinario.

Ferni mi guarda stupito. Non se l'aspettava. Grugnisce:

«Dillo un'altra volta e ti spacco la faccia, Ismael».

«Ti chiedo un favore, Ferni», dico. «Dammi sempre un antidiarroico prima di uscirtene con una frase così».

«Hai offeso Susy, pirlone. O non te ne sei accorto?»

«Può darsi. Ma sono affari nostri».

«Naturalmente. Ben per questo vi ho detto di risolverli quando non ci sono io. Quello che non ho capito è perché cazzo te ne sei dovuto uscire con la storia dei borsaioli. Te la stai proprio cercando, fratello».

«Smettetela, ragazzi», dice Susy. «Che noia. Cosa succede? Non vi interessa più sapere com'è andata con Salas?».

Silenzio. Un lungo, spesso, sinistro silenzio. Ferni, finalmente, dice:

«Scusa, principessa. Continua. Salas, da perfetto cavaliere, ti apre la portiera. Avanti, che altro?»

«Ci sediamo sul bordo della piscina», prosegue Susy. «Mi offre sigarette e martini. I gemelli non c'erano. Erano andati in centro, non so a fare cosa. Di servitù ce n'era poca: qualche giardiniere, un paio di cameriere, nessun altro. Insomma: eravamo soli».

«Tatatatan...!», fa quel coglioncello di Ferni.

«Allora decido di rischiare. Invece di parlare del tempo, di cinema o di musica...», esita. «Vediamo se riesco a spiegarmi. Invece, diciamo, di cercare di sedurlo con qualche argomento insignificante, tiro fuori un asso dalla manica».

«Gli fai vedere il culo», dico.

Susy ammutolisce e rimane a guardarmi con gli occhi sgranati. A Ferni viene voglia di mantenere finalmente la promessa di spaccarmi la faccia, ma cambia immediatamente idea e scoppia a ridere. È una risata forte, crescente, grassa, che gli fa ballonzolare la pancia e il doppio mento con insospettata grazia.

«Va be', principessa», dice posando una mano sulle spalle rigide di Susy. «Perdonalo. Non ha saputo trattenersi. Ma era una bella battuta, che ci vuoi fare, decisamente una bella battuta. Ti immagini la scena? Salas, seduttore, sdolcinato, con la bava alla bocca, ti chiede: "Vuole un martini?". E tu, senza dire una sola parola, ti alzi, ti giri e gli fai vedere il culo. Non puoi negarlo, bellissima: questo sì sarebbe stato un asso nella manica».

Ferni ed io ridiamo come matti per un minuto buono. Susy,

seria. Poi, come se si arrendesse, prima sorridendo appena, quindi rilassando le spalle, scuotendo la testa, tra rassegnata e allegra, ancora un po' confusa, si mette a ridere anche lei. Alla fine, ridiamo tutti fino alle lacrime, fino a dimenticarci perché cazzo stiamo ridendo.

Ferni apre il frigorifero.

«Corpo di mille diavoli!», esclama (gli piace fare la parte del bucaniere). «Ma qui c'è della birra!».

Apriamo tre lattine e beviamo. Ci calmiamo. Ferni torna a circondare con un braccio le spalle di Susy in un gesto fraterno e dice:

«Avanti, principessa. Siamo tutti orecchi. Qual era il tuo asso nella manica?».

Susy beve una lunga sorsata di birra. Poi un'altra. E un'altra ancora. Posa la lattina vuota sul tavolo. Dice:

«Gli ho chiesto di sua moglie».

«Della Achával Junco?», esclama Ferni.

«È l'unica che ha, no?»

«Sì. Ma come hai fatto?»

«Semplicissimo. Gli ho chiesto "Come mai sua moglie non è qui con lei?" e basta. Solo questo. In fin dei conti, era logico, no? Il tizio è sposato, la moglie non si vede e lui non dà spiegazioni. E insomma, sono una donna, e come tutte le donne, curiosa».

«Con queste idee non farai carriera nel movimento femminista, cara», dico.

«Di questo non mi importa un accidente. Però è stata una buona idea, no?»

«Brillante, principessa», continua a sbavare Ferni.

«Comunque, vi sbagliate se pensate che si sia lasciato impressionare. Nient'affatto. Aveva la risposta bell'e pronta, neanche fosse stato l'accendino. Mi ha detto che sua moglie era dove doveva essere, a Buenos Aires, a occuparsi degli interessi che la società ha laggiù. E secondo lui, non c'è nessuno che la possa sostituire in questo. Gli ho chiesto allora se sarebbe venuta alla festa di sabato e la risposta ha coinciso con quella che la vecchia ha dato a te, Ferni: no, non verrà».

«Poveri loro», gioca a inorgoglirsi Ferni. «Che squadra. Io indago da una parte, tu dall'altra. E poi, principessa?».

Susy si stringe nelle spalle.

«Mah, non so se Salas non era nella giornata giusta, ma non ha fatto né il seduttore, né il brillante, né niente del genere. Capite quello che voglio dire, no? Quello che fanno sempre gli uomini quando vogliono rimorchiare una ragazza».

«Strano, eh?», geniale commento di Ferni.

«Abbiamo parlato di tutto e di niente al tempo stesso», continua Susy. «Di cinema, per esempio. Di *Via col vento*. Di *Perdutamente tua*. Io gli ho confessato che *Perdutamente tua* era il mio preferito. Insieme a *Un amore splendido*, naturalmente. E gli ho detto anche che piangevo sempre quando vedevo *Un amore splendido*».

«Un incontro piuttosto lacrimogeno, no?», dissi osservandomi attentamente il mignolo della mano destra.

«Può darsi», ammise Susy. «Ma questa parte mi è piaciuta».

«D'accordo, principessa», concede Ferni. E impaziente, sempre ansioso, insiste: «Ma come lo vedi? Abbocca o non abbocca?».

Susy sorride, molto sicura di sé.

«Sì, sta' tranquillo. Ogni volta che mi versa un martini gli si legge in faccia che muore dalla voglia di mettermi le mani addosso».

«Ti credo», si tranquillizza Ferni. «Una donna queste cose le capisce».

«Comunque», dico abbandonando lo studio del mio dito mignolo, «è strano che non si sia sbilanciato un po' di più. Eri lì tutta sola, Susy, tutta per lui, libera. E se fosse frocio?»

«No», dice Susy. «Frocio non è».

«Come fai a esserne così sicura?»

«I froci non ti guardano a quel modo».

«Insomma», commenta Ferni un po' triste. «Speriamo che sabato faccia qualcosa di più che guardare, perché sarebbe difficile fotografargli soltanto la voglia».

«Non ti preoccupare», dice Susy. «Se c'è da incoraggiarlo un po', lo faccio».

A questo punto mi guarda, mi guarda in modo strano, come se volesse sfidarmi.

«Nient'altro?», domanda Ferni.

«Solo qualche martini», continua Susy. «Un paio. Gli ho detto che non volevo bere troppo. Mi ha chiesto se mi ero comprata qualche vestito nuovo per sabato. Gli ho confessato di sì. Anselmi gli avrà spifferato qualcosa?»

«Non credo», dico convinto.

«Cosa c'entra Anselmi?», chiede Ferni.

«Susy gli ha chiesto un anticipo», spiego.

«Ah».

«E questo è tutto», conclude Susy. «Mi ha riaccompagnato alla macchina. Ha chiuso lui la portiera. (Altra cosa che tu non faresti, Ismael, e non c'è bisogno che mi ridica perché). E ci siamo salutati».

Silenzio.

Ferni fa schioccare la lingua.

«Non so», dice. «Ma la storia mi ha lasciato un po' così, principessa. È mancata un po' d'azione, sì, non c'è stata azione».

Susy si alza in piedi.

«Sfortuna», dice. «Ho fatto quello che ho potuto. E ora, se non vi spiace, vado a farmi una doccia».

Si dirige verso la porta.

«Senti», dice Ferni come se volesse trattenerla. «Non volevo farti arrabbiare, Susy».

Susy si ferma.

«Lo so, lo so», dice. «Comunque, hai ragione, anche a me ha lasciato un po' così la faccenda».

Esce.

«Cosa ti aspettavi, Ferni?», domando. «Che andasse a letto con Salas?».

Ferni si alza pesantemente. Cerca la giacca e mette via la sigarette che aveva sul tavolo. Mi guarda e chiede:

«Le devo aver fatto questa impressione, eh?»

Implacabile, affermo:

«Proprio questa».

«Non c'è niente da fare: c'è da mangiarsi le palle», dice. «A volte le cose non ti escono di bocca come vorresti. Dì a Susy... Anzi, no. Non dirle niente. Meglio che torni un altro giorno e basta».

Fa un lieve cenno con la mano ed esce.

Mi alzo in piedi, apro il rubinetto del lavello e comincio a sciacquare le tazze. Riappare Ferni.

«Dì a Susy che le voglio molto bene», dice. Mi punta contro l'indice e aggiunge: «Dille solo questo».

E a questo punto sì, se ne va.

IX

Per certi aspetti fu buffo che fosse Fernando – con la tua totale approvazione e, credo, entusiasmo – a propormi di andare a trovare Alejandro il mercoledì. Figurati che io non sapevo che scusa trovare per andare all'appuntamento con lui. La faccenda dell'acquisto del vestito aveva funzionato due giorni prima, ma ora? Ora eravate voi, voi stessi, a consegnarmi nelle mani di Alejandro. Io, come sempre, buona e pronta a collaborare, obbedii. Ma non andai alla villa di *Los Troncos*, bensì, naturalmente, a quella di *Los Acantilados*, dove avevamo appuntamento.

Prima di uscire – inevitabile, trattandosi di te – mi riempisti di raccomandazioni. Vuoi sempre pilotarmi, Ismael. Ricordo una frase: «Se si allarga, bloccalo». Curiosamente, anche se per motivi molto diversi, ci trovavamo d'accordo, perché era proprio ciò che avevo intenzione di fare.

Vuoi un bicchier d'acqua? Bene. Hai una cera migliore, per fortuna. Ecco. Puoi parlare ora? Dovrai continuare ad ascoltarmi, allora.

Alle due e mezzo arrivai alla villetta di *Los Acantilados*. Alejandro aprì la porta appena sentì il motore della Citroën che, facendo un frastuono orrendo, suppongo, doveva essere inconfondibile per lui. Entrammo in casa e cominciò a baciarmi e abbracciarmi. Lo allontanai da me energicamente, ma come se mi costasse uno sforzo, come se dovessi fare violenza su me stessa per farlo. Mi guardò molto stupito. «Cosa c'è?», disse. Gli chiesi un cognac. Ma non guardandolo in faccia, okay? Dandogli le spalle, senza guardarlo, come nei film, soprattutto in quelli argentini: Laura Hidalgo lo faceva sempre e a me quella donna mi faceva impazzire. Mi porse il cognac e io lo bevvi in silenzio, reggendo il bicchiere con entrambe le mani. Il camino era acceso e i ceppi, come la prima volta, crepitavano e diffondevano intorno quel buon odore di legna bruciata. Sul serio: facevano venire voglia di restare lì. Ma io avevo altri piani. Appoggiai il bicchiere di cognac su una mensolina, mi voltai verso Alejandro e con voce fievole, un po' tremante, dissi: «Me ne devo andare».

Il più profondo stupore gli si dipinse in volto. «Perché?», domandò. Scossi la testa, afflitta, triste. «Non sai quanto mi dispiace», dissi. «Ma per me è molto difficile gestire questa situazione». Accese un sigaro, si sedette nella grande poltrona di cuoio su cui il lunedì avevamo fatto l'amore e disse: «Avanti, spiegati un po' meglio, ti spiace?». Lo disse con voce dura, come se fosse sul punto di arrabbiarsi. Ripresi il bicchiere di cognac dalla mensola e lo vuotai. Dissi: «So già che ti arrabbierai. Ma non posso fare diversamente». Nient'altro, silenzio. Allora lui disse: «Senti, se non vuoi che mi arrabbi, ma che mi arrabbi sul serio, spiegami un po' 'sta storia. Per cominciare: cos'è che non puoi non fare?» Rimisi il bicchiere sulla mensola e, proprio come Laura Hidalgo, gli voltai nuovamente le spalle, chinai il capo e dissi: «Alle tre arriva un amico di Ismael da Buenos Aires. Devo essere lì. Ismael me l'ha chiesto. Puoi anche non crederci, ma ho dovuto sudare sette camicie per venire da te questi pochi minuti». «Grazie», disse lui con un terribile miscuglio di ironia e rancore. E aggiunge: «Perché suppongo che te ne debba essere grato». Mi voltai bruscamente e lo guardai, appoggiandomi alla parete con le spalle e i palmi delle due mani, anche questa volta proprio come Laura Hidalgo, quando voleva far capire che era alle strette, vittima del suo destino, ti ricordi? Anche tu li hai visti, quei film. «Non devi affatto essermi grato», dissi. «Non ti burlare di me. Per me è molto difficile tutto questo, te l'ho detto. Dammi un po' di tempo. Allora forse...». Andai alla porta e misi la mano sulla maniglia. Senza riuscire ancora a crederci, ma senza far nulla per impedirlo, senza muoversi dalla poltrona, né smettere di fumare il suo sigaro, chiese: «Davvero pensi di andartene?» Ormai con la porta semiaperta, risposi: «Non posso far altro». «Non mi piace che mi piantino in asso, Susy», disse, quasi minaccioso. «Tanto meno una donna». Scossi tristemente la testa: «Perdonami. È l'unica cosa che ti posso dire». E me ne andai.

Salii in macchina e mi diressi in centro, evitando la litoranea, evitando, soprattutto, di passare davanti al *Corto Maltese*. Mi assalirono migliaia di dubbi. Mi chiesi se non stessi tirando troppo la corda con Alejandro. Magari la prossima volta sarebbe stato lui a togliersi la soddisfazione di piantarmi in asso. Magari non ci sarebbe stata una prossima volta. Qualcosa, tuttavia, una segreta intuizione che solo ora cominciava a farsi strada in me, mi diceva che stavo giocando bene le mie carte, e che con Alejandro qualsiasi strada sarebbe stata preferibile a una resa immediata, compiacente.

Arrivai in centro, parcheggiai il rottame e mi infilai in un cinema. Che altro potevo fare? Tu credevi che fossi con Alejandro, mettendo in pratica le tue raccomandazioni, e ad Alejandro avevo appena detto che dovevo tornare da te. Ebbi fortuna: al *Belgrano* proiettavano una vecchia copia di *Un amore splendido*, con Cary Grant e Deborah Kerr. Piango sempre quando lui scopre che lei è paralitica. Anche questa volta piansi.

Eri con Fernando quando tornai al *Corto Maltese*. Eravate molto ansiosi – lui soprattutto – e mi frastornaste con le vostre domande. Dovetti inventare una storia: che avevo chiesto ad Alejandro di sua moglie, della Achával Junco, come mai non era lì con lui, se aveva intenzione di farla venire per la festa di sabato e qualche altra cosetta. Non foste molto soddisfatti. Non me ne importava neppure molto. Andai a farmi una doccia e poi, quando tornai in cucina, mi raccontasti che Fernando se n'era andato mortificato, incaricandoti di dirmi che mi voleva molto bene. Questo mi piacque di più.

X

Quella sera, al *Douglas*, mentre Susy si vestiva e truccava in camerino, andai al bar a bere un whisky. Lì trovai Boris Karloff.

«Come va?», disse sorridendomi con i suoi denti alla Fu-Manchu.

«Sono assetato». Guardai il barman: «Un whisky, per favore».

«Pensa di esibirsi in uno dei suoi discorsetti, stasera?», domandò Boris.

«Non credo».

«Peccato. Comincio a sentirne la mancanza».

«Non mi dica? Questo da lei non me l'aspettavo».

Mi guardò sorpreso.

«Perché no? Ho molto senso dell'umorismo, io».

Scolai in un sorso la metà del mio whisky.

«Ma il suo padrone no», dissi. «E se continuo con i miei discorsetti, può darsi che un giorno le ordini di spaccarmi la faccia».

Scosse contrariato la testa.

«Non mi piacerebbe doverlo fare», disse.

«Però lo farebbe».

«Contro la mia volontà, mi creda. Ma non per questo smetterei di dire che i suoi monologhi sono buoni. Nemmeno se le stessi riempiendo il muso di cazzotti».

Finii il mio whisky.

«Non sa quanto gliene sono grato», dissi. «Raramente mi hanno fatto un complimento più bello».

«Non è un complimento».

«Me lo lasci prendere così».

«Come vuole».

Gli appoggiai una mano sul braccio.

«A proposito, ho bisogno di vedere il suo padrone. È disponibile?»

«Credo di sì. Venga».

Mi accompagnò fino all'ufficio di Anselmi. Bussò alla porta.

«Avanti», rombò il vocione di Anselmi.

Boris aprì la porta con delicatezza. Non sono mai riuscito a capire come facesse.

«Il signor Navarro vuole vederla», disse.

«Fallo entrare», disse di nuovo il vocione.

Entrai. Boris si richiuse – con la stessa inesplicabile delicatezza – la porta alle spalle.

«Si accomodi, Navarro», disse Anselmi indicando una sedia di fronte alla sua scrivania.

Mi sedetti.

Indicò la scatola di sigari che gli inviava il suo misterioso amico cubano.

«Vuole fumare?»

«No, grazie. Sono venuto solamente a dirle...»

«Che sabato deve andare a una festa. Vero?».

Assentii.

«Anch'io», proseguì. «E alla stessa. Non si preoccupi, Navarro. L'amico Salas mi ha già informato del vostro invito. Andate tranquilli. Ci arrangeremo con un buon disc-jockey sabato sera».

Accese un sigaro.

«Apprezzo la sua cortesia», dissi. «Soltanto una domanda: se invece di Salas la festa la desse un altro, uno che lei non conosce, diciamo un amico nostro, si arrangerebbe con un disc-jockey?».

Soffiò una lunga boccata di fumo.

«Neanche per sogno. Vi farei lavorare anche più del solito».

«Lo immaginavo». Presi un sigaro dalla scatola. «Con permesso. Ora non ne ho voglia, ma più tardi magari sì».

Mi alzai.

«Navarro», disse Anselmi.

Lo guardai. Continuò:

«Lei è un attaccabrighe. Uno di questi giorni sarò costretto a farle dare una lezione».

«È uno di quelli?»

«A volte».

«Allora sono avvisato». Mi avviai lentamente verso la porta. Dissi: «Ora, se non le spiace, me ne vado. Il lavoro mi aspetta».

«Senta».

«Cosa?»

«Ha un vestito per andare alla festa? Un buon vestito, voglio dire. O pensa di andarci con quello smoking?»

«No. Ho un vestito blu nella valigia. Basta stirarlo. Non è né bello né brutto, ma può andare».

«Ci pensi. Posso anticiparle qualcosa, se vuole. Da Salas non si va vestiti male».

«Porterò il mio vestito».

Chiusi la porta quasi con la stessa delicatezza di Boris.

XI

La mattina dopo mi alzai di buon'ora. Piegai e impacchettai con cura il vestito che Matías aveva calpestato e mi avviai verso la tintoria di Toshiro Kurosawa. Fu tutto molto facile. Accanto a una delle presse da stiro i miei occhi inquieti, avidi, non tardarono a scoprire un paio di forbici di medie dimensioni. Il vecchio Toshiro non era solo. Ma neppure questo costituì un ostacolo. L'unico dei suoi figli presente (sicuramente l'altro era uscito a fare le consegne) era quasi in fondo al negozio, di spalle, laboriosamente chino su una vecchia macchina per cucire. Consegnai a Toshiro il pacchetto con il mio vestito. Lo prese tra le mani, lo depositò sul banco, lo aprì e osservò le macchie della stoffa con i suoi occhietti, poi si voltò lentamente, andò a un grande appendiabiti e lì, tra tanti altri capi di vestiario, appese infine il vestito. Non ebbi neppure bisogno di affrettarmi per prendere le forbici e nasconderle in una tasca del soprabito. Presi la ricevuta che Toshiro mi porgeva, lo salutai con particolare cortesia e mi ritirai.

Ci fu molto da fare alla banca, quel giorno. Tornai a casa più tardi del solito, sfinito, pensando soltanto a fare una doccia e riposare un poco. Aprii la porta ed entrai. Qualcuno aveva messo una tovaglia sul piccolo tavolo del soggiorno, oltre a due tazze e a un piatto colmo di brioche. «Finalmente, Ruperto», disse Vera uscendo dalla camera da letto. «Stavo già per mangiarmi tutte le brioche. Sai che sono molto golosa». Guardai l'orologio: erano le sei e mezzo. Matías aveva promesso che sarebbe arrivato intorno alle sette, poiché gli avevo detto che Toshiro Kurosawa chiudeva la tintoria alle sette e mezzo. Fui colto dal panico. «Cosa c'è?», chiese Vera. «Non sei contento di vedermi?». Non potei rispondere. Mi buttò le braccia al collo e mi baciò lungamente sulla bocca. «Vieni», disse poi. «Andiamo a mangiare». Inventai mille scuse: mi faceva male lo stomaco, avevo lavorato troppo, forse mi stava venendo l'influenza. Finché finalmente, prendendo il coraggio a quattro mani, glielo dissi: volevo star solo. Si alzò in piedi, gettò indietro i capelli neri con un gesto enfatico e disse: «D'accordo. Tutti vogliamo star soli, a volte». Finì in silenzio il suo caffellatte, accese una sigaretta e si mise il cappotto. A questo punto mi si avvicinò, mi prese il viso tra le mani e disse: «Farò come vuoi tu. Ti lascerò solo e tranquillo, se è quello che vuoi. Ma prima devo dirti una cosa. Una cosa che voglio io». Mi baciò sulla bocca, appassionatamente. «Voglio smettere di giocare a essere buoni amici», disse. «Voglio essere la tua donna. Voglio venire a letto con te». Sarebbe falso se dicessi che mi stupì. Era una cosa che speravo e temevo dal giorno stesso in cui avevo conosciuto Vera. Adesso il momento era arrivato. Ci amavamo e quello era l'unico modo di continuare il nostro rapporto. Vincendo la paura, l'oscura ma reale angoscia che mi attanagliava, ricambiai il suo bacio e le dissi che così sarebbe stato, perché io lo desideravo tanto quanto lei. «Perfetto», disse. «Domani, allora. Qui. Alle sei. Quando torni dal lavoro». Mi baciò ancora e aggiunse: «Mi troverai qui ad aspettarti». Non disse altro e se ne andò. Ritirai dalla tavola le tazze, le brioche avanzate e la tovaglia.

Alle sette arrivò Matías. Tese la mano verso di me, agitando le dita con quel suo gesto tipico, e ordinò: «Le forbici». Gliele consegnai. Le guardò a lungo.

«Belle», disse. «Andiamo».

Era calata la sera quando ci fermammo sul marciapiede di fronte alla tintoria di Toshiro Kurosawa. Dovemmo attendere una quindicina di minuti, non di più. Allora si spensero le luci del negozio, comparve Toshiro, abbassò la saracinesca e si avviò senza fretta verso l'incrocio. Attraversammo la strada e lo seguimmo. Toshiro piegò a sinistra, e noi facemmo altrettanto. Lo seguimmo per sei isolati. Allora Matías disse: «Ormai non può essere lontano da casa. Non perdiamo altro tempo. Andiamo, Ruperto. La strada è buia abbastanza». In quel momento, Toshiro affrettò il passo. Spaventato, domandai: «Se ne sarà accorto?» «Può darsi», disse Matías. «Ma non importa. Andiamo. Dài». Mi afferrò per un braccio e si mise a correre dietro al tintore. «Dobbiamo raggiungerlo prima che arrivi all'angolo», disse con voce agitata. Anche Toshiro si mise a correre. Matías, tuttavia, nonostante fosse quasi costretto a trascinarmi, fu più veloce e lo raggiunse molto prima dell'angolo, nel punto più buio dell'isolato. Si guardarono. «Cosa c'è?», disse Toshiro con gli occhi fiammeggianti per l'indignazione, ma soprattutto per la paura. Matías disse: «Scusi il disturbo, don Kurosawa. Ma voglio chiederle una cosa». Il giapponese rimase zitto, con la bocca aperta e il petto ansante. Matías proseguì: «Mi tolga un dubbio, sia gentile. Lei che vino preferisce, bianco o rosso?» Toshiro Kurosawa rispose: «Toshiro non beve vino». Matías scosse dolcemente, tristemente la testa e disse: «Mi dispiace molto. Fa lo stesso. Ha perso comunque». E gli conficcò le forbici in pieno petto.

Mezz'ora più tardi eravamo di ritorno nel mio appartamento. Matías disse: «Ho fame». Prese una mela dalla fruttiera e la sbucciò con il suo temperino. A questo punto mi guardò e chiese: «Ti senti bene?» «Sì», mentii. «Sto bene». Andai in bagno e vomitai.

Quando tornai in soggiorno, Matías aveva finito la mela e aveva messo un disco sullo stereo: la Fantasia *di Schumann. Aveva l'aria felice, quasi raggiante. «Ruperto», disse. «Oggi ti sei comportato molto bene. Hai fatto ciò che ti ho chiesto e non hai avuto paura. Sono orgoglioso di te. Ti ricompenserò». Si versò un cognac, mi guardò con un ampio sorriso e annunciò: «Ti farò conoscere la mia casa». Una gioia improvvisa si impossessò di me. Sapevo ciò che questo gesto di Matías significava: ormai non c'era più bisogno di segreti tra noi, la sua fiducia in me era totale. «Grazie, Matías», dissi quasi in un sussurro. «Molte grazie». Scoppiò a ridere. «Non essere sciocco», disse affettuosamente. «Prima o poi doveva succedere. Ti aspetto domani stesso. Alle sei. È più o meno l'ora in cui esci dal lavoro, no?». Risposi di sì, ma che avevo in mente di andare a comprarmi dei libri e un paio di camicie. «Non possiamo fare più tardi?» «Più tardi?», esclamò quasi seccato. «Quando?» «Alle otto e mezzo o alle nove», proposi esitante. «No», disse Matías scuotendo recisamente la testa. «Devi venire alle sei. Più tardi non posso». «D'accordo», accettai. Allora prese un foglio di carta, ci scrisse sopra qualcosa e me lo consegnò. «Ecco», disse. «Questo è il mio indirizzo. Come vedi, caro cugino, puoi venire a piedi». Dovetti rileggere più volte ciò che aveva scritto sul quel pezzo di carta prima di poter credere ai miei occhi: Matías abitava a due soli incroci da casa mia. E più esattamente nella mia stessa via.*

XII

Passai tutto il giovedì a scrivere il racconto di Matías, febbrilmente, come un ossesso. Lo terminai verso sera. Salii in macchina, andai alla posta e spedii la voluminosa busta per espresso.

Tornai al *Corto Maltese*. Susy era in spiaggia, con la biografia del grande George sulle gambe, leggermente china in avanti, immersa nella lettura.

Mi fermai accanto a lei. Mi guardò con gli occhi chiari pieni di lacrime.

«Lo so», dissi. «È morto Gershwin».

Annuì.

«Aveva appena composto *Love walked in*», disse.

Le tesi un cioccolatino.

«Prendi. Ti ho portato un regalino. Avevo il presentimento che ne avresti avuto bisogno».

Il venerdì il tempo migliorò.

Ottobre volgeva al termine e decideva di andarsene lasciandoci un buon ricordo. Passammo tutto il giorno a prendere il sole.

Alle sei comparve Ferni. Baciò Susy.

«Te l'hanno detto, tesoro, che ti voglio tanto bene?», domandò.

Susy sorrise e non disse niente: si limitò a scompigliargli i capelli con un gesto affettuoso. Andammo in cucina. Aprimmo delle lattine di birra. Ferni alzò la sua.

«Brindo a domani», disse. E, solennemente, aggiunse: «Il gran giorno».

Era vero: domani era il gran giorno.

Fu forse per questo che decisi che quella sera, al *Douglas*, avrei fatto un discorsetto.

XIII

Signore e signori, buona sera. Quel distinto signore che vedete al bar, con un whisky nella mano destra, molto vicino al barman nel caso avesse bisogno di altro carburante, si chiama Anselmi. Per meglio dire: il signor Anselmi. Più precisamente: il proprietario di questo locale. A mio parere, ha un piccolo difetto: si terrorizza ogni volta che io mi metto a parlare invece di suonare il piano. Mi spiace tornare ad arrecargli tale disturbo stasera.

Prometto, tuttavia, di essere gentile e non aggredire nessuno. Neppure, forse, me stesso. Accade semplicemente che negli ultimi giorni sia stato perseguitato da un'idea grandiosa. Non sono certo, mi affretto a chiarire, il primo a cui succede una cosa simile. Teologi, filosofi e letterati ci hanno perso innumerevoli ore di sonno. Signore e signori, rullino i tamburi, vi parlerò del male.

Come diceva Paul Anka, so che tutti conoscete la storia di Adamo ed Eva. Ma questa storia non sarebbe mai esistita – e neppure nessun'altra, perché questa diede origine a tutte – senza il contributo di Eva, del serpente e della mela. Insieme distrussero quella noiosa località, eternamente uguale a se stessa, chiamata paradiso terrestre. E sebbene creda che la cosa non sia piaciuta affatto al Creatore, che non invano, al contrario, giustamente castigò Eva, credo anche che nella Sua infinita saggezza, segretamente, debba aver ammirato il coraggio della madre di tutti noi, la sua terribile disobbedienza. In fin dei conti, è a causa sua che, nel bene o nel male – o più precisamente: *sotto entrambi gli auspici* – è cominciata la storia umana. Lo dobbiamo a Eva. Non a quel mediocre, timorato di Adamo. Brindo in suo onore. Grazie, Eva.

Più tardi, molto più tardi, ci fu un filosofo che disse che il male era il motore della storia. Un tipo intelligente, Hegel, credetemi. Sin da piccolo intuì che tutte le cose devono prima andare a rotoli per poi trasformarsi. Che non c'è niente di più simile a una pietra del bene. E che solo quando il bene si autodistrugge, lasciando uscire dalle proprie viscere il mostro che nasconde in sé, la cosa si fa interessante, si modella, si completa. Perché possiamo dire di qualcuno che è buono, signori, soltanto quando è sceso nei gironi dell'inferno.

Altrimenti, siamo sinceri: i bimbi innocenti ascolterebbero con interesse la favola di Cappuccetto Rosso se non intuissero che in un dato momento, in un dato terribile e inesorabile momento apparirà il lupo?

Vi propongo un esperimento. Ascoltate: c'era una volta una bambina tanto, tanto buona, di nome Cappuccetto Rosso. Una mattina decise di andare a trovare la nonna e uscì di casa. Aveva con sé un cestino. Attraversò il bosco per la strada più breve. Giunse così in men che non si dica alla casa della nonna e le consegnò il cestino. Pane, burro e marmellata, questa fiaba è terminata. Vi è piaciuta? Siamo franchi: era una schifezza. Il lupo non si è fatto vedere. E senza lupo, signori, non c'è favola che tenga.

Sarebbe interessante l'insulsa Biancaneve se non fosse per la sua feroce e fantasiosa matrigna? Chi, se non la strega del bosco, ha permesso a Hansel e Gretel di scoprire quanto fossero coraggiosi e crudeli, al punto di osare cuocerla nell'acqua bollente? Chi, se non la fata maligna, ha avvelenato il fuso facendo addormentare la Bella Addormentata in modo che il principe potesse svegliarla con un bacio? Poi, meglio non pensare come dev'essere stato quel matrimonio. Una lagna assoluta. Salvo, naturalmente, che la fata maligna non si sia degnata di tornare a molestarli, facendo diventare, supponiamo, il principe impotente e costringendo la Bella a cercare consolazione tra le braccia di qualche ben dotato taglialegna. Così, non dubitate, la storia tornerebbe a farsi interessante.

Ricordate ora James Cagney e Pat O'Brien che, nelle scene iniziali di *Angeli con la faccia sporca*, ancora molto giovani, fuggono disperati dalla polizia. Si infilano in una strada senza uscita, chiusa da un alto muro, quasi insuperabile. O'Brien corre più veloce, riesce a scalare il muro e fuggire. Poi si fa prete. Cagney viene catturato dalla polizia e portato in riformatorio, dove diventa definitivamente un gangster. Sarà, a partire da quel momento, il cattivo, e tutto il film ruoterà intorno alle sue prepotenze. Che cosa sarebbe successo se Cagney fosse riuscito a scalare il muro insieme a O'Brien? Molto semplice: avremmo due preti, e nessuna storia.

Con questo non voglio dire – vi prego: no – che soltanto le storie dei cattivi sono interessanti. Si tratta d'altro: in tutte le storie dev'esserci un cattivo, e tutti noi, prima o poi, dobbiamo affrontare il cattivo che ci portiamo dentro. E per poterlo fare, per quanto ci spaventi, dobbiamo lasciarlo uscire.

Dal canto mio, uno di questi giorni, forse domani stesso, ho intenzione di fare qualcosa di simile. Per esempio: dare un calcio al tavolo da gioco con tutte le sue carte, far saltare la scacchiera con tutte le sue pedine, trasformarmi, per una volta almeno, ad ogni costo, nel lupo della favola.

CINQUE

La festa

I

La casa sembrava un allegro falò all'orizzonte. (Lo riconosco: ho un debole per le metafore kitsch). Arrivammo presto. Tutte le luci della villa erano accese (è quel che ho cercato di dire all'inizio), tranne una. Proprio quella della camera da letto di Salas. Coincidenza, predestinazione, simbolo tragico o fortunato? Parcheggiammo la Citroën e scendemmo.

Susy in nero, scollata, pelle lustra e dorata, spalle, fianchi, lunghe gambe e movimenti sicuri, tutto ciò di cui aveva bisogno quella sera e (almeno in quel momento lo pensai) anche di più. Io con il mio vestito blu, vecchio anche se tirato a lucido. Senza fianchi, scollatura né lunghe gambe, però lustro. Rifiutai il whisky che uno schiavo di lusso, che reggeva in alto un vassoio, mi offrì prima di entrare in casa.

C'era gente, dentro, molta. Parlavano, affermavano, negavano, questionavano, elogiavano, denigravano, esibivano insomma, quasi impudicamente, il vasto repertorio delle loro passioni. Un'orchestrina (non più di quattro o cinque elementi, lindi e sorridenti) cercava di fare di *Deep Purple* qualcosa di elegante e sofisticato, insinuante, ripugnantemente fine, in tono con la speciale qualità del pubblico. La musica giungeva da lontano, smozzicata, sempre coperta dalle risate, dalle parole infinite e dal fragore della cristalleria. Vari tavoli, distribuiti per la sala con encomiabile strategia, facevano bella mostra di sé traboccanti di roba da mangiare, e riconosco che roba da mangiare è un'espressione infame per definire ciò che vedevo, ma non ho intenzione di ritirarla. Rifiutai un secondo whisky. Lo rifiutai con un gesto quasi inesistente, con un sorriso indispensabile o, forse, di disprezzo. Come se fossi uno di loro. Lo schiavo di lusso, con i suoi guanti bianchi e il suo vassoio scintillante, accolse il rifiuto in silenzio e si allontanò in cerca di qualcun altro da servire.

Fu allora che Salas ci vide.

Era circondato dai suoi, da gente come lui, che vestiva, parlava, pensava e occupava lo spazio come lui. Perché non c'è niente che definisca una persona meglio del modo in cui occupa lo spazio: alcuni lo fanno come se chiedessero il permesso, a volte nascondendosi, o tentando un eroico colpo di mano; altri lo coprono per intero, stando esattamente dove stanno, conferendo peso alla realtà, giustificati. Io devo inventarmi qualcosa tutti i giorni.

Salas, come al solito – anzi, no: forse con più entusiasmo del solito –, baciò Susy e mi strinse la mano. Aveva il viso leggermente arrossato, lucido, non per l'alcool, però, bensì per un altro tipo di ebbrezza, quella che tradiva con il suo ampio sorriso, con tutti quei denti bianchi e regolari, o nel modo in cui si diresse verso di noi, non limitandosi a mettere un piede avanti all'altro, come un qualsiasi mortale, ma consapevole di essere il padrone assoluto di quella casa, di quella festa e di tutte le trame, segrete o evidenti, che si tessevano quella sera.

Di tutte, tranne una. Io lo sapevo, e in questo consisteva il mio vantaggio.

«Siete arrivati proprio quando cominciavo a notare la vostra assenza», disse.

«È il nostro stile», risposi.

Ci prese a braccetto, mettendosi in mezzo a noi.

«Venite», disse. «Voglio farvi conoscere i miei amici».

Ci presentò non meno di trenta persone. C'era di tutto in quella giungla: convenzionali banchieri che fumavano sigari, pesantemente reclinati sulle loro poltrone, ostinati orologi d'oro con catena sull'addome, intenti a districarsi in sontuosi labirinti finanziari; le loro mogli, con i lunghi colli coperti di perle ma ormai incartapecoriti dall'implacabile trascorrere degli anni, con più anelli che dita, intente a parlare tra loro o a partecipare distrattamente alle inestricabili conversazioni dei loro mariti, dicendo sempre di sì, o di no, o che non importa con la stessa mortale freddezza con cui sorridevano; allampanate modelle quasi invisibili di profilo; scrittori che parlavano di sesso, calcio, violenza, psicanalisi e sintagmi, o che nominavano Freud, Sartre, Barthes e Lacan come se li tenessero nel ripostiglio di casa loro e li facessero uscire tutte le sere per prendere un po' d'aria e fare pipì, e che mi guardarono con infinito disprezzo e affermarono di non conoscermi quando Susy mi presentò come uno di loro (per l'amor di Dio: no); attrici dalle lunghe ciglia, dagli occhi neri e belli, sedute dritte come se avessero inghiottito un ombrello, che enumeravano premi e festival, affermando che la vita – a volte – è «quasi terribile»; e medici, architetti, e giornalisti, e registi, e scenografi, e – insomma – tutto quello che si può immaginare esista a questo mondo (non stiamo parlando del macellaio dell'angolo). Compreso io.

E Anselmi.

«Aveva ragione», disse stringendomi la mano. «Non è male quel vestito».

«Grazie. Non sa quanto mi sollevi sentirglielo dire».

«Non sembra neanche lucido».

«In otto anni l'ho stirato tre volte. Difficile che sia lucido. Lo vede: l'unico sistema per far durare le cose è non usarle».

Questa frase l'ho imparata da Charlie Chan. Ne ricordo anche altre. Per esempio: «Dove si può andare partendo dalla cima se non verso il basso?». Problema che non ho mai avuto. Per me vale il contrario: «Dove si può andare partendo dall'abisso se non verso l'alto?». E che nessuno lo neghi: è una massima estremamente incoraggiante.

Anselmi fissò i suoi occhietti maligni semichiusi nei miei, tirò fuori uno di quei sigari che gli mandava il suo amico cubano e lo accese. Disse:

«A dopo, signor Navarro. Si comporti bene».

«Whisky, signore?».

Uno zio Tom scolorito mi aveva messo il vassoio sotto il naso e aspettava una risposta sfoderando una smorfia assurda che voleva essere un sorriso. Questa volta accettai.

Salas e Susy, in piedi accanto a uno dei tavoli, bevevano e conversavano elegantemente. Il nostro architetto risplendeva (oh, Valentino dell'umida pampa) e si eccitava visibilmente ogni volta che Susy gettava indietro la testolina e rideva con la sua risata numero tre, la migliore, perché è limpida e calda, ma al tempo stesso, in un modo magico, ha qualcosa del lamento viscerale di una gatta in calore. Quando le riesce bene, è impressionante.

Bevvi un lungo sorso di whisky e cominciai ad attraversare la sala. Nessuno aveva ancora cominciato a mangiare. Era l'ora dell'alcool e delle chiacchiere. Quelli dell'orchestrina, nel probabile desiderio di farsi sentire, attaccarono *I got rhythm*. Adesso sì: il frastuono era infernale. Il trombettista suonava peggio di Gunga Din. Almeno Gunga Din andava a tempo.

Uscii sulla veranda e chiusi uno dei finestroni. Non scese il silenzio, ma quasi. Mi misi a fischiare piano *Com'è alta la luna*, perché, per mia disgrazia, era proprio così. Alta e luminosa. C'era troppa luce in quel parco. Avrei dovuto moltiplicare le precauzioni (bella frase, eh?) quando l'avessi attraversato per andare a prendere la Nikon. Sul serio: come fare per non essere visto? Era un lavoro per The Shadow: «Un pezzo di oscurità si staccò dall'oscurità. Nessuno se ne accorse. Era The Shadow!». Costavano trenta centavos quei giornaletti. Me li divoravo come le mie unghie. Poi non riuscivo a dormire e mi alzavo quattro o cinque volte, scalzo e silenzioso, per fare pipì o sfuggire a The Shadow che si ostinava a rimanere lì, ai piedi del letto, con il suo immenso copricapo di ali di uccello da rapina, graffiandomi e strattonandomi la coperta con le unghie affilate, guardandomi con quegli occhi di fuoco, ancora più terribili che sulla copertina dei giornaletti. Ancora oggi, alcune notti, ricordo quello sguardo: mi rigiro nel letto, lancio a bassa voce un'imprecazione di scongiuro e mi riaddormento.

La camera da letto di Salas era sempre buia.

Accesi una sigaretta. Allora li vidi: alla mia sinistra, due individui alti, corpulenti, stavano conversando. Nonostante la luce che arrivava dalla sala, non riuscii a riconoscerli. Infine si diedero la mano e uno di loro si diresse verso di me. Era Leonardo. Indossava un vestito bianco con l'evidente intento di mettere in risalto il colorito bronzeo del viso.

«Buona sera, Ismael», disse. E se fu sorpreso di trovarmi lì, non lo diede a vedere in nessun modo. Domandò: «Da cosa stai fuggendo? Dalla musica, dall'alcool o dagli invitati?»

«Da Dio», avrei potuto rispondere. Un personaggio de *Il filo del rasoio* rispondeva una cosa del genere a Tyrone Power e in quel momento (Hollywood) scoppiava un tuono apocalittico. «Da me stesso», avrei anche potuto rispondere. Ma era cattiva letteratura. Dissi:

«Avevo bisogno di un po' d'aria fresca». Era la risposta peggiore, ma per Leonardo andava benone.

«Ti sentivi soffocare, dentro?», domandò.

«Un po'. Quasi come te». Mi guardò incuriosito, la fronte lievemente aggrottata. Proseguii: «Anche tu sei qui, no? Da chi stai fuggendo?»

«Da niente. Avevo bisogno di un po' d'aria fresca».

«Guarda che combinazione».

Mi appoggiò una mano sulla spalla ed esercitò una certa pressione con le dita. Ricordai la palestra che mi aveva mostrato Sergio. Anche Leonardo si allenava lì?

«Sì, una semplice combinazione».

Allentò la pressione delle dita e ritirò la mano.

«Ciao», disse.

E si tuffò nell'inferno.

Spensi la sigaretta. Guardai di nuovo verso la camera da letto di Salas. Era sempre immersa nella penombra. Non solo: le finestre erano chiuse. Sentii qualcosa serpeggiarmi nello stomaco (è una delle immagini di cui mi servo per descrivere l'ansia. Non è Kierkegaard ma è quello che succede a me). *Niente era ancora deciso, quella notte.* Con infinita cautela, ma al più presto, sarebbe stato necessario entrare in quella camera, aprire le finestre, accendere le otto luci del lampadario e tornare inosservato, candido, allo strepitoso anonimato del salone.

Udii dei passi alla mia sinistra e mi voltai. L'omaccione che poco prima stava parlando con Leonardo mi si avvicinava con passo pesante.

«Buona sera, Navarro», lo sentii dire prima di poterlo riconoscere. «Posso chiederle una sigaretta?».

La luna illuminò i suoi grandi denti gialli. Era Boris.

«Anche lei qui?», domandai mentre gli porgevo le mie democratiche Jockey Club.

Boris si strinse nelle spalle con aria stupita.

«Andiamo, Navarro», disse in tono condiscendente. «Non mi dica che la cosa la sorprende. Mi faccia accendere».

Gli accesi la sigaretta. Dissi:

«D'accordo: non mi sorprende».

«Guardi», spiegò. «È semplice. Quando in una casa, dentro, c'è gente come quella che c'è qui, fuori dev'esserci qualcuno, o più di uno, come me. Badiamo a loro, capisce». E ripeté, scandendo le sillabe: «Badiamo a loro».

«Cazzo, ora sì che mi stupisco. Lei è un vero pensatore».

Fece un tiro profondo dalla sigaretta. Disse:

«Non sono uno stupido, se è questo che vuole dire. E non se ne stupisca». Mi prese per un braccio. «Venga, mi dia retta, vada dentro. Lei è un invitato e deve stare lì. E poi qui fa freddo, è buio e io potrei scambiarla per un malintenzionato. Esca quando escono tutti, Navarro, non prima».

Obbedii. La sua voce, tuttavia, mi trattenne prima che potessi rientrare in sala.

«Navarro».

Ci guardammo. Disse:

«Poi suoni qualcosa al piano, per favore. Anche da qui, mi piacerebbe sentirla. E grazie per la sigaretta».

Feci un gesto vago che poteva significare qualsiasi cosa da «d'accordo» a «non c'è di che» ed entrai nel salone.

Per un lungo momento, non riuscii a smettere di pensare alla scena. Soprattutto a quella prima immagine di Leonardo e Boris, soli, al riparo delle ombre della veranda, che parlavano e infine si stringevano la mano come se fossero giunti a qualche segreto accordo.

Era così o ancora una volta la mia fantasia arricchiva la realtà distorcendola? Non ricordai nessun proverbio di Charlie Chan che potesse rispondere a questa domanda.

II

Gli eleganti invitati si erano appena gettati sul buffet freddo. Non tutti erano uguali. Alcuni si portavano alle labbra soltanto dei bocconcini, masticavano da un solo lato, tenevano il coltello tra l'indice e il pollice e il mignolo alzato (non è poi così difficile), bevevano vino bianco a sorsettini e appoggiavano delicatamente sulla bocca, come distratti, una minima porzione del tovagliolo. Altri mangiavano come maiali. Si sa, è la storia del nostro paese: le nostre classi possidenti hanno subito e tollerato (per necessità) l'infiltrazione immigratoria. «Violeranno le nostre vergini!», piagnucolava Cané. Non si sono limitati a questo. Hanno violato (almeno quella sera lo fecero) anche le grancevole, il prosciutto in crosta, il caviale, i gamberetti alla crema, le lumache di mare e gli ostriconi cileni, la mousse di tonno e perfino l'indifesa tacchina. Come uno stendardo al vento, Anselmi era il più attivo di tutti.

Mi avvicinai a Susy. Era sola, all'estremità di uno dei tavoli, e stava ancora bevendo whisky.

«Non mangi?», chiesi.

«Mi hanno abbandonato e ti stavo aspettando. Non mi piace mangiare sola. Dài, servimi qualcosa».

Preparai due piatti. Anch'io avevo fame.

«Qualche problema?», chiesi.

«No, tutto bene». Poi, sussurrando: «Credo che a Salas secchi mettersi in mostra con me qui. È comprensibile, no?»

«Sì, però...»

«Non ti preoccupare, quando arriva il momento di portarlo di sopra, ce lo porto. Voglio del vino».

Le servii una coppa. La riempii solo fino a metà.

«Occhio con l'alcool, bimba», dissi. «Ti voglio lucida».

«Non è per la lucidità, è per il coraggio». Sorrise allegramente. «Guarda che frasi dico», disse. «Mi stupisco di me stessa. Ti è piaciuta?»

«Ottima. L'hai sentito dire a Dean Martin in *Rio Bravo*».

«Non lo sapevo. Sei salito in camera?»

«Abbassa la voce».

«Va bene. Sei salito in camera?»

«Non ancora. È buia e ha le finestre chiuse».

«Al lavoro, allora, Ismael. Sei tu il primo ad andare in scena».

«D'accordo. Solo che prima voglio nutrirmi bene. La grancevola è un delirio».

«Non dimenticare le ostriche».

A questo punto arrivarono loro. Loro: Cu e Lo. Ci avevano avvistato da lontano e si facevano largo verso di noi a gomitate, sventolando mani che dicevano ciao, siamo noi e siamo molto allegre stasera! (o qualcosa del genere), sbattendo le ciglia, scoprendo i denti, dimenando le anche, insomma, idiote come al solito. Tra loro avanzava come se levitasse una sfinge di quasi un metro e ottanta, occhi grigi, labbra carnose e semiaperte, zigomi, dentoni e capelli biondi sparpagliati su certe spalle ossute e vagamente mascoline.

«Che piacere vedervi!», strillò Cu. «Non so perché, ma pensavo che non vi avrei visto stasera».

«Alla realtà piacciono le simmetrie», citai rimpiazzando Charlie Chan con Borges. «Neanch'io mi aspettavo di incontrarvi qui. Non avete nessuna sfilata all'Hotel República, oggi?»

«No, no», disse Lo. «Oggi riposiamo. Persino la signora in persona è venuta con noi. Non la conoscete?» E indicando la sfinge: «Lei è Eva Andersson, Ismael. Niente meno».

Feci un lieve inchino guardando i suoi occhi grigi, fino all'abisso.

«Io sono Ismael Navarro, signora. Nient'altro».

«Ed io Susy», disse Susy, molto semplicemente.

Eva Andersson sorrise con la sua boccona carnosa e sicuramente carnivora, dilatando gli zigomi e socchiudendo le palpebre con aria misteriosa. Pareva uscita da un film di Bergman: ci mancava solo che morisse di cancro o si suicidasse. A questo punto parlò e disse:

«*Svensydow vonjan tröellmax ullmannharriet. Bibingrid sjostromthulin. Günnelmarik nykvistovos lindblomtor liv. Jan, jan, svenbibi. Bibi, bibi, liv, liv. Man maringberg man*».

«Cos'ha detto?», chiese Susy, sempre molto semplicemente.

«Non lo so», disse Cu. «Parla sempre così. Non capiamo niente. Ma non è divertente?»

«E come fa a dirigere le sfilate?», chiesi.

«Ah, no», riconobbe Cu, «quando c'è qualcosa che non va e si infuria, capiamo tutto, fino all'ultima parola. Certo, non è tanto difficile».

«Perché?»

«Perché dico tornatevene da quella puttana di vostra madre, troiette di merda», disse Eva Andersson.

Osservai di nuovo i suoi occhi grigi. Pieno d'ammirazione, dissi:

«Questo è castigliano».

«*Sydowmanberg günnelvon thulin. Liv, liv, bibi*», mi ringraziò, credo.

Poi prese per mano Cu e Lo, una da una parte, l'altra dall'altra, disse in tono autoritario «*Liv, liv, vonsven!*» e sparì con loro. Ciononostante, attraverso il ruggito della moltitudine, riuscii a sentire la voce di Cu:

«Non suoni qualcosa al pianoforte, Ismael?».

Susy finì la sua coppa di vino bianco e si riempì il piatto di grancevola. Impossibile dubitarne: aveva fame.

«Prima o poi dovrai farlo», commentò.

«Suonare il piano?».

Fece un gesto affermativo.

«Neanche morto», dissi. «Se c'è qualcuno, qui, stasera, che deve evitare di mettersi in mostra, sono io. E poi, siccome non te ne sarai accorta, ti informo che quelli dell'orchestra, che sicuramente ti vorranno accompagnare, sono tremendi. Suonano tutto in re minore. Finiranno per comporre un concerto per violino. Passami il vino. Me ne ciuccio ancora un po' e mi butto nel crimine».

III

Dopo il dessert, tornarono i drink e le chiacchiere. Tutti si diedero a spargere la loro esigua *Weltanschauung* per la sala. Alcuni, come Salas e non avrebbe potuto essere altrimenti – ebbero maggior fortuna e raccolsero ascoltatori entusiasti, inclini all'ammirazione chiassosa e debordante. Ci fu addirittura qualcuno che riuscì a incorrere nel seguente eccesso: «Bravo, architetto!». Fu allora che mi unii al gruppo.

Salas, appoggiato a una grande poltrona, le gambe incrociate, un whisky in una mano, una sigaretta nell'altra, il volto serio, le sopracciglia aggrottate, l'espressione trascendente, saggia, come se fosse al di là del bene e del male, anzi, come se fosse esattamente dalla parte del bene e la verità avesse scelto le sue labbra per rivelarsi al mondo, parlava con voce leggermente roca ma convincente. Forse arrivai a invidiarlo in quel momento. Riposava sull'ideologia ufficiale come chi galleggia in una lussuosa piscina lasciandosi baciare dal sole. Era un uomo che credeva appassionatamente in ciò che gli avevano insegnato a credere. Quando le cose stanno così, si punta sempre sul numero del potere, che alla fin fine è quello che ha più probabilità di uscire alla roulette.

«La situazione politica del paese mi preoccupa», diceva. «Quello che manca non sono le idee, sono gli uomini. Di idee ce ne sono fin troppe, e comunque servono solo a ingarbugliare le cose più di quanto non lo siano già. In Argentina, invece, è dal 1880 che non esiste una generazione lucida e organizzata. Una vera classe dirigente».

«Formidabile, architetto», lo elogiò un uomo alto e magro,

dal naso aquilino, un paio di baffetti sottilissimi e un sorriso sornione. Un militare, insomma. Anzi: l'esatta replica del generale Montgomery, nonché un omaggio del sottosviluppo all'eminente *British Warrior*.

«Quello che ci vuole è una gerarchizzazione del paese».

«È questo che manca, ed è di questo che il paese ha bisogno», proseguì Salas. «Finché questo problema non sarà risolto, è assurdo parlare di democratizzazione. La democrazia, per la maggior parte dei nostri politici, continua a essere sinonimo di populismo. E Dio ci scampi dal populismo».

Terribile ammonizione che scosse profondamente la platea, obbligando la maggior parte degli astanti a scrollare cupamente la testa ripetendo «Dio ce ne scampi!» e gli altri a levare gli occhi al cielo, stringere i denti e ruggire «piuttosto l'olocausto». Facevano sul serio.

Salas proseguì:

«La democrazia è il vizio dell'Occidente».

Questo passaggio (IDEA-Borges) lo conoscevo anche meglio del precedente. Mi avviai verso le scale. Era il momento di scomparire. Feci ancora in tempo a sentire:

«Se l'Occidente non si trasforma in un impero, muore. Non dubitatene, signori».

A questo punto, applausi frenetici. Magari, ora, qualcuno avrebbe proposto il linciaggio di qualche indifeso politico radicale della zona.

Arrivai alle scale. Lasciai il bicchiere su un tavolo. Cercai gli occhi di Susy. Mi fece un discreto cenno affermativo. Cominciai a salire. Ero quasi arrivato in cima senza essere visto, quando comparve qualcuno. Esatto: proprio come in quei film in cui l'eroe arriva faticosamente in cima alla montagna e lì compare il cattivo per calpestargli le mani. Il cattivo si dipingeva un neo sulla guancia, vicino alla bocca, ed era di un pallore esecrabile.

«Sempre a sfuggire la gente, Ismael», disse. «O disprezzi tutti, o sei affetto da una lebbra incurabile e vai in bagno a grattarti in segreto. Quale delle due?».

IV

Per quanto riguarda la festa di sabato (o di ieri, se preferisci), molto tranquilla non ero. Ci eravamo lasciati male con Alejandro alla villa di *Los Acantilados*. Lui, almeno, era piuttosto arrabbiato. Era praticamente impossibile immaginare di che umore sarebbe stato alla festa. Inoltre tu, e perché no, anche un po' Fernando, avevate insistito tanto sull'importanza di quello che ci saremmo giocati quella sera, che, non so se te ne accorgesti, mi infilai in un bagno appena arrivammo. Fare pipì è uno dei modi più efficaci che conosco per scaricare i nervi.

Poi ti persi. Parlasti un poco con Anselmi e, credo, uscisti anche sulla veranda. Credo, dico, perché è così: non ne sono sicura. Io ero con Alejandro in quel momento. Appena appoggiata all'estremità di un tavolo, bevendo un whisky e inclinando la mia testa bionda un po' all'indietro ogni volta che ridevo. Stavo così. E credimi: ero molto brava.

Alejandro sembrava essersi ripreso. Attenzione: non come se gli fosse passata l'arrabbiatura. Ma di nuovo voglioso. *In the mood for love*, direi. Questo mi aiutò, mi diede fiducia. Ricordo che pensai: non avrò bisogno di andare in bagno per tutto il resto della serata. Lui allora mi versò un altro whisky. Ora non parlavamo quasi più, ci guardavamo e sorridevamo. Improvvisamente, disse: «Sei molto bella stasera». E lo disse proprio mentre l'orchestra attaccava *The way you look tonight*. Dì: non è meravigliosa la realtà, a volte? Lo vedi in un film e non ci credi.

Non durò molto, però. Qualcuno, un uomo (non chiedermi chi, ma aveva l'aria di un militare: alto, quasi rapato, naso aquilino, magro e nervoso) ci passò accanto e disse soltanto: «Buona sera, architetto». Frase che, se ci pensi – io, almeno, ci pensai – era completamente assurda: come, *buona sera, architetto*? Possibile che ci fosse qualcuno che non aveva ancora salutato Alejandro a questo punto della festa? E supponendo che fosse appena arrivato: era questo il modo di salutarlo? No: c'era sotto qualcosa. Buona sera architetto non era un saluto. Era una minaccia, un avvertimento, un segnale o qualsiasi altra cosa. In ogni caso, qualcosa che ignoravo completamente.

L'effetto fu immediato: Alejandro arrossì come se tutti gli occhi fossero puntati su di lui. O su di noi. Perché il problema, me ne accorsi immediatamente, stava proprio lì: che ci vedessero insieme. Goffamente, senza neppure osare guardarmi negli occhi, balbettò un paio di frasi per giustificare ciò che stava per fare: mollarmi. Doveva occuparsi degli altri ospiti, disse. C'era molta gente quella sera, e lui era solo, dovevo capirlo, e in ogni caso, più tardi. Ti rendi conto? *Più tardi*: racchiuse in queste due paroline di merda tutte le speranze che aveva potuto lasciarmi. Sparì tra la gente. Pochi istanti dopo, lo vidi conversare con il tipo che l'aveva salutato: quello del fatale *buona sera, architetto*. Mi prese la tristezza: era proprio legato mani e piedi?

A questo punto comparisti tu. Venivi dalla veranda e avevi fame. Avevi, inoltre, la tua abituale dose d'ansia. «Qualche problema?», mi chiedesti. Ti tranquillizzai: quando fosse giunto il momento di portare Salas di sopra, l'avrei fatto. Fu difficile: in quel momento non ero affatto sicura che le cose potessero andare così. Soprattutto: così facilmente. Ma almeno ti calmai. La tua ansia, Ismael, non figura tra le cose che mi piacciono a questo mondo.

Mezz'ora più tardi, salivi in camera di Salas. Era la tua parte: accendere le luci e aprire la finestra. Poi sarebbe toccato a me. Appena scendesti me lo facesti sapere: tu avevi fatto. Bastò che mi guardassi e mi facessi un lieve cenno del capo perché capissi. Prendesti un whisky e cercasti la compagnia delle due puttanelle, Cu e Lo, e di quella stranissima Eva Andersson. Anche Leonardo era lì con loro. Ti vidi ridere, ti vidi accendere una sigaretta, bere il tuo whisky e seppi che ti eri rilassato. Soprattutto, credo, rimanesti lì per eludere la presenza di Sergio, che salendo avevi incontrato sulle scale, e che ora continuava a guardarti, non troppo lontano da te, appoggiato a una portafinestra, come se facesse la guardia all'uscita, aspettando – con un'incredibile ostinazione, Ismael – quella seconda occasione che, per tua disgrazia, sarebbe arrivata. È malato. Non solo: è un assassino. Ora lo sai.

Il mio turno. «Avanti, bambola», mi dissi – perché è così che mi rivolgo a me stessa, a volte: bambola. «Ora hai solo bisogno di un po' di coraggio». Sai che mi piace dire e fare le cose che vedo nei film. E tutta questa storia – che vuoi farci: sono fatta così – assomigliava sempre più a un film: era talmente incredibile. Così presi il mio bicchiere e lo vuotai in un fiato. E se non mi asciugai le labbra con il dorso della mano fu perché non sarebbe stato adeguato in una festa tanto chic.

Alejandro ora stava parlando con due tizi in là con gli anni, come si suol dire, che è come dire due vecchi barbogi, perché erano grassi, brutti, rugosi e, scommetto, impotenti. Il disprezzo aumentò il mio coraggio, che non era poco. Non so perché: ma credo che avrei fatto più fatica a interromperlo se fosse stato con due donne. Due donne di classe, naturalmente. Diciamo: del mio tipo. Non è così? Ma no: erano solo due pensionati presuntuosi, e sicuramente stava ripetendo loro una di quelle frasi che gli piacciono tanto: che l'Occidente è il vizio della democrazia, o qualcosa del genere. Lo presi per un braccio e lo costrinsi a voltarsi verso di me. Fresca come una rosa, dissi: «Mi scusi, architetto. Vorrei parlarle un momentino. Si può?». Mi guardò come se volesse cancellarmi dalla faccia della terra. Io, impavida.

V

«Nessuna delle due», dissi. «E non mi sembra educato che un giovinetto tanto perbene come te dia del lebbroso a un signore della mia età. Cosa ne pensi?».

Non gli piacque affatto: il sorriso gli scomparve dalla faccia e gli tremò perfino il neo. Disse:

«Non ti ho dato del lebbroso. Era solo un'ipotesi».

«Non c'è niente di più offensivo delle ipotesi. Pensaci. È un'ipotesi».

Si strinse nelle spalle e mi chiese una sigaretta.

«Le ho finite», mentii.

«Peccato», commentò.

«Sì, peccato. Soprattutto perché non c'è nessuno a cui chiederle. Qui tutti fumano sigari».

Lasciò vagare lo sguardo sul salone. Aveva gli occhi affaticati, sempre un po' arrossati. Disse:

«Una festa di merda, vero?»

«Non so. Tuo zio ha l'aria soddisfatta. In fin dei conti, è la *sua* festa».

«Suonerai il piano?»

«No».

Mi mise una mano sulla spalla. «Che peccato», disse di nuovo.

Gli scostai la mano. «È un vecchio vestito, Sergio», dissi. «È meglio non toccarlo troppo».

«Come vuoi».

«È questo che voglio. A dopo». Salii le scale. Una volta di sopra, mi guardai alle spalle: non c'era più.

VI

Quella notte non riuscii quasi a chiudere occhio. Venire a conoscenza della vicinanza dell'abitazione di Matías e sentirmi sorvegliato, controllato, addirittura perseguitato da lui fu tutt'uno. Come potevo essere sicuro, ora, che ignorasse che i miei rapporti con Vera non si erano interrotti? Non si erano moltiplicate le possibilità che, in un momento fatidico, l'avesse vista entrare in casa mia? O era forse esagerato supporre che si fosse installato nella mia stessa via proprio per controllare se gli avevo obbedito?

Il giorno seguente, in banca, svolsi il mio lavoro in qualche modo. Il tempo sembrava essersi fermato. Un'angoscia densa, premonitrice, che mi ostacolava persino il respiro si impossessava di me man mano che le ore passavano. Dopo le cinque, finalmente, potei tornare a casa. Bevvi in fretta un caffè, vidi il mio volto agitato nello specchio e, facendo appello a un coraggio che ignoravo di possedere, mi avviai verso il mio destino. Ovvero: mi avviai verso la casa di Matías. Mi dissi che era eccessivo interpretare i fatti in quel modo. Mi dissi che stavo solamente andando a vedere dove viveva mio cugino. Mi dissi molte altre cose, nessuna delle quali ebbe il potere di mitigare la mia angoscia. Non tardai ad arrivare. Erano, proprio come aveva detto Matías, due brevi, definitivi incroci. Soltanto. Mi fermai di fronte alla casa – un piccolo condominio, simile a quello in cui abitavo io, dipinto di bianco e macchiato dall'umidità e dalle piogge di quel freddo inverno – ed entrai con inattesa decisione, attraversai un lungo corridoio, mi fermai di fronte all'appartamento che

Matías mi aveva indicato e suonai il campanello.

Matías in persona mi aprì la porta. Indossava un pesante maglione e un paio di jeans, e aveva nella mano destra una bevanda alcolica. Sorrise compiaciuto. «Sei in anticipo, Ruperto» disse. «Ti aspettavo un po' più tardi». Era vero. Neppure per un momento mi aveva abbandonato l'ossessiva certezza che alle sei – sicuramente: puntuale – Vera sarebbe andata ad aspettarmi nel mio appartamento. Desideravo, di conseguenza, porre termine al più presto a quella visita e tornare a casa per vederla.

Matías si avvicinò a un tavolino carico di bottiglie e bottiglioni, ne prese uno e versò in un bicchiere alto un liquido verde e spesso che ritenni – ignoro per quale motivo – pericoloso come un elisir diabolico. Si voltò verso di me, mi porse il bicchiere e chiese: «Vuoi bere qualcosa?». Rifiutai. Si strinse nelle spalle con un'indifferenza che era quasi un segno di disprezzo. «Come vuoi», disse. «Peggio per te». E poi: «Ti piace la casa?». Dissi di sì, che era gradevole. Sorrise nuovamente compiaciuto. «Vi custodisco tesori preziosi», disse. E aggiunse: «Sai bene anche tu che le cose non hanno valore in sé, ma per quello che rappresentano, per i ricordi che evocano in noi, per i sentimenti, a volte inconfessabili, che riponiamo in esse». Mi prese per un braccio e mi fece avvicinare a un comò. «Vieni, guarda», disse. Aprì un cassetto e ne tirò fuori, per prima cosa, la metà di un disco rotto. Disse: «È l'altra metà del disco del trio Los Panchos con cui fu punita la zia Etelvina. La metà che la polizia non è mai riuscita a trovare. Non ti sembra un pezzo di inestimabile valore?». Annuii con un lieve, timoroso cenno del capo. Prese allora un coltello, con il filo consumato quasi fino al manico. «Questo lo ricorderai sicuramente meglio», disse sempre più compiaciuto. «Con questo abbiamo eliminato don Carmelo». «È vero», dissi. «Lo ricordo bene». E aggiunsi: «Ora mancano solo le forbici che ho rubato a Toshiro Kurosawa». Affondò nuovamente senza esitare la mano in quel cassetto e me le mostrò: «Belle, vero?» Vincendo la mia repulsione, dissi: «Sì».

Inaspettatamente, allora, mi si avvicinò e mi abbracciò.

«Tutto questo l'abbiamo fatto insieme, Ruperto», disse. «Sei stato un buon compagno, un compagno fedele». Si scostò leggermente e affondò i suoi occhi nei miei: vi rividi quel folle luccichio che mi aveva terrorizzato da bambino. «Però mi hai tradito», disse. «Per una donna, per una schifosa donna mi hai tradito». Veloce come un lampo, mi diede un doloroso, stridente, inequivocabile ceffone sul viso. Il colpo fu tanto forte da farmi arretrare e costringermi ad aggrapparmi a un armadio o a una poltrona – non ricordo bene – per non cadere. «Traditore!», gridò allora Matías. «Traditore! Stupido, vigliacco traditore!». Continuò a gridare come un ossesso, quasi senza controllo. Con uno sforzo sovrumano, riuscii a capire qualcuna delle parole che urlava: che lui, per esempio, mi aveva avvertito, che non dovevo aver rapporti con le donne, che lasciassi Vera, che le donne erano gli esseri più perversi del Creato, e che ora, per colpa mia, per la mia infantile ostinazione, tutto tra noi era rovinato. Mi si gettò addosso, mi prese per le braccia e cominciò a scuotermi violentemente. «Ma non tutto è perduto», disse. «Posso ancora salvarti. Posso ancora aiutarti a vedere la realtà. Me ne dovrai essere eternamente grato, Ruperto». Strattonandomi in modo spasmodico, con violenza, cominciò a trascinarmi verso una stanza – la camera da letto, suppongo – la cui porta era chiusa da quando ero entrato nell'appartamento. «Vieni!», ululò ormai quasi privo di voce. «Vieni e guarda cosa sono e quanto valgono in realtà le donne!». Aprì ferocemente la porta della stanza e mi gettò dentro. «Eccola lì la tua brava fidanzatina!», gridò. «Una cagna traditrice come tutte le altre!».

Nel letto, con gli occhi sgranati e le pupille dilatate dal terrore, coprendosi a malapena con un sottile lenzuolo, c'era Vera.

VII

Aprii la porta della camera da letto ed entrai. Non accesi le luci. Attesi che i miei occhi si abituassero all'oscurità, quindi – non dico in punta di piedi, ma quasi – andai alla finestra. Senza far rumore, scostai le tende e guardai fuori: poche luci, soltanto quelle del salone e i lampioni attorno alla piscina; il parco, deserto; la veranda, in penombra. Era ancora al suo posto, Boris?

Aprii del tutto le tende e spalancai la finestra. Entrò quel che doveva entrare: una brezza fresca e gradevole. Feci quel che dovevo fare: respirai a fondo. Mi fece bene. Tornai allora alla porta della camera e accesi le luci. Erano le stesse otto della mia precedente visita: la scena del nostro delitto era ormai splendidamente illuminata. Non restava altro che commetterlo. Uscii e chiusi la porta.

Tornai nel salone. Susy era sola, sempre alla stessa estremità del tavolo che aveva scelto, sorridendo in modo inevitabilmente misterioso, poiché chi sorride solo – come non dice nessuno – ricorda i propri misteri, e affondava lo sguardo nel suo bicchiere di whisky come se cercasse qualcosa che, ne sono sicuro, non stava cercando. Più verso il centro del salone, o forse esattamente *al centro*, non persi tempo a calcolarlo con precisione, c'era Salas: parlava con due vecchi infatuati, così vecchi e così infatuati che, pensai, forse erano venuti a conoscenza per bocca del generale Urquiza in persona del segreto, mai rivelato, della ritirata di Pavón. È un'ipotesi, non una metafora. All'estremità di un altro tavolo, Cu, Lo, Eva Andersson e ora anche Leonardo, bevevano, ridevano, parlavano e – attenzione: questa sì che è una metafora – scoppiettavano come ceppi di legna appena accesi; non male, eh? In fondo al salone, appoggiato a una portafinestra: la mia ombra sinistra. Il caparbio ammiratore di Hesse e Schumann, con il suo neo e il suo transilvanico pallore. Decisi di sorvegliarlo a mia volta, di non perderlo di vista per il resto della festa: di non commettere l'errore della maggior parte dei mortali. Perché è così: il vantaggio dei vampiri (e l'ha detto Stoker, che se ne intendeva) consiste nel fatto che la gente non crede alla loro esistenza. A partire da quel momento decisi di credere all'esistenza di Sergio.

Cercai lo sguardo di Susy. Era sempre immerso nel bicchiere di whisky. Le puntai gli occhi addosso, convocandola, nello stile del vecchio Lugosi, del quale non ne dubito, in quel momento, avrei suscitato l'ammirazione, se non fosse morto e, contrariamente a tutte le aspettative e i desideri, mai più ritornato. Susy sollevò gli occhi verso di me.

Le feci solo un discreto cenno col capo. Forse neppure quello. Ad ogni modo: lei capì. La mia parte l'avevo fatta.

Cercai un whisky, ne bevvi un bel sorso e mi unii al gruppo Leonardo-Cu-Lo-Andersson.

«Per favore, Ismael», insistette Cu, «sii buono. Suonaci qualcosa».

«Sì, dài, quello che vuoi», mi pregò, quasi, Lo.

Rifiutai. In ogni caso, dissi, più tardi: quando ci fosse stata meno gente.

«A colazione, Ismael», decise Leonardo. «È sempre il momento migliore. A quell'ora saremo rimasti in pochi».

Dissi magari o d'accordo o vedremo o qualsiasi altra cosa che non ricordo perché in quel momento scoprii qualcosa che, ci crediate o no, mi gelò il sangue nelle vene: *Sergio era scomparso*. L'avevo perso di vista un paio di secondi al massimo, lì, appoggiato alla portafinestra. Non aveva avuto bisogno d'altro. Non c'era più.

Cu e Lo accettarono l'invito a ballare di due giovanotti ben vestiti, bronzei e con diecimila ore di canottaggio sulle spalle. Eva Andersson le guardò con aria di disapprovazione.

Aggrottò le sopracciglia e alzò un indice:

«*Liv birger, birger birgitta*», ammonì.

Cu, come se avesse capito, e sospetto che questo sì lo capiva, rispose:

«Non si preoccupi, signora». Mi guardò, sorrise dolcemente e disse: «Ci tiene d'occhio».

Andarono a ballare.

Guardai Susy. Magnifico: stava già parlando con Salas.

Inaspettatamente, Eva Andersson strinse il suo corpo al mio, mi circondò il collo con le lunghe braccia e guardandomi con altrettanto inaspettata dolcezza chiese:

«*Harrieting grid thulinvalberg?*».

Sconcertato, guardai Leonardo.

«Credo che voglia ballare», disse. «Per il momento».

«È un onore, signora. Ma in questo momento non posso accettare». Eva Andersson impallidì, spalancò gli occhi grigi e ruggì parole, suppongo, terribili:

«*Ulf björnstrand!*».

Detto questo, prese Leonardo per un braccio e se ne andò a ballare con lui. Per il momento.

Finii il mio whisky.

Guardai Susy: aveva appena lasciato Salas e si dirigeva verso le scale. Compresi: aveva fatto quel che doveva fare. Era il momento. Ora bisognava agire. Salas non tardò a seguirla.

Decisi che sarebbe stato rischioso, oltre che inutile, uscire nel parco passando dalla veranda, dove sicuramente era ancora appostato Boris, controllando la situazione. No: doveva esserci un'uscita sul retro. Solo che per trovarla avrei dovuto attraversare la palestra di Sergio. Mi sentii peggio di Cappuccetto Rosso al momento di entrare nel bosco: io avevo *già* paura del lupo. Io, che avevo immaginato di essere l'unico lupo di questa favola.

VIII

Non perché avessi bisogno di bere, ma per inerzia o per continuare a offrire quell'immagine spumeggiante vicina all'ebbrezza che sfoggiavano tutti, mi impadronii di un altro whisky. Cominciai allora, schivando alcuni, sorridendo stupidamente ad altri, con aria distratta, tentando di non guardare nessuno perché nessuno guardasse me – teoria che, come tutti sanno, non è altro che un'enorme stupidaggine – ad attraversare la sala in cerca di quell'uscita sul retro che, se si confida in certe leggi elementari dell'architettura, doveva esserci.

Eva Andersson ballava con Leonardo, spalmandoglisi addosso come se il ragazzo fosse una fetta di pane tostato che poi si sarebbe divorata in tre bocconi. Leonardo, dal canto suo, non sembrava affatto insoddisfatto del proprio destino, e forse aveva ragione. L'orchestra era tornata allo stile catastrofico: la musica esplodeva nella sala. Continuai a farmi largo tra la folla. Passai molto vicino ad Anselmi. Evitai di guardarlo, ma non potei fare a meno di notare che stava parlando con tre gorilla della sua stazza e categoria, gesticolando, affumicando tutti con il suo sigaro cubano e superando con il suo vocione lo strepito dei ragazzi dell'orchestra. Non mi vide, gli interessava di più dire quel che stava dicendo che guardarmi. Non mi videro neppure Cu e Lo, le quali, ignorando i prudenti consigli della Andersson, che prudente non era, ballavano e coccolavano con allegra impudicizia i loro campioni di canottaggio.

Nessuno, credo, mi vide. O per l'esattezza: *a nessuno interessò il fatto che stessi attraversando la sala.* Né ai convenzionali banchieri, né alle loro mogli, né alle allampanate modelle, né agli scrittori che parlavano di sesso, calcio, violenza, psicanalisi e sintagmi, né alle attrici dagli occhi neri e belli, né ai medici, architetti, giornalisti, registi e scenografi. A nessuno. Si credevano tutti tanto importanti, meravigliosi, ed erano tanto occupati a dimostrarlo, che la realtà esterna, necessariamente, risultava loro un po' nebulosa. Almeno quanto bastava perché potessi arrivare incontaminato fino in fondo.

Attraversai quindi il lungo corridoio che Sergio, durante la mia precedente visita, mi aveva mostrato tenendomi a braccetto. C'erano tutti quei quadri, le cui cornici – non capisco granché di pittura ma lo sospetto – valevano più dei pretenziosi scarabocchi che ostentavano le tele. Arrivai alla palestra, aprii la porta ed entrai. La luce era accesa.

IX

Alejandro, con il suo miglior sorriso, disse «scusate un momento» ai due vecchi barbogi, che sorrisero a loro volta rispondendo «ci mancherebbe, architetto», anche se un po' stupiti lo furono, credimi, perché la mia apparizione era stata un po', come diresti tu, intempestiva. Alejandro mi prese per un braccio e mi portò fino alle scale. Lo fece con rabbia e violenza, come se volesse trascinarmi. Laura Hidalgo avrebbe detto: «Mi fai male». «Cosa c'è?», chiese. Con voce ferma, dissi: «Voglio parlarti. Adesso. E non chiedermi perché». Esitò un istante. Si accese una sigaretta. Infine disse: «D'accordo. Ma non qui». «Naturalmente», dissi. «Non sono pazza». Forse ti sembrerà incredibile, ma la rabbia gli era sbollita. Era arrendevole, ora, come se accettasse qualcosa che ormai aveva deciso di accettare. «Dimmi dove», disse. «Io ti seguo dopo». Ti rendi conto? Mi propose persino di scegliere io il luogo. Dissi: «Sarò in camera tua. Ma non ti preoccupare: sulla porta, non dentro. Non credo ci sia gente lì intorno». «Bene» concordò. «Vai; io arrivo subito».

Salii le scale con portamento regale, maestoso. Direi: come se andassi a ricevere un Oscar. Arrivai alla camera da letto e aprii la porta. Era vero: avevi acceso le luci e aperto la finestra. Forse in quel momento ti stavi arrampicando sull'albero. O magari eri già lì e mi stavi sorvegliando. Io, comunque, non potevo vederti.

Non entrai nella stanza. Rimasi sulla soglia, appoggiando la mia bella schiena contro lo stipite della porta. Il mio gioco, Ismael, era semplice: avevo puntato su due soli numeri. Da un lato c'eri tu, dall'altro Alejandro. Se Alejandro avesse accettato un paio di cosette – non molte, ma definitive – che avevo intenzione di proporgli, sarei rimasta lì, su quella soglia, e sarei stata sua. In caso contrario, l'avrei portato al centro della stanza sotto il lampadario e tu avresti avuto le tue foto, e il tuo ricatto, e la tua donna.

X

Ma nella palestra non c'era nessuno. Pensai, fugacemente, che non c'è nulla di più simile a un cimitero di una palestra vuota. L'attraversai rabbrividendo, evitando di andare a sbattere contro le tombe.

C'era una porta sulla parete opposta. L'aprii e uscii nel parco. La luna era sempre alta nel cielo ma, impietosita dalla mia sorte, brillava meno. Cominciai ad attraversare il parco costeggiando la casa, riparandomi dietro alcuni alberi, a passi veloci ma silenti. Non esagero: The Shadow non avrebbe saputo fare di meglio.

Quando arrivai di fronte alla casa, mi accoccolai dietro un arbusto e osservai la veranda: c'era qualcuno. Boris, sicuramente. Ma non poteva vedermi. La schiena curva, proseguii fino alla Citroën. Aprii il bagagliaio e tirai fuori la Nikon. Lo dirò: gli eventi stavano precipitando.

XI

Alejandro non tardò ad arrivare. Venne verso di me attraversando il corridoio con passi sicuri, virili. Io lo aspettai appoggiata allo stipite della porta, la testa e le braccia all'indietro, una gamba ben salda a terra e l'altra lievemente ripiegata, le labbra, naturalmente, umide e semiaperte, e tutta quella luce proveniente dal lampadario della camera che metteva in risalto il mio miglior profilo. Ti giuro, Ismael: meglio di Laura Hidalgo.

Si fermò di fronte a me e disse: «Se vuoi, entriamo». Scossi piano la testa. «No», risposi. «Non voglio comprometterti». «Può darsi che non mi importi», disse. «Cosa?», chiesi molto seccamente. «Quello che hai detto tu», disse. E aggiunse: «Compromettermi». Allora dissi: «Scusa la mia totale sincerità, ma finora ti è importato abbastanza. Hai cercato di schivarmi per tutta la festa». Mi prese per le spalle. Disse: «C'è una spiegazione». Mi liberai dalle sue mani e risposi: «Guarda, non importa. Ti ho chiamato per dirti un'altra cosa». Si irrigidì e aggrottò la fronte. Lo guardai negli occhi e con una voce meravigliosamente ferma e grave – sono un'attrice, Ismael – dissi: «Torno a Buenos Aires». Non so come fece a evitare che gli cadesse la mandibola. Con perfetto sangue freddo, aggiunsi: «Parto lunedì».

XII

Sempre con la schiena curva, controllando che non ci fossero movimenti sulla veranda, controllando ogni cosa, fino all'ultima ombra che potesse proiettarsi su quel parco, mi avvicinai all'albero che si ergeva di fronte alla camera da letto di Salas. Una volta arrivato, mi appesi la Nikon al collo e cominciai la scalata.

Non esitai, non scivolai, le mie mani non tremarono. Mi sedetti a cavalcioni di un ramo e guardai verso la camera: la visuale era perfetta. Susy era lì. Appoggiata allo stipite della porta, le braccia e la testa all'indietro, una gamba ben salda a terra e l'altra appena ripiegata. Proprio così: come se stesse posando per qualche rivista del 1950.

Arrivò Salas. Si misero a parlare. Salas appoggiò le mani sulle spalle di Susy. Io preparai la Nikon. Susy si liberò dalle mani di Salas. Continuarono a parlare. Li guardai attraverso l'obiettivo. Era impossibile fotografarli lì, sulla porta, lontani. Perché non entravano in camera? Cosa stava facendo, Susy? Perché non portava Salas sotto le otto lampadine di quel lampadario e non me lo consegnava?

XIII

«No», disse. «Tu non te ne vai». «Non vedo perché» dissi. «Ci hanno offerto un buon ingaggio a Buenos Aires, molto meglio di quello del *Douglas*. Sarebbe una sciocchezza rifiutarlo. Se è per il sole, posso abbronzarmi su qualsiasi terrazza». «Te ne vai con lui», affermò. Lo guardai stupita. «Certo. E con chi, se no?» Assunsi un'aria molto seria, l'espressione di una donna che sa come va il mondo e dissi: «Senti, Alejandro, cerca di capire: con Ismael ho un lavoro, una casa e, ti piaccia o no, qualcuno con cui stare». Mi prese con violenza per le braccia e mi attrasse a sé. Lo guardai e dissi: «Mi stai facendo male». Che meraviglia, Ismael. Sin da ragazzina sognavo di poter dire una frase come quella, in un momento come quello. Davvero non hai visto *Maria Maddalena*?

Alejandro mi lasciò andare di nuovo e tornai ad appoggiarmi allo stipite. Sembrava quasi che si vergognasse, ora. Tuttavia, si riprese e disse: «Tu non te ne vai. Non voglio perderti». Feci segno di no con la testa. «Me ne vado», dissi. Sospirò infastidito, non rassegnato. Poi mi guardò per parecchi secondi, mi guardò tutta, gli occhi, la bocca, il décolleté, i fianchi, le gambe, tutta, come se mi stesse valutando, e disse: «A partire da lunedì avrai una casa: andrai a vivere nella villa di *Los Acantilados*. La intesto a te: è tua. Mercoledì debutterai al *Tasto rotto*, il tuo nome sarà il primo sulla locandina. Puoi chiedere quello che vuoi perché è già tutto sistemato: te lo daranno. E da oggi, a partire da questo preciso momento, l'uomo con cui stai sono io. E non dire più che te ne vai, non me lo dire mai più, perché mi potrei pentire».

Guardai verso la camera. C'erano solo ombre oltre la finestra. Posai con delicatezza una mano sulla guancia di Alejandro, quasi una carezza, e, come si fa in questi casi, in un dolce sussurro, dissi: «Fa freddo. Perché non chiudi la finestra?».

Avevi perso, Ismael.

XIV

Ma niente: continuarono a parlare. Susy sembrava molto sicura di sé, sempre appoggiata allo stipite della porta, come se dominasse la situazione.

Improvvisamente, successe qualcosa: Salas afferrò Susy per le spalle e se la strinse al petto. Pensai: *è riuscita a eccitarlo, ora lo fa entrare in camera, ora me lo consegna*. Preparai di nuovo la Nikon. Ma non era ancora il momento: Salas tolse le mani dalle spalle di Susy e Susy ritornò alla sua posizione contro lo stipite. Continuarono a parlare. Che cazzo succedeva?

Susy fece un cenno di diniego con il capo. Salas la guardò a lungo, quindi parlò. Allora, incredibilmente, Susy guardò verso la finestra: *mi guardò*. E non ha nessuna importanza che mi potesse vedere o meno. Forse non mi vedeva, ma che importanza ha? Comunque: mi aveva guardato. *Aveva tradito la mia posizione*. Perché?

La vidi allora tendere una mano verso il volto di Salas e sfiorargli una guancia. Non fu solo un gesto gentile, fu anche il gesto di una donna, in tutto e per tutto. Mi sentii mancare: con me non aveva mai fatto niente del genere. E non ho cattiva memoria. Salas la abbracciò dolcemente, con molta dolcezza questa volta, la baciò sulla bocca, quindi si scostò da lei per guardarla e accarezzarle i capelli e fece un cenno affermativo.

Allora entrò in camera e si diresse risolutamente verso la finestra. *Ovvero verso di me*.

Indietreggiai più in fretta che potei, strappandomi i pantaloni e riuscendo, per fortuna, a nascondermi dietro il tronco dell'albero. Tutto questo non poté evitare che mi sentissi il più perfetto coglione della storia universale.

La Nikon non mi cadde. Ma non era necessario.

Salas giunse alla finestra, la chiuse e un minuto dopo la stanza era buia. E come dice Bugs Bunny: *That's all, folks.* Anzi, non era ancora finita: perché scendere da quell'albero, questa volta inciampando, scivolando, sentendo le mani incerte, fu forse l'azione più umiliante di tutta la mia vita.

Mi diressi verso la Citroën, senza curarmi ormai di non farmi vedere, aprii il bagagliaio e riposi la Nikon. Pensai a Fernando: o mi uccideva o rideva per tre mesi di seguito senza smettere. Forse entrambe le cose.

Accesi una sigaretta e aspirai profondamente. La luna era ancora lì: alta, lucente e rompicoglioni come sempre. Decisi di rientrare nel salone. Potevo fare ancora diverse cose. Due, in particolare: ubriacarmi o sedermi al piano e suicidarmi suonando *Islamey*.

Mi avviai verso la casa.

Fu allora che accadde: sbucando da qualche luogo misterioso, quasi con un balzo felino, Sergio mi si parò davanti. Aveva dipinto in volto un sorriso abietto. Sul serio, non esagero: era proprio così.

«L'ultimo sta sotto», disse.

Seccato, chiesi:

«Che cazzata è questa?»

«Non lo conosci? È un gioco. Si chiama *Martin pescatore*».

«Lasciami passare».

«No. Prima dimmi cosa ci facevi qui».

«Lasciami passare».

Allora mi posò una mano sulla guancia: *come Susy aveva fatto con Salas, ma in modo perversamente diverso.*

«Andiamo, Ismael», disse. «Ti costa tanto essermi amico?».

Lo spinsi di lato con una manata più sprezzante che violenta.

«Vattene, frocetto», dissi.

Proseguii per la mia strada.

Sergio mi afferrò per un braccio e mi costrinse a voltarmi verso di lui. Troppo tardi, mi accorsi che aveva in mano una pietra. Fu l'ultima cosa che vidi. Poi, l'universo esplose in mille pezzettini.

XV

Un singhiozzo convulso mi squassò il petto. Abbandonai la stanza. Rivolgendomi a Matías, disperato, quasi supplicandolo di dirmi che non era vero niente, che era solo un orribile incubo, esclamai: «Non può essere. Lei oggi doveva venire da me». Matías esplose in una risata di feroce disprezzo. «Sei un ingenuo, Ruperto», disse. «È da parecchio tempo che viene a letto con me. Non l'ho fatto per tradirti, perché non c'è nessuno che ti voglia più bene di me, ma perché aprissi gli occhi». Come un automa, assurdamente, ripetei: «Lei oggi doveva venire da me». «Lo so», disse Matías. «Proprio per questo l'ho obbligata a venire qui. Perché non guastasse la tua gioventù e perché finalmente scoprissi chi era». Poi prese il temperino dalla tasca posteriore dei pantaloni, aprì la lunga lama affilata e disse: «Adesso andiamo a darle il castigo che si merita».

Con il temperino in pugno e quell'antica e sempre nuova esaltazione che l'imminenza del sangue suscitava in me, mi diressi verso la camera da letto. Non potei, tuttavia, entrare. Una mano energica si posò sulla mia spalla e mi trattenne. Mi voltai lentamente fino a incontrare quegli occhi che cercavano i miei: rividi in essi il folle luccichio che mi aveva terrorizzato da bambino. Disse soltanto: «Dammi quel temperino». Come un automa, glielo consegnai. «È tuo», dissi. Mi scostò con delicatezza, entrò in camera e chiuse la porta. Pochi istanti dopo, udii un gemito soffocato. Soltanto questo.

Non tardò a uscire. Mi guardò sereno e annunciò: «Ecco fatto. Ora puoi stare tranquillo». La lama del temperino era una sanguinosa estensione della sua mano destra. Sparì dietro la porta del bagno. Lo sentii aprire i rubinetti, lasciar scorrere l'acqua con violenza e quindi lavarsi. Rimase lì dentro per un tempo che, senza dubbio a causa della mia insopprimibile ansia, mi parve insopportabilmente lungo. Ebbe bisogno, forse, di fermarsi a osservare il proprio volto nello specchio con ossessiva minuziosità. Il suo pallore, le sue occhiaie, quelle rughe profonde che gli avevano scavato la fronte e che gli si moltiplicavano anche intorno agli occhi e agli angoli della bocca, piegandola all'ingiù, sfigurandola in una smorfia sdegnosa e al tempo stesso infinitamente amara. Fu quello il volto che mi mostrò uscendo dal bagno. Aveva ancora il temperino tra le mani. Pulito, sazio. Ripiegò la lama con cura e lo rimise nella tasca dei pantaloni. Poi mi guardò, sorrise, forse – e dico forse perché lo fece in modo quasi impercettibile – e disse: «Sono stanco. Credo che farò un sonnellino in poltrona». E ancora: «Mi piacerebbe sentire un po' di musica. Qualcosa di bello». Obbediente, misi sul giradischi quello che sapevo essere il suo pezzo preferito: la Fantasia *di Schumann. Si rannicchiò nella poltrona, raccolse le gambe e si abbracciò le ginocchia. Sembrava un bambino. Il sonno non tardò a vincerlo.*

Trascorsero alcune ore durante le quali non feci nulla se non guardarlo dormire. Ora respirava con grande serenità. Cadde la notte. Le ombre invasero la stanza e dovetti accendere qualche luce – poche, solo un paio di fiochi abat-jour – per evitare che l'oscurità mi avvolgesse del tutto. Un'ora più tardi, o forse più – non posso essere più preciso perché la mia percezione del tempo obbediva non tanto alla realtà quanto alle mie emozioni – notai i suoi primi movimenti. Stirò le braccia, inarcò la schiena in un gesto languido e pigro, batté ripetutamente le palpebre e infine mi guardò. «Ho fame», disse.

Balzai in piedi. Lo conoscevo meglio di me stesso e non ignoravo che se non fossi riuscito a saziare quanto prima il suo appetito avrebbe finito per diventare irritabile e di cattivo umore. Fortunatamente, avevo un pollo già trinciato nel frigorifero. Accesi il forno e lo misi a cuocere. Tornai allora a osservarlo: era ancora in poltrona, aveva accavallato le gambe e si fregava le mani con forza, quasi flagellandosi, come se volesse prodursi qualche escoriazione, o come se fossero ancora macchiate del sangue ardente della sfortunata Vera. Rimase così per alcuni interminabili minuti. Poi si tranquillizzò.

Misi un solo piatto sulla tavola, posate, un bicchiere e una bottiglia di vino bianco. Io non avevo appetito. Presentivo ciò che stava per accadere e un'angoscia spessa, che mi rendeva difficoltosa la respirazione, si stava impadronendo di me. Servii il pollo e dissi: «Ecco». Si alzò dalla poltrona, agile, deciso ora, si accostò alla tavola e si sedette. Mangiò con devastante voracità, quasi senza masticare, come se non toccasse cibo da mesi. Non disse una parola, né io osai interromperlo. Poi, sprezzante, allontanò il piatto e disse: «Chi ti ha venduto questo pollo?» Dissi: «C'è una nuova macelleria nel quartiere. L'hanno aperta una settimana dopo la morte di don Carmelo. L'ho comprato lì». Fece un gesto di profondo disgusto e affermò: «Ti hanno venduto una porcheria. Come sempre». Si fregò nuovamente le mani, anche se con meno violenza di poc'anzi. «Come si chiama il padrone?», chiese. «Luis», risposi. E subito aggiunsi: «È un uomo giovane. Non deve avere ancora trent'anni. Non credo neppure che sia sposato. Non porta anelli, lavora da solo e la sera, sempre solo, chiude il negozio molto tardi». Sorrise soddisfatto e domandò: «Trincia lui i polli?» «Sì», risposi. Fece un cenno d'approvazione. Chiese ancora: «Li trincia con un paio di forbici dalle lame curve come piccole scimitarre?» «Sì», risposi piano. Allora ci guardammo e Ruperto disse: «Ti ordinerò una cosa, Matías».

SEI

With great feeling

I

«Se sono morto, questo posto dev'essere il Paradiso. Perché lei è senza dubbio un angelo». Il viso di Susy – la prima cosa che riuscii a mettere a fuoco quando aprii gli occhi – avrebbe meritato una frase così, melensa, monoliticamente pomposa, pronunciata migliaia di volte in romanzetti d'appendice per cuori infranti, o in film in bianco e nero, con zerbinotti con baffi e doppiopetto ed eroine bionde, forse platinate, con abiti dalle spalle imbottite e labbra scarlatte. Avrebbe meritato la frase, penso, perché lei ci assomigliava abbastanza, a quelle eroine, con quel sorriso dolce, la testolina biondissima lievemente piegata di lato, un po' cercando il mio sguardo e un po' – molto di più, forse – posando per l'eternità in quell'istante, questo, in cui io aprivo gli occhi e attraverso spesse brume, come tornando da molto lontano, cercavo i suoi.

«Ti amo, Ismael», disse allora. «Ti amo perché mi fa male vederti così. Perché mi fa male doverti lasciare. E perché, anche se non ci crederai, raccontarti ciò che ho intenzione di raccontarti mi spezzerà il cuore».

Erano le tre del mattino. Lo diceva una vecchia sveglia che riposava su una mensola. Eravamo nella casetta di Pedro. In camera da letto. Io ero a letto, la testa malconcia appoggiata su due guanciali, coperto da un lenzuolo, con indosso soltanto una maglietta e, suppongo, un paio di mutande. Accanto a me c'era Susy, ancora nel suo abito da sera, impeccabile, con una lunga sigaretta tra le dita, dicendomi che mi amava, che mi amava ma che mi lasciava, e che tutto ciò che aveva intenzione di raccontarmi a partire da quell'istante mi sarebbe sembrato incredibile. Ne ero sicuro.

«Tuttavia», proseguì, «non ti nasconderò nulla. Anche se ti farà male. Anche se farà male a me dirtelo. Per esempio: che è vero che ti amo, e che ti ho amato tanto, ma meno – meno, Ismael – moltissimo meno di quanto hai sempre creduto. Forse questo ti aiuterà a capire alcune delle cose che ti dirò».

In quell'istante (credo, per la precisione, nel momento in cui disse quest'ultima frase: «le cose che ti dirò») capii che l'avevo persa per sempre. Io ero, ci tengo a sottolinearlo, buttato su quel letto come un rifiuto che la vita si è scrollata di dosso. E la visione di un mondo senza di lei, senza Susy, visione oltretutto soppressiva, perché Susy era sempre stata qui, accanto a me, come il dentifricio e lo spazzolino da denti, come le sigarette, come la disillusione, cominciò a farsi, esattamente, questo, ciò che ho detto: soppressiva, per trasformarsi quindi in una dolorosa trafittura che mi attraversò il petto inchiodandomi a questo letto come al mio destino. Crocifiggendomi, certo, ma come un Cristo senza regno dei cieli né risurrezione.

Cercai di parlare ma non ci riuscii. Riuscii solo a emettere un suono assurdo, più fantasmagorico che dolente. O forse, perché non si sa mai, cercai di parlare ma non volli. Chi volle parlare, chi parlò per ore, perché erano le sei del mattino quando decise infine di lasciarmi, chi parlò con passione, con risentimento, con cinismo, con intelligenza, con tristezza e allegria, con odio, con amore, chi pronunciò, infine, in mezzo a tanti e tanto complessi sentimenti, il suo lungo addio, il nostro definitivo finale, fu Susy.

Poi, quando le prime luci dell'alba cominciarono a filtrare attraverso le persiane socchiuse, si chinò su di me, scostò un poco i capelli e, con grande dolcezza, mi baciò sulle labbra, che senza dubbio non dovevano essere più tanto gonfie, perché sentii quel bacio come pochi altri in vita mia, forse come nessuno.

Si alzò in piedi, andò fino a un angolo della stanza, e lì, chinandosi nuovamente, flettendo appena le gambe, prese la sua valigetta, nascosta dietro un armadio, luogo in cui, con grande delicatezza, l'aveva riposta perché io non la vedessi se non ora, quando ormai tutto era stato detto, quando ormai sapevo, con assoluta certezza, che mi avrebbe lasciato.

Poi mi guardò di nuovo e mi disse una cosa che, forse, non avrebbe dovuto dirmi. Una cosa che le aveva raccontato Salas. Una cosa che riguardava la Achával Junco. Mi parlò dell'insano piacere che quella povera vecchia ricavava a incaricare la gente di sorvegliare suo marito. Povera gente: avvocati in disgrazia, ex-borsaioli, quel tipo di gente, che poi non solo non pagava, ma con i quali montava su tutte le furie se davvero le portavano qualche prova, insultandoli, facendoli buttare fuori dalla servitù, mandandoli a chiedere a suo marito i soldi che reclamavano, perché era lui che li aveva, i soldi, era lui che ormai controllava tutta la società. E benché, in realtà, la vecchia fosse ormai mezza pazza, doveva essere vero ciò che diceva, poiché era Salas, suo marito, quello che alla fine, sorridente, quasi divertito, pagava agli avvocati in disgrazia, agli ex-borsaioli, a quel tipo di gente, umiliandola, la somma o il saldo della somma che la moglie aveva loro promesso. Perché a volte succedeva anche che la vecchia, fuori com'era, anticipasse qualcosa.

Come storia, era alquanto squallida. Forse Susy, insisto, non avrebbe dovuto raccontarmela o, almeno, non avrebbe dovuto sceglierla come commiato. Tuttavia, questo fu ciò che fece. E la storia dell'aberrante perversione della Achával Junco, e della conseguente umiliazione di Fernando Ortiz e Ismael Navarro, fu l'ultima cosa che udii dalle sue labbra.

Poi, in modo quasi impercettibile, mi disse addio.

«Addio», disse.

Uscì e chiuse la porta. Passarono alcuni minuti. Udii allora il suono di un motore. Il dolce ronzio di una Mercedes che si allontanava.

II

Mi addormentai. E non mi addormentai per la stanchezza, o perché fossi ancora un po' stordito, né per nessun altro motivo che avesse a che fare con il mio corpo, con l'aspetto, diciamo, fisico della questione. No. Mi addormentai perché volli addormentarmi. Perché dopo avere analizzato rigorosamente gli ultimi avvenimenti della mia esistenza, dopo averli analizzati per almeno un'ora, disteso pancia all'aria su quel letto, fissando il soffitto, decisi di addormentarmi. Fu una risposta da opporre alla vita. Fu una pennichella, se mi si consente, filosofica.

Era mezzogiorno quando mi svegliai. Il sole, ora, entrava con forza dalle persiane. Come se tutto quanto era già successo non fosse ancora abbastanza, faceva caldo quella domenica. Scostai il lenzuolo, buttai giù le gambe dal letto, appoggiai i piedi sul pavimento e mi alzai. Non accadde niente degno di nota. Non crollai a terra. Gli oggetti non intrapresero una danza furibonda davanti ai miei occhi. La testa non mi esplose. Avevo recuperato la posizione verticale. Mi diressi verso lo specchio e, facendomi coraggio, mi ci piantai davanti: *specchio delle mie brame, chi è il più coglione tra i mortali?* Conoscevo la risposta.

Mi guardai il viso. Non mi spaventai. Ero ammaccato, sì, ma non avrei convinto nessuno se avessi detto che avevo incrociato i guanti con Cassius Clay. Avevo due bei lividi, un po' sinistri, sotto gli occhi (quelli che si chiamano spiritosamente *occhi neri*, e che nei film si curano mettendoci sopra una bistecca, soprattutto nei cartoni animati di Tom e Jerry), un taglio su un labbro, un altro – più grande – sulla fronte e uno zigomo notevolmente gonfio. Tutto qui. Anzi, no. Perché mi aveva anche preso a calci nelle costole, quel malato figlio di puttana. Tuttavia, benché indolenzite, c'erano tutte, e nessuna era rotta.

Aprii completamente le persiane e guardai fuori. Era tutto come sempre. Il mare, la brezza calda, la sabbia, il sole. Insomma, la natura. Così muta, così uguale a se stessa, così autosufficiente. Se ci pensavo venivo colto da un miscuglio di nausea e terrore: io avrei potuto essere morto, oggi, e niente di tutto ciò sarebbe cambiato. Anche se, in realtà, era abbastanza assurdo prendersela con la natura, quest'esteriorità dello Spirito (non è così, vecchio Hegel?) che niente ha a che vedere con la morale, il bene e il male o i sentimenti. No: *c'era di peggio*. Io avrei potuto essere morto, oggi, e niente, niente nell'intero universo degli umani, sarebbe cambiato. Un piccolo contrattempo per Sergio, forse? Certe discrete manovre che Salas avrebbe dovuto intraprendere, un tocco qui, un tocco là, con la mediazione di qualcuno dei suoi influenti amici, due o tre, non di più, ma occupanti la giusta posizione nell'ingranaggio del Potere, per evitare che la mia morte imbruttisse la realtà? Qualche senso di colpa per Susy, qualche lacrima versata nella solitudine della sua villa di *Los Acantilados*? Mezza bottiglia di whisky che Fernando magari si sarebbe bevuto in qualche locale del centro, per tornare poi, un po' ubriaco, al suo hotel, il Regius, e mettersi a letto, dormire dieci ore e ricominciare, il giorno seguente, come se niente fosse, daccapo? Credo che sarebbe accaduto qualcosa del genere. Ma non più di questo. Forse anche meno.

Mi diressi verso la porta e allungai la mano verso la maniglia. Mi fermai. Osservai la mia mano. Non era la prima volta che mi succedeva. Cioè: osservare la mia mano come fosse uno strano oggetto, del tutto estraneo al mio corpo, autonomo, anzi: potenzialmente aggressivo, pericoloso. La posai sulla maniglia. La freddezza del metallo la restituì al mio corpo: ricevevo delle sensazioni attraverso quella mano. Doveva, di conseguenza, appartenermi. Quel che non era chiaro, comunque, era un'altra cosa: *che fare con quella mano sulla maniglia*. Perché la mano era lì, sulla maniglia, con l'evidente finalità di abbassarla e aprire la porta. Ed era proprio a questo punto che tutto si faceva discutibile: *perché aprire quella porta*. O più precisamente: *che senso aveva per me aprire quella porta e uscire da quella stanza*.

Rimasi immobile, paralizzato, con la mano sulla maniglia, tempestandomi di domande. Un motivo, solo di questo avevo bisogno. Un motivo per aprire quella porta e uscire da quella stanza. Un motivo per non tornare a quel letto che avevo appena lasciato, per non buttarmici sopra e rimanere lì, immobile, fissando ossessivamente qualche macchia di umidità sul soffitto fino alla fine dei miei giorni, che non sarebbero stati molti. Un motivo. Un motivo per vivere, signori. Era chiedere troppo?

Abbassai la maniglia, aprii, uscii e sbattendo forte la porta dietro di me mi lasciai alle spalle tutto quel fumettone karamazoviano. Perché così stanno le cose: bisogna stare in guardia. A volte si inciampa nella letteratura e non si riesce più a rialzarsi.

Mi diressi verso la riva. Mi bagnai le mani nell'acqua salata e me le portai al viso. Le mie ferite bruciavano.

III

Verso l'una comparve Fernando. Ora indossava una maglietta, anche se i pantaloni erano sempre quelli del vestito azzurro. La maglietta (e lo dico perché sembrava nuova e di buona qualità) era sicuramente una pazzia che si era concesso in previsione del successo della nostra impresa. Pensai: se ha tenuto lo scontrino, magari domani può riportarla al negozio. Mi guardò e disse:

«Cazzo».

Io ero in cucina a bere *mate*.

«Cazzo cosa?», chiesi rigirando la cannuccia.

Si sedette di fronte a me.

«Cazzo, che faccia», spiegò.

«Questo è il meno», dissi. «Dovresti vedermi l'unghia del ditone del piede. È incarnata».

Aggiunsi acqua al *mate*. Fernando disse:

«Non scherzare, Ismael. O non ti sei visto? Hai la faccia spappolata».

Negai con un cenno del capo.

«Spappolata no», risposi. «Al massimo un po' ammaccata. E guarda: sto migliorando a vista d'occhio. Fino a poche ore fa non riuscivo neanche a parlare. Ora riesco persino a fare delle battutacce. Incredibile, eh?».

Accavallò le gambe e si accese una sigaretta. Disse:

«Non me lo dire: è andato tutto a puttane».

«Anche peggio».

Tacque, come se sperasse che fossi io a proseguire. Aveva la maglietta umida sotto le ascelle e la fronte gli luccicava.

Ripeto: faceva caldo quella domenica. Domandò:

«Ti hanno picchiato in tanti?»

«No, amico. Non ho questa giustificazione. Ne è bastato uno solo».

«Chi è stato?»

«Sergio».

«Quello del neo?»

«Quello».

«Incredibile», si lamentò. Quindi, di nuovo curioso: «Com'è successo?».

Mi alzai in piedi con aria affaticata. Misi il bollitore sul fuoco. Senza guardarlo, dissi:

«Credo che non ti piacerà quello che sto per dirti. Ma è mio diritto. Guarda, preferirei non parlare più di tutta questa faccenda».

Tornai al tavolo. Mi sedetti. Ci guardammo.

«Vuoi un *mate*?», chiesi.

«No. C'è del caffè?»

«Nella caffettiera è rimasto qualcosa. Non è di oggi, ma sopravviverai».

Si alzò. Accese un altro fornello e ci mise sopra la caffettiera. Attese alcuni minuti, assorto. Poi cercò una tazza e la riempì di caffè. Mentre lo zuccherava e mescolava, sempre senza guardarmi, disse:

«Hai ragione. Non mi è piaciuto affatto quello che hai detto. Cosa succede? Di colpo sono rimasto fuori? Cosa devo fare, ora? Tornare in albergo, buttarmi sul letto e cercare di immaginare perché cazzo ti hanno spaccato la faccia?». Mi si parò davanti. Sembrava imbestialito. Continuò: «Chiedi troppo, compagno. O sono completamente pazzo, o ci siamo dentro insieme fin dall'inizio. Quindi, che ti piaccia o no, anch'io ho i miei diritti. Il primo dei quali, il più elementare, Ismael, è sapere che cazzo è successo ieri sera. Che te ne pare se ricominciassimo da capo?»

«Dammi una sigaretta».

Me la diede. Mi diede anche da accendere. Dissi:

«Susy si è messa con Salas. Anzi: ha avuto una storia con

lui sin dall'inizio. Ha tenuto il piede in due scarpe, Ferni. E ha deciso per l'altra. Abbiamo perso. E non mi chiedere altro».

Alzò le mani e fece un deciso gesto di diniego, scartando completamente quest'ultima possibilità. Disse:

«Sta' tranquillo. Non ho nessuna intenzione di girare il coltello nella piaga». Si sedette e accese un'altra sigaretta. Poi, riflessivo, disse: «Ma ti rendi conto? Le donne. Sempre le donne. Bisogna credere al tango. Sono sempre le donne a uccidere ogni illusione, vecchio mio. Che sfiga, Ismael. Volevamo una sinfonia ed è venuto fuori un tango. E proprio a te, a te, compagno, che non ne hai neppure uno nel tuo repertorio».

«Non ti preoccupare. A partire da oggi ne inserirò qualcuno».

«Uno o due, almeno. Tanto perché la realtà non ti colga alla sprovvista».

Rimanemmo in silenzio. Ferni, forse per ingannare il tempo o forse perché l'aveva scaldato troppo, finì lentamente il suo caffè. Io mi avvicinai alla finestra, guardai fuori, fumando, e finsi di estasiarmi contemplando il mare. La questione, suppongo, era parlare il meno possibile. Alla fine, optando per la banalità, Ferni commentò:

«Fa caldo, eh?»

«Sì, molto».

Allora si decise e disse:

«D'accordo. Non parliamo di Susy. Questo è giusto e lo accetto. Ma almeno raccontami qualcos'altro. Non lasciarmi qui come un baccalà».

«Cosa vuoi sapere?»

«Non so. Quello che vuoi. Senti, non ti romperò i coglioni. Tu sei a pezzi e io pure. E la storia è andata a farsi fottere. D'accordo. Ma qualcosa, qualche particolare me lo potresti raccontare. Qualcosa di istruttivo, Ismael. Per non continuare a fare cazzate».

Sorrisi amaramente e spensi la sigaretta. Lo guardai.

«Hai ragione. Ho qualcosa da raccontarti. Ed è molto istruttivo, ti assicuro. Ascolta: quello che mi ha picchiato è Sergio, te l'ho detto. Mi ha picchiato fuori, nel parco, mentre tornavo verso la casa dopo aver messo via la Nikon perché la faccenda delle foto era fallita. Poi – e questo lo so perché me l'ha detto Susy, qui, la notte scorsa – ha cercato disperato Salas e gli ha raccontato che cos'era successo».

«È un isterico di merda, quel ragazzo».

«No, Ferni. È un assassino. Avrebbe potuto uccidermi».

«Basta guardarti. Che altro?»

«Susy e Salas mi hanno caricato sulla Mercedes e mi hanno portato qui. Dopo avermi messo a letto, Salas è tornato alla macchina e Susy è rimasta con me. Come vedi, non mi hanno portato in nessun ospedale né da nessun medico. O Salas non voleva compromettersi, o la cosa non gli è sembrata tanto grave. Quando mi sono svegliato, Susy era accanto a me. Io non potevo parlare, ma lei sì. E ha parlato, Ferni, ha parlato per ore. Ma la cosa migliore, almeno, quella che più ti può interessare, me l'ha detta alla fine. Te la racconto?».

Fece un cenno affermativo. Dissi:

«Sembra che questa storia di assumere qualcuno per sorvegliare il marito sia un vecchio vizio della Achával Junco. Sembra che l'abbia già fatto, e non una, né due, ma parecchie volte. Sembra anche che poi non paghi, o che si imbestialisca se davvero le portano qualche prova. Sembra, Ferni, che la vecchia sia assolutamente pazza. E che lo sia perché ormai non ha più nessun potere nella società di famiglia, perché è tutto nelle mani di Salas. Di Salas, mio caro, che è, né più né meno, quello che alla fine si toglie la soddisfazione di pagare il tipo che la vecchia ha assunto per pedinarlo. Un uomo che paga i suoi debiti, no? Ti è piaciuta la storia?».

Accese un'altra sigaretta.

«Non è male», disse. «Puoi usarla per qualcuno dei tuoi racconti dell'orrore. Peccato che sia successo a noi». Si diresse verso la porta. Lì si fermò e chiese: «Davvero non hai intenzione di andare da un medico?»

«Non credo ce ne sia bisogno. In un paio di giorni starò benone».

«Rimarrai qui?»

«Per il momento».

«D’accordo, io torno».

«Come vuoi».

«Senti, Ismael: non tutto è perduto. Possiamo ancora farlo saltare, quel figlio di puttana».

«Salas?»

«Sì».

Sorrisi con totale scetticismo.

«Tu credi?», chiesi.

Non rispose. Uscì, chiuse la porta e subito dopo udii il raglio della 600 che si allontanava. Niente a che vedere con la Mercedes di Salas.

IV

Parcheggiai la Citroën nella calle Córdoba, quasi all'angolo con Juan B. Justo, di fronte all'Hospital Privado de Comunidad. Erano le quattro del pomeriggio. Continuava a fare caldo. Entrai alla guardia medica e cercai di attirare l'attenzione. Un grassone burroso, con baffi, camice bianco macchiato di caffellatte e sigaretta spenta appiccicata a un labbro, mi guardò con occhi sonnacchiosi. Una mosca gli ronzava intorno alla testa semicalva.

«Prenda un numero», disse. «E aspetti».

Presi un numero e aspettai.

C'erano dieci persone prima di me. Un paio di bambini con un principio di tosse convulsa. Un ragazzino con i pantaloni rimboccati e un taglio sul ginocchio. Un vecchio che si teneva l'addome con entrambe le mani. E una suora. C'è sempre una suora in questi posti.

Mezz'ora più tardi, appare un'infermiera e dice:

«Ventiquattro!».

È il mio numero. Entro in un piccolo ambulatorio, con siringhe, cotone idrofilo e campioni gratuiti. Un medico giovane, con la barba lunga e il cognome *Reynoso* ricamato sul taschino del camice, mi guarda con interesse.

«L'hanno picchiata», constata senza sorpresa né spavento. «Una rissa, eh?»

«Sì», ammetto. «Una rissa. La vita si fa ogni giorno più difficile a Dodge City».

«Altre ferite oltre a quelle visibili?»

«No. Hanno tentato di pugnalarmi alla schiena, ma Wayne è arrivato in tempo e ha fatto fuori quello schifoso ladro di bestiame».

«Ha avuto fortuna».

«Non so se chiamarla così. Wayne arriva sempre in tempo».

Ci pensa un po' su. Poi dice:

«Ha ragione. Non è fortuna. La fortuna è stare nella stessa banda di Wayne».

«Così va meglio, Reynoso. Ora siamo d'accordo».

«Si sieda».

Mi siedo. Studia il mio viso. Passano alcuni minuti. Schiocca la lingua, come se niente a questo mondo avesse importanza, tanto meno lo stato di salute della mia faccia.

«Non è granché», dice. «Le darò qualche compressa antinfiammatoria e basta». Prende un paio di scatolette da un armadio. Me le porge. Dice: «Ne prenda quattro al giorno e non ci pensi più. È stato molto umiliante?»

«Le dirò la verità: a Wayne la cosa non è piaciuta affatto».

«Le sto chiedendo un'altra cosa».

«Cosa?»

«Se è stato molto umiliante venire alla guardia medica, aspettare il suo turno, vedere un medico, uno sconosciuto, e confessare di essere stato pestato».

«Può darsi. Ma ci sono cose peggiori. Essere quel medico, per esempio. Essere di guardia la domenica, alle quattro del pomeriggio, a occuparsi di gente con la faccia rovinata. Questo, le assicuro, è peggio».

«D'accordo. Siamo pari. Non dimentichi di salutare Wayne da parte mia».

«Stia tranquillo. *Hasta la vista*, Doc».

V

Il lunedì continuava a fare caldo. Tuttavia – com'era prevedibile – non durò a lungo. Nelle prime ore del pomeriggio, il cielo fu oscurato da imponenti nuvoloni. Cercai rifugio in cucina con due matite e alcuni fogli di carta, per scrivere, disegnare o giocare a tris contro me stesso. Guardai fuori dalla finestra e attesi. Sarebbe stato uno di quei temporali che fanno pensare a dèi mitologici, alle sinfonie di Beethoven o alla *Grand Canyon Suite* di Grofé, con Toscanini a dirigere e più timpani che musica. Finalmente, esplose.

Non disegnai, non scrissi e non giocai a tris contro me stesso. Andai di corsa in camera, mi misi a letto e dormii fino al crepuscolo. Quando mi svegliai, aveva smesso di piovere. Mi vestii (avevo dormito nudo) e scesi in spiaggia. Un chiarore privo di sinistri presagi, puro e celeste, si affacciava all'orizzonte. Stupidamente, pensai: forse, un giorno, anche nella mia coscienza si aprirà uno squarcio come questo. Stupidamente, dico, perché si sa: non esistono squarci nella coscienza.

La sera, mi cucinai una cotoletta alla milanese con due uova fritte, tornai in camera e mi addormentai.

Il martedì, quando mi svegliai, il cielo era nuvoloso, buio, ma non pioveva. Tutt'al più, una pioggerellina fine più tersa che fredda. Lo specchio confermò le mie speranze: la mia faccia assomigliava sempre più alla mia. L'antinfiammatorio di Doc Reynoso aveva già fatto buona parte del lavoro. Passeggiai per la spiaggia tutta la mattina, sentendo sotto i piedi nudi l'umidità della sabbia, sul viso e sulle labbra la brezza salata, fumando, naturalmente, per non intossicarmi con tanta aria pura e pensando – a volte, solo di tanto in tanto – se non fosse stato il caso di fare un paio di cose: andare a trovare Anselmi, per esempio, dirgli, come un bambino bene educato, che rinunciavo, per motivi personali, naturalmente, non perché avessi niente contro il suo locale, rinunciavo al posto perché ero un po' stufo di guadagnarmi da vivere suonando il piano, e chiedergli, ormai non più come un bambino bene educato bensì come un mercenario assetato, la paga che mi spettava, le miserabili rupie che mi doveva, perché sicuramente, o per meglio dire, con assoluta sicurezza, ne avrei avuto bisogno. Invece no. Decisi di non farlo. Non quel giorno, almeno. L'indomani, ad ogni modo, ci avrei ripensato.

Erano le cinque – ero in cucina a bere un caffellatte – quando comparve Fernando. Comparve Fernando, con l'incredibile progetto di ricominciare tutto da capo.

VI

Scalda del caffè. Ha un largo sorriso stampato in faccia, è sicuro di sé, di nuovo vincente. Come se il buon Dio in persona gli avesse assicurato che il biglietto della lotteria che ha appena comprato è il vincitore del primo premio che verrà estratto domani. Accende una sigaretta e dice:

«Preparati, Ismael. E riconoscilo subito: il tuo amico Fernando è un genio. Un vulcano di idee, come si suol dire. Cosa credevi? Che avevamo perso? Grave errore, fratello. Ho ancora un mucchio di assi nella manica. E di conigli nel cilindro».

«Bene, Ferni», dico più stanco che infastidito. «Hai un lavoro assicurato al circo. Va' lì a cercarlo».

«Con tutto l'affetto, fratellino: mi ci pulisco il culo, con il tuo cinismo».

«Dolce frase, Fernando».

«Mi vuoi ascoltare o no?»

«Okay. E passami una cicca».

Mi lancia un pacchetto. Lo prendo al volo, tiro fuori una sigaretta e l'accendo. Sento Fernando che dice:

«Ieri sono stato a Buenos Aires. Sono partito presto e non ho bucato per tutta la strada. Buon segno, collega. Sono arrivato a mezzogiorno. Stanco ma carico. E non ho perso tempo: ho incontrato subito i miei soci. Sì, caro, gli ex-borsaioli. Quelli che ti fanno girare le balle ogni volta che li nomino».

«Non più, Ferni. Ormai niente può farmi girare le balle».

«Fammi il favore, non mi interrompere con le tue cazzate. Ho altro da fare, io. E, non ci crederai, ma anche tu hai altro da fare. Ascolta: i miei bravi ragazzi mi hanno riempito di informazioni. Certo: non credere che ci abbiano pensato di propria iniziativa. No, non arrivano a tanto. Sfiorano appena un barlume d'intelligenza soltanto quando ubbidiscono ai miei ordini. Ma questo, a volte, è sufficiente. Questa volta è stato sufficiente, Ismael».

«La suspense mi attanaglia, Ferni. Continua».

«Continuo. Io gli avevo ordinato che indagassero su Salas. Sospettavo, e non chiedermi perché, che doveva esserci qualcos'altro. Salas era un tipo troppo solido, troppo grande, con troppi contatti per trovarsi in una posizione così debole. Sai di cosa parlo: totalmente dipendente dagli umori di quella pazza di sua moglie. Mi sbaglio?»

«Dimmelo tu».

«Avevo ragione, fratello. E ora tieniti forte perché arriva la verità. Sei pronto?».

Non rispondo. Spegne la sigaretta. Si versa del caffè, lo zucchera, quattro cucchiai, lo beve quasi in un unico sorso, fa una smorfia di disgusto, come se fosse ancora amaro o gli avesse bruciato il gargarozzo, e, magniloquente, istrionico, puntandomi il dito contro, annuncia:

«Ecco l'informazione».

Drammatico silenzio.

«Una cosa in giornata, Ferni».

Finalmente, si decide:

«Salas, il nostro onesto architetto, marito esemplare, brillante uomo d'affari, o se preferisci: quel figlio di puttana che ti ha fottuto la donna, Ismael, è il più grande narco della provincia di Buenos Aires. E ho detto poco: arriva anche nell'interno e raggiunge – di questo non ho ancora le prove ma ne sono quasi sicuro – vari paesi della nostra cara America unita o colonizzata. È, si può dire, un Continentalista della droga. Che te ne pare?»

«Un lavoro brillante, Ferni».

«E non è finita: uno dei principali capi dell'organizzazione, non dico il braccio destro di Salas, perché quello è un altro, ma comunque un elemento insostituibile, è Anselmi. Si occupa personalmente del traffico di droga in tutta la provincia.

Perché Salas, naturalmente, è la testa pensante. E non mi dire che non hai sospettato una cosa del genere di Anselmi fin dal primo giorno che l'hai visto».

«Può darsi. La faccia ce l'ha. Ma hai parlato di un braccio destro. Chi è?»

«Leonardo».

«Logico. E Sergio?»

«Quello non c'entra. Il tossico è lui».

«Anche questo è logico».

«È tutto logico, fratello. I conti tornano. E tutto è di nuovo possibile per noi».

«Non credo nell'Eterno Ritorno, Fernando. Non ci ho mai creduto».

«Smettila di delirare. Non è questo. Siamo ancora nella stessa storia di prima. Ascolta, Ismael: la faccenda non è ancora finita. C'è una porta che all'inizio non avevamo visto e dalla quale possiamo ancora infilarci. Non rimanere fuori».

«Fino a qui ci sono arrivato, Ferni. Ora continua tu. Tu e i tuoi borsaioli. Questa seconda parte della storia è più adatta a loro che a me. Anzi, ti dirò di più: non ci vedo neppure te in questa faccenda. La cosa non mi piace affatto, Ferni. Troppo tosta. Troppo grossa per noi. Troppo grossa per chiunque».

Si versa dell'altro caffè. Accende un'altra sigaretta. Dice:

«Oggi ho telefonato ad Anselmi. Ho combinato un incontro per domani. Visto che lo conosci, penso che ci potresti andare tu».

«Neanche morto».

«Allora cos'hai intenzione di fare?»

«Mantenermi vivo, almeno».

«E questo ti basta?»

«Per adesso, sì».

«Be', a me no. Io ho ancora intenzione di sputtanarli. Andiamo, Ismael, abbiamo affrontato cose ben più grosse in passato».

«E guarda com'è andata a finire».

«Era diverso, vecchio mio. Era la storia. Questi non sono la storia. Sono solo dei delinquenti».

«Appunto, Fernando. Perdonami, ma se in questi anni sono giunto a una conclusione è proprio che la storia sta più dalla parte dei delinquenti che della gente come te e me. Lo so, lo so, non me lo dire: è triste pensarlo, non serve a niente. Ma io la penso così».

Finisce il caffè. Fa un lungo, pensieroso tiro dalla sigaretta. Ha un'espressione molto seria, forse triste. In tono rassegnato, dice:

«Me ne vado. Pensavo di tenerti con me. Ma d'accordo. Meglio così».

«Davvero vai da Anselmi domani?»

«Alle due, al *Douglas*».

«E se va male? Ci hai pensato? Se va di nuovo tutto a farsi fottere, cosa fai?».

Mi guarda con un ampio sorriso. Gli brillano gli occhi e la pappagorgia ricomincia a ballonzolare.

«C'è un altro tango per questo, fratello», dice. «Insomma, come per quasi tutto. Credo che sia di Discepolo: piglia lo schioppo e ciao, andiamo a dormire».

Mi abbraccia. Poi, quasi bruscamente, si allontana da me e si dirige verso la porta. Lì si ferma, come se gli fosse venuto in mente qualcosa, ed è proprio così, perché mi guarda e dice:

«Me ne stavo quasi dimenticando. Non so se lo sai, ma Susy debutta domani al *Tasto rotto*. Ci cantano i migliori».

«Non più. Adesso c'è Susy».

«Ti sbagli. Non sono i migliori perché fanno bene quello che fanno. Sono i migliori perché si esibiscono lì».

«D'accordo. I conti tornano, Fernando».

«Ciao», dice, e se ne va.

Vado alla porta e rimango sulla soglia a guardarlo. Con grande sforzo, si infila nella 600, mette in moto, ingrana la prima e si allontana in cerca della strada.

Non l'ho mai più rivisto. Vivo, almeno.

VII

Il tasto rotto si trovava dove doveva trovarsi: sull'avenida Constitución, il viale che chi arriva a Mar del Plata perché gli piace divertirsi, o perché spera di divertirsi, deve scegliere per entrare in città, osservando, innanzi tutto, a destra e a sinistra, quel paesaggio di locali tentatori, dove tutto è reso possibile dalla magia della notte, per sbucare poi, perché in quella direzione porta la strada, perché tutto è fatto in modo che sia così, sul litorale, con la spiaggia e il mare che completano la promessa di infinita felicità, per una settimana, quindici giorni, o magari un mese, dettaglio che dipende dal visitatore e dalle sue tasche, ma non da questa città, la felice, come viene appunto chiamata.

Anche *Il tasto rotto* era come doveva essere: non tanto grande, anzi, se vogliamo, piccolo, come per mettere in chiaro, con la sua parca architettura, che non tutti vi erano ammessi, soltanto pochi, che in questo modo acquisivano l'invidiabile condizione di eletti; circondato da un ampio giardino pieno di strani fiori dagli strani colori, illuminati dal basso da piccoli spot; con un parcheggio zeppo di lussuose automobili, nel quale non parcheggiai, per pudore e per non rovinarne l'estetica, la mia esplicita Citroën; con un ingresso con passatoia coperta e portiere, un portiere, naturalmente, sontuoso, con aria di inappellabile selezionatore; e con una locandina abbagliante, popolata di nomi noti, alcuni più di altri, capeggiati da uno, per me, indiscutibilmente famoso: *Susy Rivas*. Lassù, in alto, *Susy Rivas*.

Mi avvicinai all'ingresso e mi fermai a una quindicina di

passi dal temibile portiere. Accesi una sigaretta. Allora, non so perché, temetti che non mi lasciasse entrare. In realtà sì che lo so, ed è giusto che lo confessi: mi ero messo il vestito blu, quello della festa di Salas, che era sempre il mio miglior capo di vestiario, visto da lontano, ma che ora esibiva quell'infamante strappo sul sedere. Cosa sarebbe successo se il portiere l'avesse visto? Mi avrebbe preso senza troppi riguardi per il bavero, mi avrebbe avvicinato a sé e, quasi sputandomi in faccia, avrebbe sibilato: «Senti, amico: qui non entra nessuno con un buco sul sedere dei pantaloni. Chiaro?». Io avrei risposto di sì, che era chiarissimo, e sarei fuggito in cerca della prima osteria per ubriacarmi con il vino della casa e dimenticare il disonore.

Mi feci coraggio e mi avvicinai all'ingresso. Pensai: "Il buco non è poi tanto grande, e rimane nascosto sotto la giacca e tra le ombre di questa magnifica notte". Sorrisi al portiere ed entrai.

Senza esitare, andai al bar, mi sedetti su un alto sgabello e ordinai un whisky.

«Con molto ghiaccio», precisai.

Il palcoscenico, circolare, era situato al centro del locale. Quattro colonne cariche di luci fingevano di fissarlo al soffitto e due scalette dalle quali, senza dubbio con grande agilità, con la divina grazia degli eletti, salivano gli artisti, fingevano di fissarlo al pavimento. Fingevano, dico, perché in realtà non so come cazzo stesse su. Comunque, era lì: un po' sospeso per aria, al di sopra dei tavoli che lo circondavano avidamente, esibendo e proteggendo al tempo stesso coloro che avevano conquistato il privilegio di mettervi piede. Quando il barman mi servì il secondo whisky, dissi:

«A quanto pare avete un debutto, stasera».

«Sì», confermò. «Quello di Susy Rivas. La conosce?»

«No, non l'ho mai sentita. Com'è?».

Fece un gesto ambiguo.

«Be', io alle prove non ci sono quasi mai. Sa, di giorno dormo. Però dicono che è brava».

«Bisognerà sentirla, allora».

Pochi minuti dopo si accendevano *tutte* le luci del palcoscenico. Aprii e richiusi vertiginosamente le palpebre, o come si suol dire: battei le palpebre, per assimilare una simile aggressione. Finii inoltre il mio secondo whisky. Allora un negro in camicia nera, ma smoking, cravatta, denti e scarpe bianche, salì sul palcoscenico. Non ho niente a che fare con il Ku-Klux-Klan, lo giuro. Quello però era lo spaventapasseri più orrendo che avessi visto in vita mia. Si aggrappò al microfono e cominciò a sparare cazzate. Non so: qualcuno rise, la ragazzaglia, soprattutto. Forse stavo diventando vecchio. Ordinai un altro whisky. Il negro, finalmente, esaurì le cazzate (ci mise un quarto d'ora a raccontare una barzelletta piuttosto vecchia su un esploratore inglese che viene violentato da un cannibale, cioè: il cannibale lo violenta ma non se lo mangia, l'esploratore torna in Inghilterra, incontra un amico e gli racconta la storia, l'amico, per consolarlo, dice: «Almeno sei vivo», l'esploratore risponde, «È vita, questa? Lui là ed io qui?», barzelletta che, se ci si pensa bene, e insisto, non perché abbia niente a che fare con il Ku-Klux-Klan, è malignamente tendenziosa, perché cerca di affermare la superiorità dei negri in certi ambiti in cui a nessuno, almeno a me, piace essere da meno, quello sessuale per esempio, e che, sicuramente, il negro in smoking bianco aveva scelto, la barzelletta voglio dire, per umiliarci, porco impotente), esaurì le cazzate, dicevo, e presentò sei valorosi ragazzi che formavano una rock band. *Vita tormentosa*, così avevano deciso di chiamarsi. Il negro se la svignò. I ragazzi sfoderarono i loro aggeggi elettronici, maneggiarono cavi, spinotti e bottoni vari e attaccarono. Non so se c'è bisogno di dirlo: il signor Segba non figura tra i miei compositori preferiti. Fu mostruoso.

Per fortuna, non durò a lungo. Comunque, ebbi bisogno di altri due whisky per superare indenne quel cataclisma sonoro. I valorosi ragazzi salutarono e se ne andarono. La ragazzaglia, che aveva ballato tutto il tempo, li subissò di applausi. Che meravigliosa generazione sta venendo su, mio Dio. Sono un *jingle*. Non fottono neppure il portiere dello Sheraton, questi.

Poi le cose migliorarono. Non il negro. Il negro era sempre uguale: tutto vestito di bianco e in preda ai propri deliri. Ci furono però un paio di cantanti (che eviterò di nominare per non immischiarli in questa triste storia) che fecero, come si suol dire, la loro parte, con un buon gusto prossimo al talento. Era il minimo che *Il tasto rotto* potesse offrire. Poi venne il turno di Susy.

Era splendida, alta, sicura mentre saliva sul palcoscenico senza, naturalmente, guardare i gradini, sorridente, con un attillato, lunghissimo ed elegantissimo vestito nero, non quello che portava alla festa di Salas, uno nuovo, che aveva comprato, sicuramente, il giorno prima, insieme ad altri sei o sette o dieci, che importa, con non meno di venti paia di scarpe, perché so che le scarpe la fanno impazzire. Il cuore, questo pettegolo delle emozioni, cominciò a battermi violentemente in petto, e chiamai il barman per ordinare un altro whisky come chi tende disperatamente la mano verso un salvagente.

La accompagnavano tre dei ragazzi dei *Vita tormentosa*. Uno al piano, uno alla chitarra e un altro alla batteria. Il negro le fece omaggio della migliore presentazione della serata: non delirò, utilizzò le parole giuste e fece sentire a tutti, anche a me, quasi, che Susy era una gran signora dello spettacolo. Lei si appropriò del microfono, ringraziò e annunciò la sua prima canzone: un pezzo disco, abbastanza in voga a quell'epoca, ma non male: *Come with me*. Fu brava. Fu brava in tutto: modulò bene la voce, si mosse bene, fu languida, sensuale, ritmica. La gente applaudì con sincero entusiasmo. Anch'io. Finii il whisky e ne ordinai un altro. E un altro ancora. Mi sudavano le mani.

Un silenzio assoluto scese allora sulla sala, interrotto soltanto da qualche voce, qualche sussurro quasi impercettibile. Susy chinò la testa, sempre bionda, e rimase così, concentrata, come se non avesse la minima idea del pezzo che avrebbe cantato ora, o almeno, e questo è più esatto, come se avesse dei dubbi. Poi si voltò lentamente e guardò i ragazzi dei *Vita tormentosa*, i quali, e non avrebbe potuto essere altrimenti, rivolsero verso di lei i loro volti impavidi, sempre più vicini al nulla che all'essere. Allora sentii l'impulso di gridare, di gridarle un pezzo, solo il nome di un pezzo, uno qualsiasi dei tanti che avevamo fatto insieme negli ultimi anni. Non lo feci. Non osai. Non so: forse stavo per farlo quando lei si voltò di nuovo lentamente, alzò la testa e mi guardò. *Perché questo accadde: lei mi guardò.*

Non bisogna dimenticarlo: io ero al bar, seduto su un alto sgabello, molto vicino a una lampada, quasi nell'unico punto della sala, insomma, rimasto illuminato. Ed è assolutamente vero che mi ero piazzato lì perfettamente consapevole di quello che facevo. Volevo che Susy mi vedesse. Volevo che Susy sapesse che quella sera ero andato a vederla. Quello che non so, invece, è se volevo (perché queste cose sono molto oscure, quasi indecifrabili) che Susy facesse quello che decise di fare.

Successe così: mi sorrise dolcemente, mi salutò con un impercettibile cenno della testolina, disse qualcosa al ragazzo al piano, mi guardò di nuovo, sorrise di nuovo, e allora, avvicinandosi al bordo del palcoscenico, cantò per me, senza smettere di guardarmi, solo per me, *Love walked in.*

Era possibile? Era mai possibile che fosse tanto kitsch, che la sua passione per il feuilleton sentimentale arrivasse a tal punto? Dove aveva preso questa deplorevole scena, da quale film, da quale telenovela, da quale rivista femminile? Era mai possibile che mi facesse questo? Che facesse questo a me, un uomo tanto lucido, intelligente, che ha letto quasi per intero la *Critica della ragion pura*?

Fu proprio questo che fece, tuttavia. E come se non bastasse, cantò quella canzone, quella meravigliosa canzone di Gershwin che Brahms avrebbe firmato senza esitare, come non l'aveva mai fatto. *With great feeling*, come chiede George in persona nella partitura. Per essere onesti, come una grande cantante.

E cantò le orribili parole di Ira Gershwin (perché Ira, curiosamente, non ha mai scritto un testo peggiore) secondo l'altrettanto orribile versione libera che lei stessa ne aveva tratto: *Un solo sguardo e ho scordato il passato, un solo sguardo e ho trovato il futuro, un solo sguardo e ho scoperto il mondo, perché con te è entrato l'amore.* Nonostante tutto, la vista mi si annebbiò e in gola, come si usa dire, mi si formò un nodo. Soltanto la mia caparbietà, o il lontano ricordo di qualche consiglio di Gardel, *un vero uomo non deve piangere mai*, mi salvarono dall'imperdonabile figuraccia delle lacrime. Ci sarebbe mancato solo questo.

La gente applaudì come se volesse spellarsi le mani. Qualcuno, addirittura, esagerò alzandosi in piedi. Finii il mio whisky, pagai, scesi dall'altro sgabello e cercai l'uscita. Ne avevo avuto abbastanza.

«Chi applaudono tanto?», chiese il portiere quando sostai accanto a lui per accendermi una sigaretta.

«Quella nuova», risposi.

«Susy Rivas?»

«Sì».

Esitò un istante. Poi chiese:

«È così brava?»

«La migliore», dissi.

Me ne andai. Non posso dire che stessi sanguinando, ma bene non stavo.

VIII

Presi la litoranea e pigiai a fondo l'acceleratore. Il mio unico, ossessionante pensiero era dormire. Evitare, soprattutto, un certo tipo di domande che spesso assillano in momenti come questo. Per esempio: che cosa fare l'indomani. Semplicemente: che cazzo ci farà domani, giovedì, qui a Mar del Plata, Ismael Navarro. La miglior risposta a questa domanda era non formularla. Odio il positivismo logico, ma a volte non è di troppo: *di ciò di cui non si può parlare bisogna tacere*. Quindi, voltare pagina.

Vidi tutte quelle luci sulla spiaggia appena entrai nella zona di Mogotes. Una di esse, in particolare, una luce rossa che girava e girava, risvegliò prima la mia attenzione, poi la mia ansia. Era un'ambulanza o un'auto della polizia, non poteva essere altro. Cosa ci faceva laggiù, lontano, sulla spiaggia, quasi in riva al mare? E anche le altri luci. Torce, senza dubbio, che si spostavano da una parte all'altra, in mano a uomini inquieti, che cercavano o avevano trovato qualcosa. Che cosa stava succedendo?

Fermai la macchina e scesi in spiaggia. Dal mare soffiava un vento freddo. La luce rossa che girava e girava apparteneva a un'ambulanza. Diversi uomini in costume da bagno, bagnini, addetti di qualche stabilimento balneare, forse pescatori, illuminavano il luogo con delle torce. Inquieti, non cessavano di parlare tra loro. Due uomini in bianco, quasi sulla riva, erano chini su un fagotto. Il fagotto era un altro uomo. Sicuramente morto.

Poi uno dei due uomini in bianco si rialzò e a voce alta disse a un terzo che era rimasto sull'ambulanza:

«Non è compito nostro. Prima bisogna chiamare la polizia».

Mi avvicinai a uno degli uomini con le torce.

«Cos'è successo?», domandai.

Mi guardò perplesso. Certo: io indossavo un completo blu, camicia e cravatta. O forse era la mia faccia. O l'ansia nella mia voce.

«La marea ha buttato un uomo sulla spiaggia», disse. «L'abbiamo trovato al ritorno dalla pesca. Abbiamo chiamato l'ospedale, ma come vede, ormai è tardi».

Mi avvicinai alla riva. Accanto al morto, ora, era rimasto soltanto uno dei due uomini in bianco. Il morto era nudo, molto gonfio; piccole onde spumose gli lambivano i piedi, accarezzandoli. Era Fernando.

Mi inginocchiai accanto a lui. Allungai una mano e gliela posai sulla fronte.

Era gelata. L'uomo in bianco disse:

«Non lo tocchi. Ha un foro di proiettile, lì, in testa».

Ritirai la mano.

«Lo conosce?», chiese l'uomo in bianco.

«No», dissi.

IX

Ci misi quasi un'ora a rientrare al *Corto Maltese*. Impaurito – anzi: terrorizzato – guidai con estrema lentezza. I fari delle automobili che incrociavo mi ferivano gli occhi come violenti lampi. Una volta o due, forse di più, non ricordo bene, accostai, mi fermai e appoggiai la testa sul volante, sfinito, cercando di riposare. Erano le due del mattino quando arrivai allo stabilimento. Lo so, perché istintivamente guardai l'orologio: le due del mattino.

Mi lasciai trascinare dal mio corpo. Andai in camera da letto, chiusi la porta, non accesi la luce e crollai sul letto. Così com'ero, con il vestito della domenica, in giacca e cravatta. Cercai di rilassarmi, sciogliere la tensione, vuotare la testa da idee e immagini, evocare una sinfonia di Bruckner, la settima, che esercita un magico effetto sedativo sul mio sistema nervoso, e dormire, per Dio, dormire per almeno una settimana, una settimana intera.

Fu inutile. Mi rigirai e dimenai su quel letto come un'anguilla impazzita. Mi alzai, accesi la luce e, all'improvviso, vidi il mio volto riflesso nello specchio. Non fu un bello spettacolo.

Ebbi l'impressione, allora, di soffocare, lì dentro. Mi tolsi la giacca, la camicia e la cravatta e uscii. Andai al ripostiglio degli attrezzi. Cercai una pala, la trovai. Tornai alla spiaggia. E cominciai a scavare nel punto esatto dove giorni prima, presentendo o forse desiderando quell'istante, avevo nascosto ciò di cui ora avevo bisogno.

Trovai le quattro teste d'aglio. Le gettai lontano, verso la luna rossiccia e le stelle. Trovai anche l'enorme pietra. La sollevai a fatica e la lasciai ricadere di lato. Continuai a scavare. Quasi un metro. Finché finalmente le trovai: le tre bottiglie di whisky erano lì che mi aspettavano, forse dal momento stesso in cui le avevo sepolte. Le guardai per un interminabile – per la precisione: escatologico – istante e dissi: «Eccomi qui». Lo dissi quasi sussurrando. Perché nessuno declama quando si rivolge a se stesso, o agli dèi occulti che governano il suo destino. Perché, inoltre, credo nella bellezza del dolore, e nessuno avrebbe potuto impedirmi di accentuare ulteriormente la grandezza tragica di quell'istante. Ero destinato a riunirmi a quelle tre bottiglie. È la logica interna della mia esistenza (per dirla così, in modo dialettico, e che cos'è la dialettica se non l'espressione razionale della tragedia?) quella che si realizza in quell'istante.

Mi avvio verso la riva. Ho due bottiglie sotto un braccio, e quasi senza rendermene conto ho aperto la terza, che forse è la prima, perché è quella che ora porto alle labbra, gettando bene indietro la testa, per cominciare a bere. Mi fermo. Sono ancora a diversi metri di distanza dalla riva. Ma va bene così: perché non è lì che ho intenzione di stare, ma qui, dove mi fermo, dove lascio cadere sulla fredda sabbia le altre due bottiglie e continuo a bere dalla prima, o dalla terza, non so. Sento in gola quella vecchia magia nera, quell'inferno riconoscibile e sempre desiderato.

Il vento che soffia dal mare è sempre più freddo, più spietato e penetrante. Io sono anche nudo, perché ora, pur senza smettere di bere, mi sono tolto i pantaloni, le calze, le scarpe. Mi sono rimasti addosso solo dei succinti slip, un perizoma degno proprio del selvaggio irrazionale in cui ho cominciato a trasformarmi. Affondo la bottiglia nella sabbia. Con una risolutezza prossima al disordine mentale, comincio allora a raccogliere sedie, sdraio, tavoli, pali e teli delle tende da spiaggia, frenetico, furioso, tra i ruggiti, con ogni singola vena che mi pulsa come se volesse scoppiare, raccolgo le sedie, i tavoli, le sdraio, e li getto vicino alla riva nel fragore e nel disordine, ma impilandoli.

Afferro un'altra bottiglia e la vuoto completamente annaffiando il legno e la tela. Mi fermo, faccio qualche passo indietro e osservo: la luce rossiccia della luna mette in risalto il colore del whisky, infondendogli la vita, trasformandolo in un liquido sanguinolento divorato dalla secchezza del legno. Corro verso la cucina. Mi impadronisco dei fiammiferi. Sempre di corsa, respirando agitato, con la bocca spalancata, torno sulla spiaggia e comincio ad accendere un fiammifero dopo l'altro e a gettarli sulla catasta. Uno splendore insopportabile, una luminosità accecante, mi ferma. Proteggendomi gli occhi e il viso con le braccia, barcollando, indietreggio alcuni passi fino a cadere sulla sabbia. Rimango così, sdraiato sulla schiena, con il viso rivolto al cielo, per qualche minuto. Poi mi metto a sedere e osservo la mia opera. Davanti a me, in tutto il suo splendore, si erge una pira sacrificale.

Mi alzo in piedi quasi in un balzo, perché l'eccitazione è più forte dello sfinimento, afferro la terza bottiglia, la apro e ricomincio a bere. Mi avvicino al falò. Il calore è così forte che il sudore mi arde sulla pelle ed evapora. Continuo a bere. Ed è allora, quando ormai la mia gola è diventata una piaga ardente, quando infiniti fuochi d'artificio mi esplodono nella testa, quando mi accorgo, nonostante l'eccitazione, che sono sul punto di crollare a terra, che mi metto a gridare, non come un sioux o come un pawnee, non con l'armonia di quegli splendidi guerrieri, ma come un pazzo, un pazzo che grida e balla e corre intorno al fuoco, folle di dolore, grida e balla e corre finché la fine del mondo non lo divora.

X

Il sole era alto nel cielo quando mi svegliai, ancora lì, buttato sulla sabbia. Mi faceva male la testa. Con difficoltà, mi alzai in piedi, andai in cucina e presi due aspirine. Poi aprii il rubinetto e misi la testa sotto il getto di acqua fredda. Mi fece bene.

Tornai in spiaggia. Faceva caldo. Non troppo, però faceva caldo. Dopo tutto: ormai era novembre. Presto sarebbero arrivati i turisti.

La pira si era completamente consumata. Per due lunghe ore, sistemai quello che potei e lasciai il posto come se niente fosse successo. Buttai nella spazzatura le tre bottiglie di whisky. Poi andai in camera e dormii tutto il pomeriggio.

Mi svegliai alle sei. Mi lavai la faccia, indossai un paio di jeans e una maglietta e decisi, saggiamente credo, che un buon *mate* non mi avrebbe fatto male. Lo preparai.

Ero in cucina, e stavo fumando una sigaretta, ora, guardando, come quasi sempre, il mare fuori dalla finestra, quando udii, sempre più vicino, il rumore di un'automobile. Poi una dolce frenata e due colpi di clacson. Aprii la porta della cucina e uscii.

L'automobile era una Falcon, e l'ometto che ne discendeva era un quarantenne, un po' calvo e appesantito, con un largo sorriso stampato in faccia. Era Pedro Berstein. Il mio buon amico Pedro.

XI

Così come se n'era andato, era tornato. Di solito, è vero, le persone non cambiano nel giro di pochi giorni. Ma Pedro ancora meno. È come se avesse già attraversato le intemperie della vita, o come se fosse uno stratega destinato a evitarle tutte.

Andammo in cucina e accettò il *mate* che gli offrivo. Allora mi guardò attentamente il viso. Non si vedeva più molto, ma qualche traccia era rimasta.

«È andata così male?», domandò.

Non risposi.

Tirò fuori uno dei suoi sigari alla Clint Eastwood, lo accese con grande cura e soffiò il fumo di lato. Poi mise il pacchetto sul tavolo, perché ne prendessi uno anch'io se ne avevo voglia. Ne avevo voglia. Ne presi uno, lo accesi con altrettanta cura, imitandolo, perché Pedro è un maestro in queste cose, e poi, sempre come aveva fatto lui, soffiai il fumo di lato. Così, avvolti entrambi in una nuvola di fumo, ci guardammo a lungo senza parlare.

«Sei rimasto solo», affermò infine. «Ho indovinato?»

«Esatto».

«Non mi sorprende. Susy era un po' stanca di alcune cose tue».

«A quanto pare di tutte, Pedrito. Guarda, per farla breve: Susy si è messa con un altro, al *Douglas* non ci lavoro più e, come se non bastasse, mi sono preso anche un bel tostone. Soddisfatto?».

Si alzò e tolse il bollitore dal fuoco. Era uno di quelli che sostengono questa teoria sull'acqua per il *mate*: non deve bollire.

«Mi è piaciuto *Il cugino Matías*», disse. «Un po' lungo, questo sì. Te l'ho già detto. Ma non importa. Magari lo faccio stare tutto in un solo numero della rivista. Non conviene dividerlo».

Tornò a sedersi di fronte a me. Continuò a parlare con il sigaro alla Eastwood tra i denti. Era bravissimo.

«In questi giorni», disse, «specialmente dopo aver letto il tuo racconto, mi sono messo a pensare a te, Ismael. A te come scrittore, voglio dire».

Perché negarlo: Pedrito, a volte, si avvicinava alla saggezza. Mica mi rompeva i coglioni con le domande: perché non stavo più al *Douglas*, chi mi aveva spaccato il muso e come e quando e, infine, perché Susy se n'era andata, e come se non bastasse, a quel modo, con un altro. Niente di tutto questo. Preferiva, invece di frugare tra le rovine del disastro, parlare di letteratura.

«Devi finire il tuo vecchio romanzo, Ismael», disse di punto in bianco. «Ci ho pensato dopo aver letto *Il cugino Matías*. Attenzione: non ho detto che tu non sappia scrivere racconti. Ma il tuo genere è il romanzo».

«Sono dieci anni che non tocco più quel romanzo, Pedro», dissi. «E quel che è più grave: non credo che abbia più molto a che vedere con me».

Si strinse nelle spalle, minimizzando.

«Non importa», disse. «Tu riprendilo in mano e poi mi dici cosa succede. Ti propongo una cosa: rimani qui con me, passa qui l'estate. Dopo tutto, sei alla deriva e una parentesi non può farti male. Rimani qui, allora. Se ti va, mi aiuti un po' con lo stabilimento. Se non ti va, no. Ma il romanzo lo finisci. E io te lo pubblico».

Mi alzai e andai a rimettere il bollitore sul fuoco. Sono uno di quelli che sostengono questa teoria sull'acqua per il *mate*: deve bollire.

«E se partissi con un romanzo nuovo?», chiesi.

Riuscii a sorprenderlo: batté le palpebre, si tolse il sigaro di bocca, fece cadere la cenere e, subito ripresosi, disse:

«Perché no. Qual è l'idea?»

«Molto semplice. Per cominciare, rimango qui con te. Ti do una mano con lo stabilimento e scrivo».

«Su cosa?», chiese, laconico.

Versai l'acqua nel *mate*. Era bollente. Dissi:

«Su tutto quello che non ti ho raccontato né mi hai chiesto, discreto Pedro. Soprattutto quello che è successo qui mentre tu non c'eri. Il canovaccio è già praticamente pronto. Il romanzo lo apri e lo chiudi tu. Te ne vai all'inizio e torni alla fine, quando la tragedia si è consumata, se mi consenti di esprimermi così. In mezzo succede tutto il resto. I miei monologhi al *Douglas*, le nostre lettere su *Il cugino Matías*, la filippica che mi ha fatto Susy prima di dirmi addio, e la storia centrale, quella che organizza le altre: una storia di ricattatori, droga e potenti. E poi, perché no, *Il cugino Matías*, per fare un po' di volume, o perché, in fin dei conti, l'ho scritto io, qui, a Mar del Plata, mentre succedeva tutto il resto, e allora in qualche modo c'entrerà. Che ne pensi?».

Cosa avrebbe potuto pensarne? Che andava benone, ottimamente: avanti, Ismael. E ribadisco: te lo pubblico. Ma non era questo – e mi gioco la mano destra su quest'ipotesi – ciò che davvero importava a Pedro. La letteratura, voglio dire. Voleva un'altra cosa, meno prestigiosa forse, meno immediata, senza aggettivi, avverbi né proposizioni subordinate. Voleva, semplicemente, che io rimanessi lì per tutta quella lunga estate, dandogli o meno una mano, ma riposando, giocando un po' con i suoi figli, prendendo il sole, ossigenandomi, cercando di trovare – ancora una volta – uno scopo nella vita. Questo era Pedro: un vero amico. E un vero ingenuo. Ma, per Dio, deve esistere gente come lui a questo mondo.

A questo punto mi disse che se ne andava, che aveva ancora un paio di cose da risolvere al porto, ma che sarebbe tornato, sarebbe tornato subito, che lo aspettassi per cena, che non mancassi di preparare qualcosa di buono, anche solo pastina al burro, sarebbe andato bene lo stesso, il vino lo portava lui, sarebbe andato bene così perché l'importante era cenare insieme. Spense il sigaro alla Eastwood e si diresse verso la porta. Si fermò sulla soglia e disse:

«Potresti anche ricominciare a scrivere di filosofia. Non ci hai pensato? E se sei d'accordo, facciamo qualcosa insieme».

«Mi stai lanciando tante di quelle ancore di salvezza che finirai per farmi affogare, Pedro».

«Dico sul serio. La filosofia, Ismael. Quella vecchia saggia ti salva da qualsiasi cosa».

«Grande menzogna, Pedrito. Ma non importa. Possiamo comunque provarci. Un piccolo saggio, no? Un'ottantina di pagine, non di più. E dimmi che te ne pare di questo titolo: *Della disperazione come principio della conoscenza*».

«Eccolo. È lui. Non c'è altro titolo possibile».

Allungò la mano verso la maniglia. Allora lo chiamai per nome, fermandolo.

«Pedro», dissi.

Si voltò verso di me.

«Sì?»

«Anselmi, come l'hai conosciuto?».

Aggrottò la fronte, come se la domanda lo stupisse, o come se non gli piacesse.

«Qui, ai bagni», disse. «Affitta sempre una tenda per tutta la stagione. Dove vuoi che l'abbia conosciuto?».

Uscì e chiuse la porta.

XIII

E nel finale ci sono solo io, a chiudere questa storia, Ismael Navarro. Trascino una sedia che si lascia dietro un solco sulla sabbia tiepida del tardo pomeriggio e mi siedo davanti al mare, non al cospetto di Dio, solo davanti al mare, osservando assorto i gabbiani, le nuvole quasi rosse ed evanescenti, la linea lontana dell'orizzonte, allungando le gambe e sentendo, come ormai non sentiva più Fernando quando l'ho trovato, la carezza fresca delle onde spumose sui piedi.

Credo di essere stato innamorato di Susy. Almeno, credo che sarebbe falso, oltre che ingiusto, affermare che non sono stato gentile con lei. Dico sul serio: *gentile*. O non è forse abbastanza? So già la risposta: no, non è abbastanza, perché non lo è stato per Susy. Ci vorrà qualcos'altro, allora. Qualcosa di più. Tornare, magari, una qualsiasi di queste sere, no, anzi, non una qualsiasi, ma una bella notte, stellata, con una luna enorme, grilli, brezza marina e mille boleri nella memoria, tornare lì, dove sta lei, sedersi su uno degli alti sgabelli del *Tasto rotto*, attendere la sua magica apparizione e allora guardarla, soltanto guardarla, cercare i suoi occhi fino a trovarli e pregarla, come prega Sinatra, che mi lasci provare ancora una volta. È tanto assurdo? È tutto così definitivo?

Mi alzo in piedi e accendo una sigaretta. Non so, veramente, cosa fare. Anche se, forse, non è grave, perché non è la prima volta che mi accade. Ricordo certe sere – ed è solo un esempio – in cui mi sono ritrovato a dire: o vado a cena fuori o rimango a casa a guardare la televisione, una delle due. Sono tristi queste situazioni. Il prestigioso dubbio non porta la felicità all'anima, tanto meno la pace.

E mi lascio andare a tali impietosi pensieri mentre mi risiedo su questa sedia, mentre osservo ancora una volta i gabbiani, le nubi evanescenti, la linea dell'orizzonte, sempre un po' confuso, disorientato, chiedendomi ora, appunto, se entrare in acqua e avviarmi verso il largo, tipo Alfonsina[10] diciamo, o tornare in cucina e prepararmi un caffellatte con i biscotti. Una delle due.

[10] Alfonsina Storni, popolarissima scrittrice argentina morta suicida in mare (NdT).

Indice

Finito di stampare nel mese di settembre 1999
presso Giunti Industrie Grafiche S.p.A.
Stabilimento di Prato